古典文獻研究輯刊

九　編
曾永義　主編

第19冊

明代折子戲研究

尤海燕　著

國家圖書館出版品預行編目資料

明代折子戲研究／尤海燕 著 — 初版 — 新北市：花木蘭文化
出版社，2014〔民 103〕
目 2+240 面；19×26 公分
（古典文學研究輯刊 九編；第 19 冊）
ISBN：978-986-322-551-5（精裝）
1. 明代戲曲 2. 戲曲評論
820.8 103000760

ISBN-978-986-322-551-5

9 789863 225515

古典文學研究輯刊
九 編 第十九冊 ISBN：978-986-322-551-5

明代折子戲研究

作 者 尤海燕
主 編 曾永義
總 編 輯 杜潔祥
副總編輯 楊嘉樂
編 輯 許郁翎
出 版 花木蘭文化出版社
社 長 高小娟
聯絡地址 235 新北市中和區中安街七二號十三樓
電話：02-2923-1455／傳眞：02-2923-1452
網 址 http://www.huamulan.tw 信箱 hml810518@gmail.com
印 刷 普羅文化出版廣告事業
初 版 2014 年 3 月
定 價 九編 27 冊（精裝）新台幣 48,000 元
版權所有・請勿翻印

明代折子戲研究

尤海燕　著

作者簡介

尤海燕（1975～），祖籍安徽省阜陽市。2006 年畢業於首都師範大學文學院，獲文學博士學位，專業方向為元明清文學，主要研究明清小說、戲曲。曾在《文獻》、《戲劇》、《戲曲藝術》、《中國戲劇》等學術期刊發表《〈歌林拾翠〉刊刻年代考論──兼論奎壁齋鄭元美的刊刻活動時間》、《試論明代折子戲在淨腳演化中的作用》、《國圖本〈新鐫歌林拾翠〉考》等十餘篇論文。現供職於中國國家圖書館古籍館。

提　　要

　　明代折子戲是中國戲曲從全本戲到折子戲發展的初始階段，是我們瞭解折子戲的產生、形成過程的窗口。對明代折子戲的形態、內容進行梳理、描述是對戲曲發展史的有益補充。本書第一章著重論述折子戲的產生。明代中後期由簡入奢的社會風氣和中國古代長期以來的清唱傳統是折子戲產生的外部條件。而戲曲本身的結構鬆散，篇幅冗長，是折子戲產生的內在原因。

　　本書第二章、第三章梳理、分析明代折子戲的整體狀況和自身的發展演變。以明代折子戲選本為主要參考數據，結合各種筆記、小說、方志等材料中透露出來的有關信息，以時間為主軸，將明代折子戲分成明初到嘉靖時期、明萬曆時期、明天啟崇禎時期、明代折子戲餘緒期四個階段來分別進行描述、分析，並對各階段折子戲主題、曲詞、賓白等各方面發展演化的表現、特點進行了探討和總結。

　　本書第四章分析了明代折子戲在戲曲腳色的細分及各腳色行當特色的形成中所起到的關鍵作用，特別是對「花旦」、「淨腳」這兩個行當的重要作用，同時，理出明代戲曲聲腔流行的大致線索。第五章探討明代折子戲的影響。一方面比較了明代折子戲與一折戲在形式、內容上的異同；另一方面，對明代折子戲和近現代地方戲的關係進行了探討。附錄主要是對明代折子戲選本的版本、內容進行的考辨和整理。

目
次

緒　論

一、選題緣起和意義

　　繼元雜劇的輝煌燦爛之後，明代成爲中國戲曲史上另一個黃金時代。明代的戲曲不但從作家、作品的數量上來說是前所未有的，而且在劇作內容、演出形式等方面亦有許多重大的發展變化。「折子戲」就產生、流行於這個時代，並對後世戲曲藝術產生了極爲深遠的影響。所謂折子戲，就是指從全本戲中「選取情節相對完整、表演比較精彩的一齣或數齣單獨上演的形式」（《明清傳奇鑒賞辭典》）。也有人把這種形式稱爲「單齣」、「散齣」或者「零齣」。名稱不同，其實質則一。

　　根據現有資料，折子戲自明代中葉興起，經過上百年的發展，至遲在康乾之際，便取代了全本戲的主體地位，成爲戲曲舞臺上的主力軍。陸萼庭在《崑劇演出史稿》中斷言，乾隆間刊出的折子戲總集《綴白裘》「標誌著崑劇演出史上全本戲時代的結束，從此以後，進入了以演折子戲爲主的階段。」〔註 1〕陸氏所言雖著眼於崑劇，但這個規律卻適用於當時整個戲壇。直到現在，活躍在戲曲舞臺上的仍主要是折子戲。可以說，折子戲是一種與明傳奇幾乎相伴而生，並且歷經幾百年風雨仍保有旺盛生命力的戲曲形式。

　　折子戲選本在明清兩代都曾大量刊印，當時多冠以「摘錦」、「拾翠」之類名稱，如《摘錦奇音》、《歌林拾翠》、《千家錦》等等。「折子戲」這個戲曲術語是後來才出現的。儘管折子戲在明清兩代都曾繁盛一時，但戲曲之類俗

〔註 1〕 陸萼庭《崑劇演出史稿》，上海：上海文藝出版社，1980 年，頁 175。

文化由於被主流社會認為非「正道」，在中國古代始終地位不高，其劇本保存、演出記載、研究多處於民間自發狀態，而折子戲，因其形式的零散，地位更加低下，不僅演出記錄片言隻語，散漫無稽，其選本的保存情況也十分糟糕。自清代錢德蒼《綴白裘》出，幾乎囊括當時舞臺上所有備受歡迎的劇齣，「劇場中幾乎人手一編」〔註2〕，「自乾隆年間至清末民初，各書坊出版了數十種《綴白裘》」〔註3〕，前代各類折子戲選本諸侯稱霸的局面被集大成者《綴白裘》終結，這對於折子戲來說，一方面是件好事，有利於戲曲資料的保存和折子戲影響的進一步擴大，另一方面，卻也有其負面效應，那就是除了《綴白裘》之外，其它折子戲選本越發無人關注，以至在相當長的一段時間裏，很少有人知道《綴白裘》之外的其它折子戲選本，尤其是明代的選本，更遑論對明代折子戲的研究。

近現代以來，由於戲曲在學界、藝術界的地位得以提高，大量古典戲曲資料被相繼發掘；而隨著改革開放的不斷深入，對外文化交流日益頻繁，許多流失海外的珍貴戲曲典籍也陸續進入國人的視野。這其中就有不少明代折子戲選本。比如 1982 年由臺灣王秋桂先生主編，臺灣學生書局出版的《善本戲曲叢刊》，影印收錄了《詞林一枝》、《八能奏錦》、《樂府紅珊》等十多種國內外罕見的折子戲選本，其中有不少是藏於國外圖書館的孤本，如《八能奏錦》、《玉谷新簧》、《摘錦奇音》藏於日本內閣文庫，《大明春》藏於日本尊經閣文庫，《樂府紅珊》藏於大英圖書館。這些明代典籍在國內已經失傳許久，不意如今又與國人重見，成為戲曲研究的重要資料。未被《善本戲曲叢刊》收錄的其它珍貴典籍，如二十世紀三十年代戴望舒在西班牙聖·勞倫佐大教堂發現的《風月錦囊》，二十世紀五十年代英國漢學家龍彼得在劍橋大學圖書館發現的《滿天春》等等，如今也都在戲曲愛好者、研究者的努力下重見天日，影印出版，為戲曲研究特別是明代折子戲研究提供了寶貴的資料。同時，在明代的筆記、小說、戲曲中有不少關於折子戲演出情況的記述和描寫，近年來也在各種研究（如戲曲家班研究、明代社會生活研究）中漸漸浮出水面。在大量的閱讀和著力搜羅之後，筆者發現，明代折子戲的各種資料還是比較豐富的，而且其中有不少幾乎從來無人關注。

〔註 2〕 清·錢德蒼編《綴白裘》，汪協如點校，北京：中華書局，2005 年 9 月，胡適序第 1 頁。

〔註 3〕 清·錢德蒼編《綴白裘》，汪協如點校，北京：中華書局，2005 年 9 月，胡適序第 2 頁。

　　筆者在查閱資料的過程中還感到，現有的各類中國戲劇史不下幾十種，但大多忽略了折子戲這一重要的戲曲演出形式，只有少數幾種如郭英德《明清傳奇史》（江蘇古籍出版社，2001 年出版）、王永健《中國戲劇文學的瑰寶——明清傳奇》（江蘇教育出版社，1989 年出版）、趙山林《中國戲劇學通論》（安徽教育出版社，1995 年出版）等對折子戲有所涉及，但大多淺嘗輒止，對明代折子戲的敘述更是浮光掠影。這與折子戲研究極不充分的現狀密不可分。

　　眾所周知，戲曲研究在近年已經開始細分：戲曲劇本研究，戲曲理論研究，元明清各個時代的戲曲斷代史研究，雜劇、傳奇（還可細分為宋元南戲和明清傳奇）的分體史研究，大作家的個體研究，各流派的群體研究等等。二十世紀八十年代以來，刊刻於清代的規模最大的折子戲選集《綴白裘》受到較多關注，研究者通過《綴白裘》，對清代戲曲的舞臺演出、劇目、聲腔等問題進行了系統深入的探討，取得了一定的研究成果。而明代折子戲，作為折子戲產生和生長發育期的存在狀態，卻一直沒有得到足夠的重視。除了陸萼庭《崑劇演出史稿》第四章《折子戲的光芒》、臺灣王安祈的《明代戲曲五論》第一章「再論明代折子戲」和一些單篇論文之外，研究者對明代折子戲的興趣似乎並不高，研究重心也多集中於《風月錦囊》等少數幾個選本上。至今還沒有一部著作專門對明代折子戲進行系統的整理和研究。關於明代折子戲的一些論點也以訛傳訛，存在不少偏差。事實上，明代折子戲研究的大部分工作還處於資料的整理、校勘階段，而且，即使在這方面，疏漏也在在皆是，有的選集如《萬錦清音》、《萬家錦》等至今還靜靜地躺在圖書館的角落，灰塵遍佈，無人問津。這些與明代折子戲在戲曲史上的地位是極不相稱的。

　　明代折子戲研究首先是對中國戲曲演出史的重要補充。折子戲是中國戲曲特殊的表演形態，直至今日仍佔據舞臺的半壁江山。從全本戲到折子戲，戲曲演出形態的變化始於明代，也從明代走向輝煌。折子戲產生、發展的過程就是中國古代戲曲表演藝術發展變化的過程，是腳色細分、聲腔流變的過程，是文人中心到藝人中心的過程。對明代折子戲的研究可以拓展戲曲研究的領域，深化對於戲曲表演藝術傳承及演進方面的探討。

　　其次，明代折子戲研究對中國戲曲文學史頗具意義。折子戲的出現本身就說明作為敘事文學的戲曲在結構、情節等方面的散漫疏鬆。折子戲向地方

戲演進的過程是對戲曲敘事性的彌補，是戲曲通俗化的要求和趨勢。與之相對，一折戲更具文學性，卻忽略舞臺要求，終成案頭讀物。對明代折子戲的研究有助於加深對戲曲文學特性的認識，無論對於戲曲史還是文學史，這都是極為重要的一個課題。

另外，折子戲是舞臺藝術，面向大眾，在社會實踐中接受檢驗和批評。從折子戲中折射出的不僅是文學的光輝，而且是社會方方面面的內容。折子戲是中國戲曲的特殊現象，它的產生自有中國特殊的歷史原因。從全本戲到折子戲，這個新陳代謝，後來居上的過程是怎樣的？關於明代折子戲，沒有解決的問題還很多，涉及到戲曲史、文學史、思想史、社會學、心理學等諸多領域的內容。

相比元雜劇研究、湯顯祖研究之類的戲曲研究熱點，明代折子戲這個話題確乎有點冷，但這裡確有許多未知領域，無論是基礎資料的整理、考證還是宏觀梳理、深入分析都有不少空白亟需填補，因此，筆者不揣冒昧選擇了這個課題，希望能為此工作盡一些微薄之力。

二、明代折子戲研究狀況綜述

折子戲研究一般從兩個方面入手，選本和演出。戲曲是場上的藝術，但場上演出有瞬間性，古代沒有音像資料可供後人欣賞和研究，對演出的文字記載也往往是隻言片語，一鱗半爪，所以折子戲選本就成了研究折子戲最重要的資料。折子戲選本大多選取當時場上最流行的戲曲選齣，可以看做場上演出內容的文字記錄，當然，那些優美的唱腔和身段已難以復原，無從進入研究視野。

現當代最早關注折子戲選本的是鄭振鐸。1927 年，他在《中國戲曲的選本》一文中說：「戲曲的選本，可分為二類。第一類如《納書楹》……乃是專供唱曲者之用的……第二類像《綴白裘》……它不僅供給專門的伶工或愛美之『票友』用的，它且是給一般人以戲曲的精華，而使之嘗一鼎臠的。」

鄭振鐸所提《綴白裘》是清代折子戲選本，而胡適在 1937 年為《綴白裘》（汪協如點校）作序時，則提到兩部明代折子戲選本：「因為這些傳奇的絕大部分都是可刪的，都是沒有演唱的價值的，所以在明朝的晚期就有傳奇摘選本起來，每部傳奇只摘選最精彩的一兩齣，至多不過四五齣。我們知道的傳奇選本有《來鳳館精選古今傳奇》，又名《最娛情》；又另有《最怡情》，

選的更多了。這種選本都是曲文和說白並存的，和那些單收曲譜的不同，都可以說是《綴白裘》的先例。」這是目前所見近現代以來最早談到明代折子戲的文字。

在二十世紀八十年代以前，明代折子戲研究堪稱門庭冷落，大部分工作都屬於資料的整理和校勘。二十世紀二十年代，董康在日本發現了《玉谷新簧》、《摘錦奇音》等明代折子戲選集。雖然由於種種原因未能對其進行詳細介紹，但此一發現爲後來人的尋訪提供了線索〔註 4〕。二十世紀三十年代，傅芸子赴日任教，撰寫了《東京觀書記》〔註 5〕，對《玉谷新簧》、《摘錦奇音》《詞林一枝》及其它一些珍貴的中國古典文獻從內容、版本等方面做了較詳細的介紹。同時期，一些新近發現的明代折子戲選集陸續影印出版，以饗世人。如上海中國書店在二十世紀三十年代發現了《徽池雅調》和《堯天樂》，合稱爲《秋夜月》，遂整理影印出版；五十年代，王古魯從日本所藏《詞林一枝》、《八能奏錦》等選本中擇錄部分，合爲《明代徽調戲曲散出輯佚》出版。

此期，有限的幾篇論文多集中於《風月錦囊》等少數幾個選本上。《風月錦囊》是我國現存最早的戲曲散齣選集，但此書在中國國內失傳已久，唯西班牙聖·勞倫佐皇家圖書館藏有一本，據說是明代一位葡萄牙傳教士從中國帶到西班牙的。錦本（即《風月錦囊》）披露於世後，書中大量稀見戲曲材料令學者們頗爲驚喜，並爲之撰文，如方豪《留落西葡的中國文獻》（《學術學刊》1952 年第 2 期）、戴望舒《西班牙愛斯高里亞爾靜院所藏中國小說戲曲》（香港《星島日報》副刊《俗文學》）、對若愚《風月錦囊考》（《東方文化》1960 年第 1 期）但嚴格說來，這些文章多是對《風月錦囊》的簡單介紹，還談不上眞正的學術性研究。

在折子戲研究的寂寥冷清中，陸萼庭《崑劇演出史稿》堪稱拓荒之作。此書初版雖在 1980 年，但作者於 1948 年寫起，1960 年完成初稿，此後處於不斷修改階段，可說是作者幾十年心血的結晶。《崑劇演出史稿》第四章《折子戲的光芒》是折子戲系統研究的早期成果，被趙景深稱爲全書中「最值得稱道的一章」（《崑劇演出史稿》趙景深序）。文章從折子戲的產生、折子

〔註 4〕　董康著有《書舶庸譚》，介紹在日本所見中國古籍，詳見孫書磊《〈書舶庸譚〉所載日藏中國戲曲文獻考略》（《戲曲研究》第 70 輯，2006 年）。
〔註 5〕　現收於傅芸子《正倉院考古記白川集》，瀋陽：遼寧教育出版社，2000 年版。

戲的特點、家班、宮廷戲班、藝人、曲家的活動等等方面第一次對折子戲作了有深度有廣度的研究。在資料缺乏，遍地荊棘的情況下，陸文從劇作、選本、前人筆記、小說、曲譜、曲話、詩集、文序等各種資料中廣泛搜羅，詳加考證，屢有新見。比如文中總結的折子戲的特點有四：「第一，不同程度地發展和豐富了原作的思想性」；「第二，適當的剪裁增刪使內容更爲概括緊湊」；「第三，大段加工，在形象化、通俗化上下工夫」；「第四，重視穿插和下場的處理，化板滯爲生動」〔註 6〕，這些論點雖然針對的是崑劇折子戲，但也適用於其它聲腔劇種，具有普泛意義。至今一些研究折子戲的論文仍不能擺脫陸文的窠臼。但陸文的研究範圍包括明清兩代，而文中提到的《綴白裘》、《審音鑒古錄》都是清代的選集，所引用其它資料也大多屬清代，有關明代折子戲的內容很少。而且因研究對象的限定性和掌握材料的有限性，在一些重要論斷上明顯有誤。如文中認爲，「折子戲從全本戲中拆下來，並被看做獨立的藝術品，開始受到社會注意，我把這個階段定在明末清初。」〔註 7〕而事實上，早在萬曆二年抄本《迎神賽社禮節傳簿四十曲宮調》裏就已經有折子戲演出的齣目，重刊於嘉靖年間的《風月錦囊》更是收錄了不少源於宋元南戲的折子戲。折子戲出現並成爲獨立的藝術品的時間至遲也應該是在明中期嘉靖年間。當然，即使存在失誤錯訛，陸萼庭積數十年之心血完成的《崑劇演出史稿》，依然是中國戲曲演出史上的開山之作，其史料之豐富，考索之用心，皆可爲學人之楷模，而《折子戲的光芒》一文亦使研究者無法繼續忽視折子戲的熠熠光輝，對折子戲在戲曲研究史上地位的提高立有首功。

　　八十年代以後，學術研究日益繁榮，戲曲資料也得到廣泛的搜求和大規模的出版。如臺灣王秋桂主編《善本戲曲叢刊》，自 1982 年至 1986 年共出版了六輯，收錄了大量明清折子戲選集、曲譜、劇曲集，爲研究帶來了極大的便利。折子戲研究雖從此時漸有規模，但迄今爲止，研究重點仍集中於清代，集中於《綴白裘》，對明代折子戲的研究仍然沒有充分展開。一個明顯的證據是，話題單一。涉及明代折子戲研究的單篇論文，話題多集中於折子戲的成因及影響。如朱穎輝《折子戲溯源》（《戲曲藝術》1984 年第 12 期）、王力平《折子戲的產生及其流弊》（《文論報》1988 年第 2 期）、廖奔《折子戲的

〔註 6〕　陸萼庭《崑劇演出史稿》，上海：上海文藝出版社，1980 年，頁 179～184。
〔註 7〕　陸萼庭《崑劇演出史稿》，上海：上海文藝出版社，1980 年，頁 169。

出現》（《藝術百家》2000 年第 2 期）、戴申《折子戲的形成始末》（《戲曲藝術》2001 年第 2、3 期）、李延賀《家樂與折子戲》（《古代戲曲論壇》，澳門文星出版社，2003 年 1 月）、蘇育生《折子戲的來源及特點》（《當代戲劇》2004 年第 4 期）、楊毅《折子戲成因及其在當代的發展探微》（《長江大學學報》2005 年第 3 期）、齊森華《試論明清折子戲的成因及其功過》（《上海大學學報》2006 年第 3 期）等等。論者普遍認爲，傳奇體制的冗長和結構的鬆散是折子戲產生的內因，家班的興起是折子戲產生的重要外因。除此之外，還有多種因素促成了折子戲的產生，如齊森華認爲：「戲曲選本的大批湧現，也爲明清折子戲的繁榮起到了推波助瀾的作用。」〔註8〕至於折子戲的影響，論者多采取肯定態度，如趙山林從表演的角度指出，折子戲「有利於各行腳色形成並發展自己的本工戲」，「有利於演出本的精心加工和表演的精雕細刻」，「有利於老藝人舞臺生命的延長，也有利於青少年藝人的成長」，「有利於表演藝術流派的形成」〔註9〕。齊森華則把折子戲的積極影響概括爲：其一，「豐富與提高了我國戲曲的表演藝術」，其二，「延續了中國戲曲的整體生命」，其三，「爲我們保存了大量佚失劇目」，其四，「還爲傳統劇目的改編、整理和演出，創造並積累了豐富的經驗。」但齊森華同時指出，折子戲的負面影響不可忽視。他認爲，「折子戲的發達，固然刺激了戲曲表演藝術的發展，但同時亦導致了對戲曲文學性的某種忽視。然而，決定一個劇種興衰的，首先是它的文學性，而不是唱念做打。」〔註10〕

　　另一個深受研究者鍾愛的話題是《風月錦囊》。不同於戴望舒等人對《風月錦囊》的泛泛而談，80 年代後學界對《風月錦囊》的研究在質和量兩方面都有突飛猛進的發展。如彭飛、朱建明《海外戲曲孤本〈風月錦囊〉疏辯》（《戲劇藝術》1988 年第 1 期）、李玉蓮《南戲淵藪——西班牙藏本〈風月（全家）錦囊〉的發現與研究》（《內蒙古社會科學》2000 年第 3 期）、李舜華《關於〈風月錦囊〉性質的幾點考述》（《中國典籍與文化》2004 年第 4 期）以及孫崇濤發表在 1989 年至 1996 年《中華戲曲》上的十篇《風月錦囊》系

〔註 8〕　齊森華《試論明清折子戲的成因及其功過》，《上海大學學報》2006 年第 3 期，頁 61。

〔註 9〕　趙山林《折子戲與表演藝術》，《古代戲曲論壇》，澳門：澳門文星出版社，2003 年，頁 219～220。

〔註 10〕　齊森華《試論明清折子戲的成因及其功過》，《上海大學學報》2006 年第 3 期，頁 61～62。

列專題論文。孫崇濤後來親到西班牙目睹了錦本原書，對舊稿做了一些修正，結集成《風月錦囊考釋》一書。此書詳細介紹、考證了錦本的來龍去脈、作者、刊刻年代，錦本中劇曲和戲曲的本事、流傳、文體特點，錦本在戲曲史上的作用和地位等等，資料翔實，功底深厚，是對明代折子戲選本進行微觀研究的首部專著，可稱填補空白之作。

　　此期明代折子戲其它選本也陸續得到人們的關注。如郭英德、王麗娟《〈詞林一枝〉、〈八能奏錦〉編纂年代考》（《文藝研究》2006 年第 8 期）、吳新雷《明代崑曲折子戲選集〈樂府紅珊〉發微》（2005 年 4 月臺灣中央大學主辦的《崑曲國際學術研討會》學術論文）、孫星群《四百年前福建南音刊本的發掘——讀〈滿天春〉〈鈺妍麗錦〉〈百花賽錦〉》（《音樂研究》2004 年第 2 期）等，其中不乏頗有價值的論斷。比如，《詞林一枝》、《八能奏錦》為明人黃文華所輯，其刊刻年代曾長期被公認為萬曆元年，但此說亦遭到部分學者的質疑。據筆者掌握的資料，最早提出質疑的應屬荷蘭漢學家龍彼得。龍彼得在其論文《古代閩南戲曲與絃管》的一個注釋中提出：「他們（筆者按：指有些學者）將《詞林一枝》末頁中的『萬曆新歲』一詞誤解為萬曆元年（1573），這是一個常見的嚴重錯誤……此選本的出版年代可能起碼要比萬曆元年晚上三十年。」〔註 11〕後來，埋沒於海外多年的《樂府玉樹英》被發現，李平在介紹此文時亦對此提出質疑〔註 12〕。《樂府玉樹英》也是黃文華所輯，刊刻年代卻是萬曆二十七年。李平認為，同一作者編選的三種書，時間相距長達二十六年，這是令人費解的。郭英德、王麗娟《〈詞林一枝〉、〈八能奏錦〉編纂年代考》（《文藝研究》2006 年第 8 期）在大量考證了《詞林一枝》、《八能奏錦》所選劇齣的產生年代、插圖刻工的生活年代等問題後，有力地證明《詞林一枝》和《八能奏錦》不是萬曆元年的產物，《詞林一枝》產生於萬曆三十四或三十五年，《八能奏錦》產生於萬曆三十五或三十六年〔註 13〕，正與龍彼得的推斷契合。刊刻年代的問題看似很小，實際卻牽涉到

〔註 11〕 荷蘭・龍彼得著，胡忌、王櫻芬譯《古代閩南戲曲與絃管——明刊三種選本之研究》，《明刊戲曲絃管選集》，北京：中國戲劇出版社，2003 年，頁 77。此文最初收入 1992 年在臺北出版的《明刊閩南戲曲絃管選本三種》。

〔註 12〕 李平《流落歐洲的三種晚明戲劇散出選集的發現》，《海外孤本晚明戲劇選集三種》，上海：上海古籍出版社，1993 年 6 月，頁 29。

〔註 13〕 郭英德、王麗娟《〈詞林一枝〉、〈八能奏錦〉編纂年代考》，《文藝研究》2006 年第 8 期，頁 61。

戲曲劇本產生時間的界定，戲曲藝術發展脈絡的探討，不同時期觀眾的審美好尚等課題，其意義甚大。李平說：「歷史上許多疑難，原是我們後人探索的課題，隨著文獻資料的不斷發現，我們總會不斷推翻或修正舊的認識，一步步接近真理。」〔註14〕此言的是。

　　遺憾的是，至今為止，類似的研究並不多見。

　　此期最有分量的文章當屬臺灣王安祈《明代戲曲五論》第一章「再論明代折子戲」和第二章「明代折子戲變型發展的三個例子」〔註15〕。這是繼陸萼庭《崑劇演出史稿》第四章《折子戲的光芒》之後，在明代折子戲研究中最具學科建設意義的文章。首先，該文明確劃定研究對象的範圍為明代折子戲，更有針對性，也更便於研究的深入。其次，該文在佔有更多材料的基礎上，糾正了陸萼庭《折子戲的光芒》中不夠準確的觀點，並提出自己的新見，如認為折子戲產生的歷史可上推至明嘉靖時期，其演出場合也不止於廳堂。第三，此文視野更加開闊。此時，許多稀見的明代折子戲選本已匯合為《善本戲曲叢刊》，由臺灣學生書局影印出版，大陸也陸續發現了一些新材料，這些都給明代折子戲的研究帶來了更多的便利條件。比如《迎神賽社禮節傳簿四十曲宮調》的發現，對於判斷折子戲產生的時代和演出的場合，都具有重大意義。第四，此文開闢了明代折子戲研究的新領域，即「折子戲變型發展之過程」（第二章）。王安祈認為：「折子戲在單獨上演時，不僅具有保存已失劇本與凝聚表演精華之價值，同時，在流傳的過程中，更會與其它民間藝術如鄉土歌舞等相互結合，因而改變了原劇的風格或內容，甚至脫離了大戲的範疇而成為小戲之劇目。若就作為大戲中之片斷的折子戲而言，這其實已是一種變型。此一現象，無論是在折子戲或小戲的研究領域內都是值得注意的」〔註16〕。就明代折子戲研究的針對性、開創性而言，王安祈此文至今無出其右者。但囿於所見材料之限，近年陸續發現的《滿天春》、《樂府玉樹英》等選集均不在王文研究範圍內，未免有遺珠之憾。

　　在明代折子戲研究領域，有兩位海外漢學家是必須提到的。一位是李福

〔註14〕　李平《流落歐洲的三種晚明戲劇散出選集的發現》，《海外孤本晚明戲劇選集三種》，上海：上海古籍出版社，1993年6月，頁29。

〔註15〕　王安祈《明代傳奇之劇場及其藝術》（臺灣學生書局，1986年出版）一書第三章《演員、演出場合與劇場形制對戲劇的影響》曾論及折子戲，因較為概略，此不作具體介紹。

〔註16〕　王安祈，《明代戲曲五論》，臺北：臺灣大安出版社，1990年，頁49。

清，俄羅斯漢學家，他從二十世紀六十年代起就著意搜尋流落海外的中國古
代文化典籍，出版於 1993 年的《海外孤本晚明戲劇選集三種》（上海古籍出
版社）就是他在歐洲旅行時發現並帶入中國的。《海外孤本晚明戲劇選集三種》
是三個明代折子戲選本的合集，其中，《樂府玉樹英》和《樂府萬象新》發現
於丹麥哥本哈根皇家圖書館，《大明天下春》發現於奧地利維也納國家圖書
館。這三個選本都是在中國早已失傳的珍本，其對明代折子戲研究的重大意
義不言而喻。另一位是荷蘭漢學家龍彼得，他也是從二十世紀五、六十年代
起就著力搜尋海外各種公共圖書館、私人藏書室裏的中國典籍，並先後在英
國和德國發現了《滿天春》、《鈺妍麗錦》、《百花賽錦》三種明刊本，其中，《鈺
妍麗錦》和《百花賽錦》主要是散曲和劇曲，而《滿天春》則是典型的折子
戲選本。更重要的是，《滿天春》是目前發現的唯一一部方言形式的明代折子
戲選集，其珍貴性不言自明。不僅如此，龍彼得還經數十年研究，完成了《古
代閩南戲曲與絃管——明刊三種選本之研究》的長篇論文（英文），對《滿天
春》等三種選集刊刻的年代、地點、劇齣與曲文的本事，閩南戲曲的演出情
況等問題作了詳細的考索，證實《滿天春》刊於萬曆甲辰（1604）年，並認
爲「用方言演戲曲的班子與用正音的是同時並存」﹝註17﹞。論文中「1589～
1791 在海外的演出」一節引用了國外對中國古代戲曲演出的部分記載，視角
非常獨特，亦是國內難得一見的材料。

在這裡必須提到的還有朱崇志的《中國古代戲曲選本研究》和吳敢的《說
戲曲散出選本》前者爲專著，後者是論文，都從選本的角度談到明代折子戲。
選本研究雖和折子戲研究有差別，但交點很多，頗有參考價值。朱崇志的《中
國古代戲曲選本研究》（上海古籍出版社，2004 年出版）是第一部對中國古代
戲曲選本進行系統研究的專著。此書從「源流論」、「文本論」、「思想論」、「文
獻論」四個層面來探討戲曲選本的產生、特徵、功能等方面的問題，並對各
戲曲選本作了較爲全面、詳細的敘錄，視野開闊，新見迭出。如其指出，「戲
曲選本的特殊之處在於它的雙重游離性：既不能作爲純粹意義上的文本，又
無法直接稱之爲表演實錄。這是戲曲選本的本體屬性，也是它往往被忽略的
主要原因。」但是，「戲曲選本具有純粹文本無法想像的功能，最明顯的一點
就是提供了漫長的時間跨度和廣泛的接受群體所承認的眞正意義上的代表作

﹝註17﹞ 荷蘭・龍彼得，胡忌、王櫻芬譯《古代閩南戲曲與絃管——明刊三種選本之
研究》，《明刊戲曲絃管選集》，北京：中國戲劇出版社，2003 年，頁 33。

家和代表作品。」〔註18〕頗有見地和啓發性。此書理論性、邏輯性都很突出，但也正因視野闊大，對於只占選本一部分的折子戲難以進行細緻而有針對性的微觀探索。吳敢的《說戲曲散出選本》（《藝術百家》2005 年第 5 期）對現今所存的戲曲散出選本從創始到轉型、定格、保存作了一個整體的梳理，並大致回顧了戲曲散出研究史。這篇論文對眾多新資料的整理以及對此領域的重視和呼籲都非常及時，亦提出了自己的見解。

　　總體來說，明代折子戲的一些重大議題已經涉及，宏觀研究也已勾勒出大致輪廓，但整體面目仍不甚清晰，至於深入研究，細部探討，更有大段大段的空白。而且，新資料仍在出現，郭英德《稀見明代戲曲選本三種敘錄》就介紹了新近發現的明代戲曲選本三種，即《曲選》、《詞珍雅調》、《萬錦清音》。儘管因郭氏的疏忽，以爲「前二種爲歷來治曲者所未曾著錄」〔註 19〕（實際《曲選》在《明清傳奇鑒賞辭典》附錄中即有著錄），但這三種確是稀見資料，還屬於未曾有人觸及的處女地（《詞珍雅調》是散曲、劇曲選集）。可想而知，明代折子戲研究將是一個不斷進行的過程，而目前，儘快整理研究已有的資料，理清頭緒，糾錯正訛，爲後續研究作好準備，更加刻不容緩。

三、本書的寫作思路及研究方法

　　折子戲是我國傳統戲曲的一種演出形式，就是從全本戲中摘選思想或藝術上特別精彩而在情節上又有相對完整性的一折（齣）或幾折（齣），單獨上演。這種表演形式是怎樣形成的？本書第一章闡釋明代折子戲產生的內因和外因。首先從社會因素和曲唱傳統兩方面分析明代折子戲產生的外因。明初奉行的嚴厲的文化政策到明中期開始鬆動，思想文化的多元化拓展了戲曲的生存空間，社會經濟的繁榮和市民階層的壯大又使得此期文化上的雅俗互動較以往任何時期都更加頻繁。不但走卒販夫熱衷於茶餘飯後的戲曲觀賞，士人官吏也把戲曲納入日常娛樂甚至交際應酬的活動範圍。耗時少，表演精的折子戲應運而生，成爲生活節奏較快，追求新奇奢華享受的大眾的娛樂新寵。而元明散曲的曲唱傳統，亦使折子戲的形式輕易地爲觀眾所接受。曲唱的選段演唱的方式實是折子戲選段演出的先聲。其次從中國古代戲曲的自身

〔註18〕　朱崇志《中國古代戲曲選本研究》，上海：上海古籍出版社，頁 147。
〔註19〕　郭英德《稀見明代戲曲選本三種敘錄》，《清華大學學報》（哲學社會科學版）2007 年第 3 期，頁 73。

特點探討折子戲形成的內因。中國古代戲曲抒情性較強，敘事性較弱，結構的鬆散不嚴密使得拆分成為可能；而傳奇的長篇巨製又使觀看全本戲成為一件費時過長、辛苦勞累的事情，從實際出發，折子戲成為明智的選擇。

本書第二章從選本和演出兩方面考察並描述明代折子戲的概況。本章除以選本內容為主要考察對象外，還廣泛搜羅、考索明人筆記、小說、序跋、方志等材料中折子戲演出的記載，以補充、說明舞臺演出在劇目、演出場地、演員表演等各方面的特點。在縱線上，以時間為主軸，分明初到嘉靖、明萬曆時期、明天啓崇禎時期、明代折子戲餘緒四個階段分別描述明代折子戲的發展歷程。

本書第三章、第四章通過明代折子戲與全本戲對比、不同時期折子戲的相互對比，分析探索明代戲曲的發展演變特點。從流行劇目的變遷，可看出明代戲曲舞臺性逐步加強，審美趣味更加多樣的特點。從聲腔劇種問題來說，由於折子戲屬於演出本，聲腔唱法的變化往往首先出現在折子戲中，比如滾調唱法，在不同時期的折子戲選本中可明顯看出其由少到多，由簡而繁的變化過程，清晰地展示了滾調的發展軌跡。從賓白唱詞來說，唱詞的變化一般很小，除非是進行方言的改動，而賓白往往有較大的變化。賓白的改動，一方面改變了故事情節，另一方面也改變了劇中人物形象的性格特點。

作為折子戲的起點和前期發展階段，明代折子戲對後世的許多方面產生了深遠的影響。從內容上來說，明代折子戲成為近現代一些地方小戲的源頭。由於折子戲在發展過程中逐漸脫離全本戲，有日益獨立之勢，一些地方小戲就吸收其內容，加以改造，形成在情節方面更加完整，人物塑造更加鮮明，具有地方特色的戲曲作品。從形式上來說，筆者認為，折子戲與一幕劇有密切聯繫。折子戲的形式啓發或至少是影響了一幕劇的產生。但是，為什麼一幕劇在中國古代始終不成氣候，遠沒有折子戲這樣受到觀眾廣泛的喜愛，這也是一個值得探討的問題。另外，明代折子戲對社會生活的影響也是不可忽視的課題。作為一種比較簡短而富於觀賞性的藝術，折子戲得到了上自王公下自平民社會各階層的喜愛。時人生活的各階段，婚喪嫁娶，離合悲歡，都有相應的折子戲作為表情達意的手段，這已經成為明代社會文化生活不可或缺的一個組成部分。

附錄首先從標題、齣目、作者、刊刻時間、地點、收藏地等方面對今存所有明代折子戲選本作梳理，編寫出明代折子戲選本敘錄，其次以列表的

形式整理明代各個時期折子戲的劇目、齣目，展現明代各時期折子戲的整體面貌。

　　本書的研究方法首先是文獻研究和資料考證相結合的方法。對明代折子戲的思想傾向、藝術特點的探討以文獻研究爲主，便於深入挖掘；對明代折子戲的產生、選本的刊刻時間等問題的研究以資料考證爲主，以期去僞存眞。其次是整體觀照和個案研究相結合的方法。既廣泛地佔有資料，盡可能全面地作宏觀研究，以勾勒明代折子戲的全貌，也選取個例，從細部切入選題，以點代面，凸顯明代折子戲的特點。再次是運用統計學的方法對折子戲進行量化分析，比較探討，以找出規律性，得到更科學、更可靠的結論。另外，由於明代折子戲與文化、藝術、歷史、風俗等問題緊密相關，故在具體分析中還要運用社會分析、文藝鑒賞等方法，以拓寬研究視野。

第一章 明代折子戲的產生

有證據表明，折子戲至少在明代嘉靖時即已產生。「嘉靖癸丑歲（1553）秋月詹氏進賢堂重刊」的《風月錦囊》是目前發現的刊刻時間最早的折子戲選集，也是目前發現的最早的有關折子戲的資料。《風月錦囊》最早著錄於明代楊士奇等人撰寫的《文淵閣書目》，《晁氏寶文堂書目》也有著錄，但都與散曲集並列，可能是散曲選集。現今之《風月錦囊》或是與之同書異名，或是在其基礎上增加了折子戲等內容，尚不得而知。但至少現今之《風月錦囊》證實嘉靖時期折子戲已經產生。此外，20 世紀 80 年代在山西潞城發現了《迎神賽社禮節傳簿四十曲宮調》，此本抄於「萬曆二年正月十三日」，內有大量折子戲齣目，此為折子戲至少產生於明嘉靖時期的另一證明。那麼，折子戲是怎樣產生的？為什麼產生於嘉靖時期？從全本演出盛行到折子戲大行其道，哪些因素起了關鍵的作用？本章意在對這些問題作一些有益的探索。

第一節 明代中後期社會生活狀況與折子戲的產生

一、明代中後期，社會風氣由簡樸嚴肅走向奢華寬鬆，為折子戲的誕生提供了適宜的土壤

明初，為了加強皇權統治，太祖朱元璋和成祖朱棣都採取了嚴厲的思想鉗制政策，刊印《四書大全》、《五經大全》，用八股取士，出題範圍只在四書五經，以此在全社會範圍內推行孔孟之道、程朱理學，統一思想，加強控制。對戲曲表演，明初作了嚴格的限定。《大明律》規定：「凡樂人搬作雜劇戲文，

不許妝扮歷代帝王后妃、忠臣烈士、先聖先賢神像，違者杖一百。官民之家，容令妝扮者與同罪。其神仙道扮，及義夫節婦，孝子順孫，勸人爲善者，不在禁限。」成祖朱棣的旨令更爲嚴酷，永樂九年，他命令凡有違犯上文所載律令褻瀆帝王聖賢的詞曲、戲劇，「出榜後，限他五日，都要乾淨將赴官燒毀了，敢有收藏的，全家殺了。」〔註1〕此令一出，人皆膽寒，明初劇壇的蕭條也就可想而知。

　　但成祖之後，明代帝王對國家的控制漸漸鬆弛。史學家認爲：「明初確立的君主專斷的中央集權控制在日後的言禁中漸趨軟化和削弱，最主要的原因是皇帝昏怠、宦官亂政和朋黨相爭。」〔註2〕明代的政綱廢弛是個複雜的問題，因其不在本書研究範圍，這裡不作深入探討。本書要明確的是，明代中期以後統治的鬆弛固然使明王朝漸漸走上風雨飄搖的衰亡之路，但是，「至於極端的中央集權統治對地方的嚴密控制日趨削弱、軟化、鬆動後，地方的發展獲得一定的自由空間，經濟方式、社會觀念、生活趨尚的多元化取向和消費風氣的越禮逾制也因此有了可能」〔註3〕。這種相對自由、鬆弛的社會氛圍無疑爲戲曲的成長提供了廣闊的空間，使戲曲從內容到形式都有了前所未有的發展。

　　首先，明初實行的重農抑商的政策在弘治、正德後有所鬆動，商品經濟迅速發展，使社會面貌發生了巨大改變，社會風氣由明初的簡樸轉向奢華。王錡《寓圃雜記》記錄了弘治前後蘇州的變化：「吳中素號繁華，自張氏之據，天兵所臨，雖不被屠戮，人民遷徙實三都、戍遠方者相繼，至營籍亦隸教坊。邑里蕭然，生計鮮薄，過者增感。正統、天順間，余嘗入城，咸謂稍復其舊，然猶未盛也。迨成化間，余恒三、四年一入，則見其迥若異境，以至於今，愈益繁盛，閭簷輻輳，萬瓦甃鱗，城隅濠股，亭館布列，略無隙地。輿馬從蓋，壺觴罍盒，交馳於通衢。水巷中光彩耀目，遊山之舫載妓之舟魚貫於綠波朱閣之間，絲竹謳舞與市聲相雜。凡上供錦綺、文具、花果、珍羞奇異之物，歲有所增，若刻絲累漆之屬，自浙宋以來，其藝久廢，今皆精妙，

〔註1〕　明・顧起元《客座贅語》卷十《國初榜文》，北京：中華書局，1987 年，頁 346。
〔註2〕　陳江《明代中後期的江南社會與社會生活》，上海：上海社會科學院出版社，2006 年，頁 12。
〔註3〕　陳江《明代中後期的江南社會與社會生活》，上海：上海社會科學院出版社，2006 年，頁 17。

人性益巧而物產益多。」〔註4〕嘉靖年間，京城亦成商業繁華之地：「京師大明門御道兩旁，商販雲集，百貨羅列」〔註5〕。在商品經濟的發展中，市民階層迅速壯大，他們創造了大量的財富，地位迅速提高，享樂和揮霍常常成為商人富戶消遣娛樂和顯示地位的方式，帶動了娛樂業、服務業的發展，從而對整個社會的審美風尚、娛樂方式產生巨大的影響。從奢從侈，喜歡新奇、熱鬧，愛好聲色犬馬成了明中後期普遍的社會風潮。正如弘治、正德年間的周璽所說：「中外臣僚士庶之家，靡麗奢華，彼此相尚，而借貸費用，習以為常。居室則一概雕畫，首飾則濫用金寶，倡優下賤以綾緞為袴，市井光棍以錦繡為襪，工匠技藝之人任意製造，殊不畏憚，雖蒙朝廷禁止之詔屢下，而民間僭用之習自如。」〔註6〕傳統農業社會相對質樸、儉省的生活被奢侈豪華的追求所替代，衣食住行、娛樂消遣的奢靡之風愈演愈烈。

其次，明中後期興起的陽明學說對控制思想的程朱理學起到了強烈的衝擊作用，打破陳規，重視自我的風潮漸漸彌漫至整個社會。王陽明並不是反對士人講「理」求「道」，而是在悟道、求道的方式和途徑上與傳統儒家分道揚鑣。在經過現實人生的種種磨難和思想求索的種種艱難之後，王陽明悟到：「吾性自足，向之求理於事物之外者，誤也。」〔註7〕也就是說，要尋求真理，悟道、求道，重要的是回到所謂「自性」，對自己的內心進行觀照、蕩滌，去私欲，「致良知」，做到知行合一。更重要的是，「夫學貴得於心。求之於心而非也，雖其言之出於孔子，不敢以為是也，而況其未及孔子者乎？求之於心而是也，雖其言之出於庸常，不敢以為非也，而況其出於孔子者乎？」〔註8〕既然所謂「道」在於「自性」，道，並不專屬於聖人，學道，也非只有聖人可以做到，那麼通過自身的努力修持，人人皆可提升自己的道德境界，成為聖人：「夫道，天下之公道也；學，天下之公學也，非朱子可得而私也，非孔子可得而私也。」〔註9〕在這裡，聖人擁有真理的權威性被打破，個人的主體性得到了鼓舞和張揚。正如羅宗強先生所論，「此種不惟聖而

〔註4〕 明・王錡《寓圃雜記》卷五「吳中近年之盛」，《明代筆記小說大觀》（一），上海：上海古籍出版社，2005年，頁325。

〔註5〕 明・葉權《賢博篇》，北京：中華書局，1987年，頁33。

〔註6〕 明・周璽《垂光集》卷一《論治化疏》，《文津閣四庫全書》（147），北京：商務印書館，影印本，2005年，頁195。

〔註7〕 明・王陽明《王陽明全集》，上海：上海古籍出版社，1992年，頁1228。

〔註8〕 明・王陽明《王陽明全集》，上海：上海古籍出版社，1992年，頁76。

〔註9〕 明・王陽明《王陽明全集》，上海：上海古籍出版社，1992年，頁78。

己即聖之極大膽之觀念，對於千餘年來聖人至上，惟聖人之言是聽，不敢越雷池一步之思想禁錮，實爲一極難得之思想突破，爲思想之一大解放。對於晚明士人之重自我、重個性之思想無疑有著不可忽視之影響」〔註 10〕。此點雖非王陽明所預期之結果，但在客觀上，重自我、重本心就必然要正視人性中的種種，王門後學的張揚放縱，乃至沉湎聲色都是由此揮發開去的極端作爲。此點對當時社會縱情聲色、任意恣行的風潮，可說客觀上起了推波助瀾的作用。

這種崇尚奢華、放縱性情的整體社會氛圍對戲曲的發展起到了直接的推動作用。下面，筆者試從兩方面探討縱情尚奢的社會氛圍對折子戲的形成起到的關鍵作用。

其一，廳堂宴會盛行以戲曲助興，促進了折子戲的形成和發展。

如上文所述，弘治、正德之後，伴隨著社會風氣的靡然向奢，戲曲成爲富商豪門、雅士騷人生活中不可或缺的一種娛樂方式。嘉靖年間的張瀚在《松窗夢語》中稱：「古稱吳歌，所從來久遠。至今遊惰之人，樂爲俳優。二三十年間，富貴家出金帛制服飾器具，列笙歌鼓吹，招至十餘人爲隊，搬演傳奇。好事者競爲淫麗之詞，轉相唱和。一郡城之內，衣食於此者，不知幾千人矣。」〔註 11〕可見，對戲曲的熱衷已蔚然成風，戲曲演員和傳奇作者的人數都不在少數，正說明了社會對戲曲這種娛樂方式的旺盛需求。飲酒宴客時以伎樂消遣助興，由來有自，這不僅是聲色娛樂的需要，也是交際應酬，展示風雅和財力的方式。宋元以前，酒宴表演多爲歌舞，入明之後，戲曲表演漸漸成爲宴會上的重要娛樂方式。

但是宴會酒席上的表演在時間上有很大的限制，而且在觥籌交錯，喧囂嘈雜的酒席上，戲曲也很難全程抓住觀眾的注意力。因此，從表演者的角度說，挑選內容動人，表演精湛的一折或幾折戲呈現在客人面前無疑是一個省力又討好的做法。而從欣賞者的角度說，一頓飯的功夫的確很難看完一部完整的戲曲，尤其是南戲。與其有頭無尾，半途而廢，莫若取其片段，賞其精華，反正大多數戲曲的內容都是熟悉的。同時，作爲社交應酬的一種重要手段，在比較重大的場合，比如婚喪嫁娶或者接待重要客人的時候，從全本中

〔註 10〕 羅宗強《明代後期士人心態研究》，天津：南開大學出版社，2006 年，頁 265。

〔註 11〕 明・張瀚《松窗夢語》卷七《叢書集成續編》(213)，臺北：新文豐出版公司，1989 年，頁 423。

摘出一折或幾折合時應景的折子戲可以烘托氣氛，表達心意，因此頗得宴會主人的青睞。萬曆三十八年刊刻的《樂府紅珊》即是當時此風氣的一個明證，此書以「慶壽」、「伉儷」、「誕育」、「分別」、「遊賞」等類別爲目收納折子戲，幾乎包括了人一生中所有的重要時刻。可以說，折子戲表演是戲曲表演形式適合明人廳堂宴飲演出需要所作的必要而有益的調整，符合各方面的需要。

明代筆記和小說中對廳堂宴飲觀看折子戲多有描寫。比較典型的如明嘉靖至萬曆初小說《金瓶梅》〔註12〕。眾所周知，《金瓶梅》明寫宋代，實寫明代，堪稱明中後期社會生活的百科全書。書中多處描寫宴會酒席上的戲曲，涉及折子戲的不少。《金瓶梅》第三十六回，西門慶宴請蔡狀元、安進士，叫了幾個戲子，連自家會唱戲的小廝打扮起來，「共三個旦，兩個生，在席上先唱《香囊記》。大廳正面設酒席，蔡狀元、安進士居上，西門慶下邊主位相陪。飲酒中間，唱了一折下來。」到晚上，蔡、安「二人在卷棚內下了兩盤棋，子弟唱了兩折，恐天晚。西門慶與了賞錢，打發去了」〔註13〕。《香囊記》共四十二齣，若全部演完一天時間肯定是不夠的，蔡狀元、安進士不過是回鄉省親路過此地，不便長時逗留，因此西門慶只能奉上折子戲供其欣賞。在劇目的選擇上西門慶也非常精心，特意挑選了邵璨《香囊記》。此劇刻畫忠臣孝子、慈母貞妻，主人公中狀元、立邊功，最終大團圓，非常適合爲新科狀元、進士接風，西門慶可謂用心良苦。此類酒宴折子戲描寫在《金瓶梅》中還有許多。無論主人還是客人，對這種形式皆安之若素，可見嘉靖至萬曆初期，宴會酒席上的折子戲表演已是屢見不鮮。

西門慶家的折子戲演員主要來自職業戲班，上文所述第三十六回中演《香囊記》折子戲的戲子就是西門慶在外面叫的。他「在李知縣衙內吃酒，看見有一起蘇州戲子唱的好，問書童兒，說在南門外磨子營兒那裡住，旋叫了四個來答應。」〔註14〕職業戲班平時在勾欄瓦肆、城市鄉間活動，爲公眾演戲以糊口，達官貴人們如有需要，應召而至。何良俊《四友齋叢說》卷十

〔註12〕 《金瓶梅》反映的是嘉靖時期社會還是萬曆時社會在學界頗有爭議，但總不出嘉靖間至萬曆初，筆者出於慎重，不作更具體的界定，只取籠統說法。

〔註13〕 明・蘭陵笑笑生《金瓶梅詞話》（梅節重校本），陳詔、黃霖注釋，香港：夢梅館印行，1993年，頁438～440。

〔註14〕 明・蘭陵笑笑生《金瓶梅詞話》（梅節重校本），陳詔、黃霖注釋，香港：夢梅館印行，1993年，頁437。

三《史九》記載：「皇甫司勳子循嘗語余曰：『小時見林小泉廷柳爲太守日。小泉有大才，敏於剖決，公餘多暇日，好客，喜燕樂，每日有戲子一班，在門上伺候呈應，雖無客亦然。』」〔註15〕何良俊《四友齋叢說》前三十卷刻於隆慶三年（1579）。此既爲皇甫司勳子循「小時」之見聞，則廳堂宴飲叫職業戲班唱戲助興至少自嘉靖時即開始流行了。不過，鑒於職業戲班的漂泊無定，有錢又有閒者更喜歡蓄家班以最大程度地滿足隨心所欲欣賞戲曲歌舞的需要。

家班是富戶豪貴家庭豢養的戲班。據張發穎《中國戲班史》，「我國歷史上一般豪門多有家樂之設。唐以前之家樂多音樂歌舞，與戲劇關係不大」，「進入明代，我們所見有關家樂之記載，就多以演戲爲主了」〔註16〕。確切地說，明代蓄養家班表演歌舞戲曲是自弘治、正德以後漸成風氣的。不但富商樂於養家班，許多學者士人也豢養家班以自娛。如弘治、正德年間的名士康海、王九思都有家班，嘉靖、隆慶年間的李開先、何元朗所養家班亦名噪一時，沈德符《萬曆野獲編》「絃索入曲」條曰：「嘉隆間，度曲知音者，有松江何元朗，蓄家僮習唱，一時優人避舍」〔註17〕。家班的興起極大地促進了折子戲的發展。因爲家班主要用於主人在廳堂宴會上招待客人，鑒於宴會酒席的時間限制，必定以折子戲演出爲主，而且家班主人中有不少飽學之士，他們本身精通音律，熟讀詩書，在戲曲方面頗有造詣，常常親自修改劇本，指導家班排演，如前面提及的何元朗、李開先等人，其家班的藝術水準都相當高。優秀家班的外出表演、交流在很大程度上提高了折子戲表演的整體水平。同時，家班的規模一般不會太大，不能像職業戲班那樣各腳俱全，所以表演全本戲會受到一定限制，而且相比職業戲班演員表演基礎的深厚全面，家班演員基礎相對薄弱，有的就是家班主人的婢妾，談不上什麼功底，無力承擔全本戲的演出，只能在某些折子戲上下些功夫。據梧子《筆夢》記載，錢岱（1541～1622）家班爲女伶，「皆由女教師沈、薛二人教之，咸能嫻習成戲，然皆不能全才……就中每人不過只能記中之二、三齣，若全演，則力不逮也」〔註18〕。家班在宴會酒席上的表演一般也並不求全責備，有的家

〔註15〕明・何良俊《四友齋叢說》，北京：中華書局，1959年，頁109。
〔註16〕張發穎《中國戲班史》，北京：學苑出版社，2004年，頁194～197。
〔註17〕明・沈德符《萬曆野獲編》，《明代筆記小說大觀》（三），上海：上海古籍出版社，2005年，頁2572。
〔註18〕明・據梧子《筆夢敘》，《叢書集成續編》（214），臺北：新文平出版公司，

班主人甚至像李開先那樣敷衍了事〔註19〕。家班當然也會演出全本，但綜合各方面條件看，演出折子戲的機會和需求更多一些。

戲曲說到底是一種娛樂方式，無論是職業戲班還是家班，都要在最大程度上滿足觀眾的需求。廳堂宴會的演出場合決定了戲曲的演出形式，對折子戲的產生和發展是一個關鍵性因素。換句話說，誰來演當然很重要，但更重要的是，以什麼形式來演最適合明人廳堂酒宴上的實際需要。折子戲這一形式順應觀眾的心理，符合廳堂舞臺的需要，因而伴隨著廳堂宴飲的興盛，在日漸追求聲色享樂的明中後期迅速發展起來。

其二，節日賽社活動的興盛，促進了折子戲的形成和發展。

賽是指為酬神而舉行的祭祀，社是指土地神，賽社就是祭祀土地神。對中國這樣一個以種植業為主的農業大國來說，土地的重要性不言而喻，因此，祭祀土地自先秦以來始終是一年中的大事。後來賽社的涵義泛化為對所有神靈的祭祀。中國傳統節日多源於原始信仰，出於古代中國人崇拜自然、信仰鬼神、祭祀祖先、乞福驅邪的行為，因此，節日與迎神賽社活動聯繫非常緊密，有濃鬱的宗教神秘色彩，迎神賽社往往是節日中重要的組成部份。

「宋代以降，隨著人們認識水平的提高以及對人間現實生活的注重，傳統節俗中禁忌、迷信、祓禊、禳除等虛妄神秘的因素逐漸淡化，與日常生活密切相關的內容不斷增加，因而節日習俗的生活氣息越來越濃鬱，節日的社會功能也出現多元化的迹象，原先以巫術祭祀為主要程序的節日活動此時發展演化出喜慶祝賀、吉祥美滿、禮儀社交、娛樂遊玩等多重目的和內涵。」〔註20〕而宋代戲曲的成熟、發展又為節日賽社中加入演戲的內容提供了必要的準備條件。

從南宋陳淳《上趙寺丞論淫祀》一文可看出，當時的賽社戲曲演出已十分盛行。陳淳說，當地人廣建廟宇，「逐廟各有迎神之禮，隨月送為迎神之會。……四境聞風鼓動，復為優戲隊相勝以應之。人各全身新制羅帛金翠，務以悅神。……百姓男女聚觀，淫奔酣。……不惟在城皆然，而諸鄉下邑亦

1989 年，頁 402。

〔註19〕　明・何良俊《四友齋叢說》卷十八「雜記」：「王元美言：余兵備青州時，曾一造中麓，中麓開燕相款，其所出戲子皆老蒼頭也，歌亦不甚叶。自言，有善歌者數人，俱遣在各莊去未回。亦是此老欺人。」

〔註20〕　陳江《明代中後期的江南社會與社會生活》，上海：上海社會科學院出版社，2006 年，頁 235。

莫非同此一習。前後有司不能明禁，復張帷幕以觀之，謂之『與民同樂』，且賞錢賜酒，是又推波助瀾，鼓巫風而張旺之。」〔註21〕祭祀中人們不惜花費，大張旗鼓。其以「優戲隊相勝以應之」，本來「務以悅神」，結果竟成了百姓歡聚休閒甚至戀愛的場合，且祭祀演戲之風城鄉無別，官民同好，即所謂「四境聞風鼓動」，可見其受歡迎的程度。

明代中後期，喜聲色、好奢華，愛熱鬧的風氣衝擊著社會生活的各個領域，節日賽社亦日漸繁複奢華，原先具有的敬神祭祖的宗教意味更加淡化。節日成了假日。嘉靖時人田汝成（1503～1557）記載清明節時，杭州「傾城上冢，南北兩山之間，車馬闐集，而酒尊食罍，山家村店，享餕遨遊，或張幕藉草，並舫隨波，日暮忘返。蘇堤一帶，桃柳陰濃，紅翠間錯，走索、驃騎、飛錢、拋鈸、踢木、撒沙、吞刀、吐火、躍圈、筋斗、舞盤，及諸色禽蟲之戲，紛然叢集。而外方優妓，歌吹覓錢者，水陸又有之，接踵承應。又有買賣趕趁，香茶細果，酒中所需。」〔註22〕清明節掃墓祭拜的活動已然成為一次規模宏大的春季郊遊，人們傾城出動，肆意遊玩，乃至「日暮忘返」，其投入和熱情可想而知。這分明是借清明之名，行遊樂之實，節日原本的目的早已被人淡忘。這樣的節日活動豐富多彩，熱鬧非凡，在此種娛樂盛宴中，本為娛神而進行的戲曲演出，實際成為整日為生活奔波忙碌的平民百姓的一道文化娛樂大餐，是這種全民狂歡式的節日賽社中不可缺少的一項內容。事實上，祭祀中演戲在明代各種方志中多有記載。如《嘉靖寧州志》卷十三記載寧州（今江西修水縣）「元宵賽神會妝扮男女各樣故事，以奇巧相競」〔註23〕。

由於各地風俗的不同，迎神賽社的禮儀程序也有不同，一般認為，節日賽社的戲曲舞臺以本戲為主，比如張岱《陶庵夢憶》談到紹興地區七月十五中元節舉辦「盂蘭盆會」，「搬演目連，凡三日三夜」〔註24〕，可見是演全本戲。直到近代，徽州的目連戲仍有「五本唱四夜或三夜」的全本演出

〔註21〕 南宋・陳淳《北溪大全集》卷四十三《上趙寺丞論淫祀》，《文津閣四庫全書》
　　　　 （390），北京：商務印書館，2005 年，頁 541。
〔註22〕 明・田汝成《西湖遊覽志餘》卷二十《熙朝樂事》，北京：中華書局，1958
　　　　 年，頁 359。
〔註23〕 《嘉靖寧州志》卷十三，《天一閣藏明代方志選刊續編》四十三，上海：上海
　　　　 書店，據明刻本影印，頁 570。
〔註24〕 明・張岱《陶庵夢憶西湖夢尋》卷六《目連戲》，上海：上海古籍出版社，2002
　　　　 年，頁 168。

〔註 25〕。但是萬曆二年抄錄的《迎神賽社禮節傳簿四十曲宮調》為我們揭示出，賽社儀式中也有以折子戲演出為主的戲曲表演形式。《迎神賽社禮節傳簿四十曲宮調》是 1986 年在山西潞城縣崇道鄉南舍村發現的祭神禮儀手抄本。此本經專家鑒定，確為明代抄本。從保存完好的《迎神賽社禮節傳簿四十曲宮調》抄本內容看，折子戲演出出現在「二十八宿值日開後」祭祀供盞時。每一星宿供七盞，第一至第三盞供歌舞，第四至第六盞供雜劇或南戲折子戲，第七盞合唱、收隊。供盞中的折子戲不但有北方戲曲常用的歷史題材劇如三國、楊家將故事，還有講述世態人情、悲歡離合的南戲系統的《安安送米》、《曠野奇逢》、《潘葛思妻》、《姑阻家（佳）期》等。《安安送米》等南戲折子戲是明代萬曆至崇禎時期的折子戲選本中常見的戲曲選出，是明代盛演不衰的折子戲。由《迎神賽社禮節傳簿四十曲宮調》的供盞曲目來看，這些折子戲在演出中的獨立性至少在嘉靖時就已經固定下來了，它們有後世一直沿用的齣目，並且為人們所喜聞樂見。比如《安安送米》在供盞中共出現了三次。就其內容看，可以肯定並非出於祭祀的需要。這或是因為觀眾多為平民尤其是婦女，對這段折子戲中母子連心卻無端被隔的哀痛有著深切的同情和感動，所以在迎神賽社的舞臺上備受歡迎。

為什麼《迎神賽社禮節傳簿四十曲宮調》裏有這麼多折子戲？王安祈認為是賽期問題，因為官賽賽期只有三天，節目要穿插在七次供盞中進行，所以只能演折子戲〔註 26〕。據《迎神賽社禮節傳簿四十曲宮調》記錄的官賽程序，二十八星宿，每一星宿供盞七次，獻樂（包括戲曲）穿插在每次供盞之間，並且全部供盞要在三天內完成，這就必須嚴格限制每次「獻樂」的時間。有的鄉村或城鎮舉辦賽社時常演「大戲」而非折子戲，是因為並不嚴格遵循如此複雜的供盞過程，往往儉省了供盞獻樂的程序，使得大戲能夠集中時間，在賽期內演出完畢。比如張岱《陶庵夢憶》卷四《楊神廟臺閣》記載，「楓橋楊神廟，九月迎臺閣……扮傳奇一本，年年換，三日亦三換之」〔註 27〕。三天換三本，這就是說，每天上演一本，這顯然是全本戲。這條記錄說明，如

〔註 25〕　陳琪、張小平、章望南《花雨彌天妙歌舞──惠州古戲臺》，瀋陽：遼寧人民出版社，2002 年，頁 127。

〔註 26〕　王安祈《再論明代折子戲》，《明代戲曲五論》，臺北：臺灣大安出版社，1990年，頁 38。

〔註 27〕　明・張岱《陶庵夢憶西湖夢尋》卷四《楊神廟臺閣》，上海：上海古籍出版社，2002 年，頁 105。

果其它祭祀儀式比較集中或者儉省，演全本戲也是能做到的。當然，張岱的時代在萬曆後期至天啓、崇禎年間，其時「禮崩樂壞」，各種規範失控現象層出不窮，賽期的三日期限早已被突破，上文所述賽社有可能因爲賽期加長而有充分的時間表演全本戲。而在嘉靖時期，賽期應該還是以三日爲主，嚴格按照《迎神賽社禮節傳簿四十曲宮調》所規定的程序來進行的話，無論如何也演不了全本戲。

《迎神賽社禮節傳簿四十曲宮調》所反映的這種賽社程序來自上古，帶有非常強烈的傳統色彩，「實爲古代驅儺賽神的民俗基礎上，加入了宮廷、教坊反饋於民間的祀神祈福禳災禮節」〔註28〕。宮廷教坊的供盞程序比這還要繁多複雜。傳統的祭祀禮節是在戲曲尚不成熟的情況下逐步形成的，其獻樂以歌舞爲主，供盞之間的時間相對都很短暫，所以沒有給全本戲留下足夠的表演時間。而戲曲尤其是長篇的南戲興起後，如何在有限的時間內加入戲曲的表演以娛神（當然更多是悅人），最好的方式自然是選取深得人心的折子戲。

潞城縣屬山西省上黨地區，是中國北方賽事活動比較集中且頻繁的地區，《迎神賽社禮節傳簿四十曲宮調》出現在這裡，證明此類賽社形式並非某地獨有的罕見類型。因此，可以判斷，在明代嘉靖時期的節日賽社的過程中，常常按照賽事程序穿插上演各種折子戲。有些深受歡迎的折子戲還反覆上演，觀眾百看不厭。迎神賽社在許多地區是群眾唯一的娛樂方式，人們藉此舒緩生存壓力，放鬆心情。一地舉辦節日賽社，附近百姓常常奔走相告，聚集觀看，其熱情主要在於賽社中的各種娛神節目，尤其是戲曲。因此群眾對辦賽社積極性很高。嘉靖後節日賽社日益豐富多樣，比如每年民間僅城隍賽會，就有城隍誕辰賽會一次、城隍出巡賽會三次。各地還常有地方特色濃厚的各種賽會，如杭州八月十八祭祀潮神的賽會，蘇州的五方賢聖會等。每次賽社幾乎都要演戲，「其時，優人百戲，擊球關撲，魚鼓彈詞，聲音鼎沸」〔註29〕由此看來，賽社演出對折子戲表演的需求必定是相當大的，折子戲在這個過程中接受觀眾口碑的檢驗，並不斷改進，愈益精緻。毫無疑問，節日賽社的廟臺是廳堂之外折子戲表演的另一個重要場合，它促進了折子戲的產

〔註28〕 寒聲、栗守田、原雙喜、常之坦《迎神賽社禮節傳簿四十曲宮調》初探，《中華戲曲》第 3 期，1987 年 4 月，頁 125。
〔註29〕 明・田汝成《西湖遊覽志餘》卷二十《熙朝樂事》，北京：中華書局，1958年，頁 361。

生和發展。

　　如果說宴會酒席的廳堂是折子戲在上層社會產生並發展的舞臺，那麼節日賽社的廟臺就是折子戲在下層社會產生並發展的舞臺。正因為整個社會對折子戲的需求都如此旺盛，所以明中後期至清代幾百年間，折子戲不斷發展，日益繁榮。

　　此外，在折子戲的形成過程中，有一種叫「找戲」的演出方式應該也起到了一定的推動作用。所謂「找戲」，就是在全本戲表演之外又加演散出表演。「找戲」通常在正戲之後，也有個別在正戲之前。〔註 30〕找戲只能演散出，戲班必須要表演一些獨立性比較強的段落，並在反覆演出中加強它們的獨立性。這也會促進折子戲齣目的固定和水平的提高。當然，據現有資料來看，找戲不是一種常態表演，其對折子戲的產生發展所起的作用應該是比較有限的。

二、清唱傳統的延伸

　　明代折子戲的產生還與中國自元明以來的清唱傳統有關。據《中國曲學大辭典》，清唱「是宋嘌唱、唱賺、元明樂府唱曲形式的一種延續，唱而不演，不化妝；起初只唱散曲，明傳奇興起後也唱戲曲，但將道白刪去，故稱『清唱』。明魏良輔《曲律》曰：「清唱，俗語謂之冷板凳，不比戲場借鑼鼓之勢，全要閒雅整肅，清俊溫潤。其有專於磨擬腔調，而不顧板眼，又有專主板眼而不審腔調，二者病則一般。惟腔與板兩工者，乃為上乘（《吳歈萃雅》本）」。實際上，就現在而言，清唱有廣義、狹義之分，狹義清唱多指不化妝演唱一段至數段戲曲唱段的表演形式，專指戲曲套曲的演唱，元明時的「清唱」屬廣義，籠統指所有沒有動作及道白，用絃索、笙笛而不用喧鬧鑼鼓來伴奏的演唱形式，其內容包括戲曲套曲和散曲。散曲又稱清曲，就是因為清唱多演唱散曲之故，尤其在戲曲尚不成熟之時。戲曲套曲又稱劇曲〔註 31〕，和散曲相對應。戲曲日漸成熟後，劇曲也成為清唱的內容。為敘述的方便和概念上的關聯性，本書採用清曲和劇曲這兩個概念對應清唱中的散曲和戲曲

〔註 30〕　參見王安祈《明代傳奇之劇場及其藝術》，臺灣：學生書局，1986 年，頁 166。

〔註 31〕　「劇曲」，從廣義來說是泛指戲曲，比如張棣華（臺灣）的《善本劇曲經眼錄》，臺灣文史哲出版社，1976 年出版。該書著錄臺灣中央圖書館所藏善本戲曲 133 種，其書名中的「劇曲」就是指戲曲。從狹義來說「劇曲」指戲曲中的套曲，本書用其狹義以區別散曲套曲和戲曲套曲。

套曲。

元明時，清唱是流行於全社會的一種娛樂方式。尤其是宴會遊賞，勸酒進觴，清歌一曲以佐興是常見的現象。很多筆記、小說中都提到這一點。據元代夏庭芝《青樓集》記載，「梁園秀，姓劉氏，行第四。歌舞談諧，為當代稱首。親喜文墨作字楷媚，間吟小詩，亦佳。所製樂府，如《小梁州》、《青歌兒》、《紅衫兒》、《搏磚兒》、《寨兒令》等，世所共唱之。」〔註32〕這則記錄一方面說明梁園秀才氣過人，另一方面也說明當時曲唱成風，有好的作品出來，很快就在全社會流行開來，即所謂「世所共唱之」。《青樓集》中有關曲唱活動的記述所在皆是，此不贅述。

明代的曲唱之風毫不遜於元代，有的曲子流行之盛十分驚人：「正統間，北京滿城忽唱妻上夫墳曲，有旨命五城兵馬司禁捕。不止。」〔註33〕其之所以引起官府的禁絕，是因為此歌「婦女幼童俱習之，其聲淒婉，靜夜聽之，疑身在墟墓間」，〔註34〕次年即有土木之變，朝廷以為此曲不祥，遂禁之。不祥之說固為無稽之談，不足為信，但從此曲的禁而不止可以看出，朝廷禁令也無法阻止人們對某些流行歌曲的喜愛。

小說《金瓶梅》中的西門慶家更是幾乎無歌不飲，無曲不席。《金瓶梅》第十一回，西門慶看上了妓女李桂姐，取五兩銀子讓她唱曲，「當下桂姐不慌不忙，輕扶羅袖，擺動湘裙，袖口邊搭刺著一方銀紅撮穗的落花流水汗巾兒，歌唱一隻《駐雲飛》：『舉止從容，壓盡拘攔占上風。行動香風送，頻使人欽重。嗏，玉杵污泥中，豈凡庸？一曲清商，滿座皆驚動。何似襄王一夢中，何似襄王一夢中！』」〔註35〕又第二十七回中，西門慶與眾妻妾在院中納涼，酒過三巡，西門慶要求孟玉樓和潘金蓮「你兩個唱一套『赤帝當權耀太虛』我聽。」〔註36〕這種類似的「唱一套」的情況在《金瓶梅》中處處可見。

〔註32〕孫崇濤、徐宏圖《青樓集箋注》，元·夏庭芝原著，北京：中國戲劇出版社，1990年，頁61。

〔註33〕王利器《元明清三代禁燬小說戲曲史料》（增訂本），上海：上海古籍出版社，1981年，頁15。

〔註34〕明·沈德符《萬曆野獲編》第二十九卷「土木之禍咎徵」，《明代筆記小說大觀》（三），上海：上海古籍出版社，2005年，頁2665。

〔註35〕明·蘭陵笑笑生《金瓶梅詞話》（梅節重校本），陳詔、黃霖注釋，香港：夢梅館印行，1993年，頁119。

〔註36〕明·蘭陵笑笑生《金瓶梅詞話》（梅節重校本），陳詔、黃霖注釋，香港：夢梅館印行，1993年，頁317「赤帝當權耀太虛」，曲牌名為《雁過聲》。

「唱一套」就是唱一個套曲的意思。清曲分小令和套曲。小令字數、篇幅有限，聽起來自然不如套曲過癮，所以在《金瓶梅》及其它小說中唱套曲的情況遠多於小令。

從音樂的角度說，一套劇曲和一套清曲並無本質區別。因此，從戲曲中抽取成套劇曲出來演唱實是清唱傳統的自然延伸，是清唱內容的自然擴大。這就開了從全本戲曲中抽取片段（刪去了科介、賓白）來演出的先河，筆者以為，劇曲清唱是折子戲產生過程中一個關鍵性因素，可以看作折子戲演出的先聲。這個演變大約發生在明初。從元到明初的曲本內容顯示了這個變化。元代的曲選如《樂府新編陽春白雪》、《朝野新聲太平樂府》等都是純粹的清曲選集，而到了明初，曲唱選本開始出現清曲與劇曲相混雜的情況，如正德、嘉靖時期的《盛世新聲》、《雍熙樂府》、《詞林摘豔》等。這個時期可以說是劇曲清唱時期，劇曲完全從屬於清唱的需要，和同一宮調的清曲散套混合排列。

以《詞林摘豔》為例，此本選取了《梧桐雨》第二折套曲，入第三卷「中呂」，目錄只記曲首「天淡雲閒」四字。《拜月亭》第三十二折套曲入第二卷「南九宮」，《范蠡歸湖》第四折入第五卷「雙調」，《謁魯肅》第二折套曲入第八卷「南呂」，等等。雜劇每折用一個宮調的音樂規範使得北雜劇整折刪去科白入選清唱曲本並無技術上的難度，而南戲在宮調使用上沒有這樣嚴格的規範，因而南戲入選段落也相對更加隨意。比如上文提到的《拜月亭》第三十二折套曲，《六十種曲》本中此折曲詞始於〔齊天樂〕「懨懨捱過殘春也」，後面有〔青衲襖〕－〔紅衲襖〕－〔青衲襖〕－〔紅衲襖〕－〔二郎神〕－〔鶯集御林春〕－〔前腔〕－〔前腔〕－〔前腔〕－〔四犯黃鶯兒〕－〔前腔〕－〔尾聲〕〔註37〕，而《詞林摘豔》是：〔二郎神慢〕－〔鶯轉過林春〕－〔又〕－〔又〕－〔又〕－〔四犯黃鶯兒〕－〔又〕－〔尾聲〕〔註38〕，是從原本的第六支曲子〔二郎神〕開始選取的。仔細分析不難發現，〔齊天樂〕、〔青衲襖〕、〔紅衲襖〕屬正宮調，〔二郎神〕及後面的〔黃鶯兒〕等曲屬商調，前後兩部分分屬不同宮調，《詞林摘豔》只選取了同屬一個宮調的後半部分。所以，劇曲入選曲本的標準主要是看其是否能「唱一套」。

〔註37〕　《拜月亭》又名《幽閨記》，此處曲牌名據毛晉《六十種曲》本《幽閨記》。
〔註38〕　明・張祿《詞林摘豔》第二卷（共十卷），嘉靖四年（1525）刊刻。

　　就清曲而言，「唱一套」是個完整的過程，而對劇曲而言，「唱一套」是一種段落式表演，這種段落式表演形式對折子戲無疑具有啓迪和示範作用，折子戲演出只是在這個基礎上的進一步嘗試而已。

　　從內容看，劇曲雖然和清曲散套混雜在一起，但畢竟是從成型的另一種藝術形式中摘取出來的，它和清曲還是有不同的。科介和賓白在戲曲中並非可有可無之物，刪去它們，常常就刪去了兩段唱詞中間的重要鋪墊和必要交待，作爲演唱內容的曲詞有時顯得很突兀，前後無法銜接。比如《詞林摘豔》第三卷選了《雲窗夢》雜劇第三折套曲，敍述鄭月蓮被賣在洛陽張媽媽家，中秋時節，月圓人難圓，勾起對情人張均卿的思念之情。這一折是旦腳戲。鄭月蓮獨自月下喟歎。原文中這一部分內容如下：

　　……

　　〔中呂〕〔粉蝶兒〕皓月澄澄，快袁宏泛舟乘興，便宮鴉啼盡殘更。九霄中，千里外，無片雲遮映。是誰家妝罷娉婷，掛長空不收冰鏡？

　　〔醉春風〕按不住情脈脈喟然聲，又添個骨岩岩清瘦影。（云）好月色也！閒庭中步月散心咱。（唱）步蒼苔冰透繡羅鞋，暢好是冷、冷、冷。一點離情，半年別恨，滿懷愁病。（外旦上，云）妹子，在這裡做甚麼哩？（旦云）我閒走來。（外旦云）我見你這病體愁悶，拿了些酒食來，與你解悶。（旦唱）

　　〔迎仙客〕我這裡忙接待，緊相迎，量妹妹有甚德能，教姐姐好看承。姐姐索廝敬重，眞然是意重人情，把月蓮眞個的人欽敬。（外旦云）妹子，飲一杯酒者。（旦云）姐姐，我那裡吃的下去。（外旦云）妹子，你害的是甚麼症候？（旦云）姐姐，您妹子害甚？（唱）

　　〔紅繡鞋〕我害的是閒愁閒悶，害的是多緒多情，害的是眉淡遠山青。害的是傷心症，害的是斷腸聲，害的是繡衾中一半冷。（云）姐姐，你試猜我這病咱。（外旦云）敢是相思病？（旦唱）

　　〔石榴花〕我恨不的把家門改換做短長亭，恨不的拆毀了豫章城。聽的唱陽關歌曲腦門疼，委實的倦聽，慘然凄聲。往常時茶裏飯裏相隨定，影兒般隨坐隨行。月窗並枕歌新令，每日價同品玉簫聲。

　　〔鬥鵪鶉〕則爲我暗約私期，致令得離鄉背井。（外旦云）你那秀

才那裡去了？（旦唱）這其間戴月披星，禁寒受冷。恨則恨馮魁那個醜生，買轉俺劣柳青。一壁廂穩住雙生，一壁廂流遞了小卿。〔註39〕

……

《詞林摘豔》刪去賓白，內容如下：（字句略有出入）

〔中呂〕〔粉蝶兒〕：皓月澄澄，快袁宏泛舟乘興，便宮鴉啼盡殘更。九霄中，千里外，無片雲遮映。是誰家妝罷娉婷，掛長空不收寶鏡？

〔醉春風〕按不住情脈脈唔然聲，又添個骨岩岩清瘦影。步閒庭苔痕透繡羅鞋，暢好是冷、冷一點離情，半年別恨，則落的滿懷愁悶。

〔迎仙客〕我這裡忙接待，緊邀迎，量姊妹有甚德能，交姐姐好看承我索廝敬重，這意重人情，把月蓮真個似人欽敬。

〔朱履曲〕我害的是閒愁閒病，害的是多緒多情，害的是眉淡遠山青。害的是傷心事，害的是斷腸聲，害的是繡衾中一半冷。

〔石榴花〕我恨不的把香閨改做短長亭，恨不的拆毀了豫章城。聽的唱別離歌曲腦門疼，委實的倦聽慘然淒聲。往常裏我茶裏飯裏相隨定，影兒般同坐同行。月窗並枕歌新令，每日家同品玉簫聲。

〔鬥鵪鶉〕則爲俺暗約偷期，作得來離鄉背井，帶月披星，忍寒受冷。恨則恨馮魁那醜生，買轉俺那柳青。一壁廂穩住雙生，一壁廂流遞小卿。〔註40〕

……

可以看出，此折本有外旦張媽媽出場，由外旦的詢問引出旦的傾訴。刪去賓白後，此套曲成了鄭月蓮的自吟自唱，本是迎接張媽媽的〔迎仙客〕一曲顯得突如其來，和前面〔醉春風〕曲所表現的哀愁悲怨的格調完全無法銜接，「忙接待」、「緊邀迎」之說於此都沒有了著落，而〔朱履曲〕（即〔紅繡鞋〕）緊接在〔迎仙客〕之後，前一曲的熱情迎客又突然轉變爲這一曲的淒淒訴說，也顯得不合情理。除非是對《雲窗夢》非常熟悉，否則聽這套劇曲一定感覺轉折突然，莫明其妙。

〔註39〕王季烈《孤本元明雜劇》第九冊，北京：中國戲劇出版社，1958年。
〔註40〕明・張祿《詞林摘豔》第三卷，嘉靖四年（1525）刊刻。

　　或是有鑒於此，在嘉靖時期的選本中，還有另一種劇曲摘錄方式，即摘錄一個套曲的同時把賓白一同錄入。在嘉靖三十二年重刻的《風月錦囊》一書中，我們找到了實例。該書第一卷《新刊耀目冠場擢奇風月錦囊正雜兩科全集》中收錄有《新增王十朋南北祭江》。《祭江》是《荊釵記》第三十五齣，是後世有名的折子戲。但是此處的《新增王十朋南北祭江》與後世成熟的折子戲《祭江》是不同的。原本中《祭江》按曲牌名如下：

　　　　〔一枝花〕－〔新水令〕－〔步步嬌〕－〔折桂令〕－〔江兒水〕－〔雁兒落〕－〔僥僥令〕－〔收江南〕－〔園林好〕－〔沽美酒〕－〔尾〕〔註41〕

錦本（即《風月錦囊》，後文沿用此簡稱）中的《祭江》則是：

　　　　〔折桂令〕（〔新水令〕）〔註42〕－〔步步嬌〕－〔折桂令〕

錦本只選取了這一折三分之一的段落。值得注意的是，這個段落不但有曲文，而且有賓白，在〔步步嬌〕曲後是生與末的對話：

　　　　（生）下官為妻玉蓮守節自喪長江，今遇清明佳節，備辦牲儀，祭奠一番，以表情意。手下，酒禮完備不曾？

　　　　（末）酒禮都已完備，請老爹上香。〔註43〕

緊接著是大段祭文。祭文後，王十朋還有賓白：「將香過來！」，接著唱〔折桂令〕「這沈檀香噴金猊……」。此處賓白和唱詞的接合非常緊密，若沒有「將香過來！」一句，後面的「這沈檀香」就失去了依憑。錦本《祭江》雖然有些字句與《六十種曲》本同一段落有出入，但大部分內容是一致的。現在看來，這個段落已經是個折子戲。但是從編選者的角度來說，錦本《祭江》顯然是為曲唱準備的，因為錦本《祭江》被收入《新刊耀目冠場擢奇風月錦囊正雜兩科全集》中，而這個集子主要收錄用於演唱的各種散曲、民歌、劇曲等。《祭江》在這裡是極個別現象。《風月錦囊》中真正稱得上折子戲的部分是《新刊摘彙奇妙戲式全家錦囊》和《新刊摘彙奇妙全家錦囊續編》這兩個部分〔註44〕。本來應是作為劇曲被選入的《祭江》，結果卻以折子

〔註41〕據《六十種曲》本《荊釵記》第三十五齣，此齣《六十種曲》本題為《時祀》。

〔註42〕孫崇濤在《風月錦囊箋注》第115頁校注〔1〕中認為此〔折桂令〕諸本皆作〔新水令〕，當為錦本誤，本書從此說。

〔註43〕孫崇濤、黃仕忠《風月錦囊箋注》，北京：中華書局，2000年，頁113。

〔註44〕據孫崇濤《風月錦囊考釋》，《風月錦囊》實際包括三編內容：甲編《新刊耀

戲的形態出現，這是個很有意思的現象。筆者分析，或許是因為「祭江」是程序性很強的活動，在這個過程中必要的程序交代還有賴於賓白來完成。對比同時收入《新刊耀目冠場擢奇風月錦囊正雜兩科全集》的劇曲《王昭君奏主訴情》〔註45〕可以加強這個判斷。《王昭君奏主訴情》和明萬曆間富春堂刊《和戎記》第十齣中的文字極為接近，只是去掉了賓白。但這並不影響曲文的表達，因為此段的唱詞兼俱抒情和敘事的雙重功能，原文中的賓白只不過是對唱詞通俗化、口語化的重複，實際處於可有可無的地位。而《祭江》就不同了，《祭江》的曲文主要用於抒情，敘事功能交給賓白，通過賓白的交代，觀眾才能瞭解王十朋的所作所為，理解王十朋的哀痛悲傷，曲唱的感染力才更強。

由此可見，有時，人們在演出實踐中為加強劇曲演唱的效果而保留了賓白。以現在的概念判斷，這就是折子戲，但是對於明人來說，其時的目的不過是為了強化曲唱的效果。從劇曲清唱到折子戲表演，是舞臺效果的需要。這個轉變應該不會很困難，因為劇本中賓白、科介都是現成的，當然，這樣對演員表演的要求就不止演唱一個方面了。但這也正是折子戲的魅力之一，是其後來者居上的重要因素，這個問題我們在後面的章節中還會談到。

折子戲是清唱傳統的延伸，它曾長期與清唱曲目混雜在一起也是個證明。前面所舉《祭江》是個例子。《風月錦囊》中這種混雜現象還有不少。《風月錦囊》的《新刊摘彙奇妙戲式全家錦囊》和《新刊摘彙奇妙全家錦囊續編》這兩個部分，所選多為有曲有白，甚至有科介的戲曲選段，實際就是折子戲，也有一些戲曲選段只有曲文而並無賓白、科介，顯然選編者對於是否一定要有賓白、科介並無統一要求，所以劇曲和折子戲編排在同一部「錦囊」中。此外，萬曆時期的很多折子戲選本中都選錄有清曲，有時甚至就放在折子戲之間。比如《徽池雅調》卷二上欄，在《西廂記·月下佳期》、《破窯記·蒙正榮歸》、《鳴鳳記·繼盛修本》等折子戲中間插入祝枝山的《聲聲杜宇》、《一春無事》等散曲套曲；《詞林一枝》卷三上欄，在諸折子戲之後插入《題詠醉妓》散曲。選編者顯然並不覺得這樣的分類有什麼不妥。這種清曲與折子戲界限模糊的情況從另一個角度說明，折子戲的產生與清唱傳統有密切關係。

目冠場擢奇風月錦囊正雜兩科全集》、乙編《新刊摘彙奇妙戲式全家錦囊》和丙編《新刊摘彙奇妙全家錦囊續編》。

〔註45〕孫崇濤、黃仕忠《風月錦囊箋注》，北京：中華書局，2000 年，頁82～83《王昭君奏主訴情》：〔下山虎〕「奏君知，聽咨啓」。

正因爲它的產生是劇曲清唱的一種發展和延伸，所以它曾長期被歸入曲唱範圍，尤其是明代前期，折子戲處於「妾身未分明」的境地，既已表現出與清唱劇曲不同的形態，又沒有完全脫離清唱的範疇，往往和劇曲、清曲混在一起。《徽池雅調》、《詞林一枝》等選本的內容編排就體現了時人在認識上的這種模糊性。當然，隨著折子戲作爲一種表演形式的日漸成熟，它和清曲的區別越來越明顯，萬曆以後，清曲在折子戲選集中通常只作爲配角放在中間一欄，天啓之後就很少再有折子戲選集和清曲混雜的現象了，純粹的折子戲選集越來越多。

從曲唱的角度來說，清曲、劇曲、折子戲之間並沒有不可逾越的鴻溝，喜愛「唱一套」的風氣使得劇曲順理成章地從戲曲中摘出，進入清唱領域。而劇曲的段落式演出方式又爲折子戲的產生和發展奠定了基礎。宏觀來講，從清曲演唱到劇曲演唱，表演的內容得到了擴大，從劇曲演唱到折子戲演出，表演的效果得到了加強。因此，可以說，折子戲是中國清唱傳統的一種自然延伸，正是因爲有長期的清唱傳統，從「唱一套」到「演一段」，折子戲表演能夠被人們自然地接受，並逐漸成爲舞臺上的新寵。

在研究過程中，筆者也發現，折子戲的光芒並沒有完全掩蓋住清唱獨有的魅力，即使在折子戲全盛的時候也有很多清唱社，以清唱爲業，與「戲子」相區別。事實上，很多故事性不強的戲曲片段依然是以劇曲的形式保留在各種曲本、曲譜中的。清唱自有它的魅力，此非本書探討範圍，這裡不作論述，只是，在折子戲的個性特徵越來越明顯的時候，其與清唱的距離也越來越遠。明代末期及清代的折子戲選集中已經看不到清曲的影子了。從混淆不清到涇渭分明，變化的主要不是清曲，而是折子戲，它從最初的依賴於曲唱，到後來發展出自己獨立的藝術風格，經歷了漫長的過程。這個過程是折子戲走向成熟的過程，也是人們對它的認識逐漸清晰的過程。

第二節　戲曲的自身特點與明代折子戲的產生

明代靡然向奢的社會生活氛圍及長期盛行的清唱傳統爲折子戲的產生提供了外部的要求和條件，而中國古典戲曲自身的特點則爲全本戲分解成折子戲演出提供了內在的基礎和可能。

第一，中國古典戲曲抒情性較強，敘事性較弱，戲曲多重曲文不重結構，重意境不重邏輯，以至頭緒繁多，結構鬆散，易於拆分。

戲曲強烈的抒情性首先來自於它的出身。無論學者關於中國戲曲的起源
有多少種說法，無可否認的是，中國古典戲曲與中國古代的多種藝術形式都
有著深遠的淵源關係，尤其是歌舞。王國維認為戲曲就是「以歌舞演故事」
〔註46〕。歌舞在中國古代歷史上源遠流長，尤其歌者，始終是雅俗共賞之大
眾娛樂方式。以歌唱作為重要的表演手段，是中國戲曲秉承至今的主要原則
之一。正如周貽白所說：「中國戲劇的特性，離開音樂便不能成立」〔註47〕，
更重要的是，在曲詞方面，戲曲繼承了自《詩經》、漢樂府以來的詩歌傳統，
使詩歌抒發情感、傳神達意的功能達到了一個新的高峰。王驥德《曲律》有
言：「詩不如詞，詞不如曲，故是漸近人情」〔註48〕，即是說明曲相對於詩和
詞而言，在抒情表意方面更有優勢〔註49〕。曲的格律、字數各方面限制較詩
詞要少，故表達情感、描摹事物更能得心應手。古典戲曲中的優秀作品，其
曲詞很多都是膾炙人口的優美詩篇。比如《西廂記》中的「碧雲天，黃花地」，
《牡丹亭》中的「原來姹紫嫣紅開遍」等等，不僅作為動聽的戲曲唱段代代
相傳，而且作為優秀的抒情文學感動著一代代讀者。

以舞蹈入戲曲也是戲曲成熟之初就已有的表演原則，雖然關於此點的記
載不多，但從現在流傳下來的元明劇本中能看到一些元明戲曲對舞蹈的運用
的記錄。比如元代馬致遠的雜劇《青衫淚》第四折，裴興奴拜見皇帝，科介
提示有「正旦拜舞科」〔註50〕，這應該是舞蹈化了的跪拜動作。再如南戲
《張協狀元》中，張協與貧女重諧連理，僕從們作傘舞：「（末）正是打鼓弄
琵琶，合著兩會家。（丑舞傘介）」〔註51〕，此段舞蹈以傘為道具，或與雜耍
伎藝相結合，在舞臺上應當是比較熱鬧的，正好烘托出結婚的喜慶氛圍。舞
蹈在戲曲中的應用發展到後來，越來越繁複，出現了專門的武戲如《鬧天
宮》、《三岔口》等，演員以精妙的技藝給人視覺上的享受，在舞臺上成為上

〔註46〕　王國維《戲曲考原》，《王國維戲曲論文集》，北京：中國戲劇出版社，1984
　　　　年，頁201。
〔註47〕　周貽白《中國戲劇史長編》，上海：上海書店出版社，2007年，頁6。
〔註48〕　明‧王驥德《曲律》，陳多，葉長海注釋，湖南：湖南人民出版社，1983年，
　　　　頁212。
〔註49〕　這裡的曲指廣義概念，既包括劇曲，也包括散曲。
〔註50〕　據臧晉叔《元曲選》中《江州司馬青衫淚雜劇》，《續修四庫全書》（1761），
　　　　上海：上海古籍出版社，2002年，頁483。
〔註51〕　《張協狀元》，齊豫生、夏於全編《中國古典文學寶庫》第六十三輯，吉林：
　　　　延邊人民出版社，1999年，頁496。

演不衰的劇目。

齊如山說，戲曲是「無聲不歌，無動不舞」的，自成型之日起，歌舞就是戲曲的基本元素，無論音樂體制、表演方式怎麼演變，這個原則始終沒有改變過。作為「歌詞」的戲曲曲詞始終是戲曲的核心內容，而作為敘事藝術主體因素的情節則成為中國古典戲曲比較薄弱的環節。

其次，文人對戲曲創作的積極參與和研究，有力地推動了戲曲的繁榮，與此同時，也將中國文學的抒情傳統帶入戲曲。最典型的一點是，中國古典戲曲創作和批評的重心是劇曲的創作和批評。無論賓白、科介還是劇情結構、人物設置，都沒有劇曲引發的關注和重視多。眾所周知，這方面曾經發生過中國戲曲史上最大的一次論爭，也就是所謂的「湯沈之爭」，即主張「意趣神色」的以湯顯祖為代表的臨川派和主張「合律依腔」的以沈璟為代表的吳江派之間的論爭。兩派在創作和批評的理論上、實踐上都有激烈的碰撞。但無論是「音律至上」還是「意趣至上」，討論的都是「填詞作曲」的問題，而情節、戲劇衝突這些敘事因素很少得到關注。

正是因為戲曲創作者和批評者關心的大多不是情節、衝突這些敘事藝術的核心問題，而是如何更好地抒發情感，創造意境，所以劇作者往往著力於曲詞、音律，在情節上並不下功夫，戲曲的情節結構多半粗糙散漫，缺少嚴密的邏輯性。正如王國維所說：「元劇關目之拙，固不待言。此由當日未嘗重視此事，故往往互相蹈襲，或草草為之。……然元劇最佳之處，不在其思想結構，而在其文章。其文章之妙，亦一言以蔽之，曰：有意境而已矣。……古詩詞之佳者無不如是。」〔註52〕又說：「元南戲之佳處，亦一言以蔽之，曰自然而已矣。申言之，則亦不過一言，曰有意境而已矣。」〔註53〕

曲牌、宮調使用更自由的傳奇，在情節結構方面是有進步的。李漁云：「吾觀今日之傳奇，事事皆遜元人，獨於埋伏照映處，勝彼一籌。非今人之太工，以元人所長全不在此也。」〔註54〕從這一點說，明傳奇比元雜劇更加重視情節藝術，但是從明清傳奇的創作實踐和理論總結來說，傳奇依然是屬於「填詞製曲」之道，即使是對結構的重視遠超過前人的李漁也是如此

〔註52〕 王國維《宋元戲曲考》，《王國維戲曲論文集》，北京：中國戲劇出版社，1984年，頁85。

〔註53〕 王國維《宋元戲曲考》，《王國維戲曲論文集》，北京：中國戲劇出版社，1984年，頁102。

〔註54〕 清・李漁《閒情偶寄》「詞曲部」，上海：上海古籍出版社，2000年，頁26。

〔註 55〕。傳奇作者對傳統詩歌〔註 56〕藝術的熱愛並未在傳奇中消失，何良俊說：「夫詩變而爲詞，詞變而爲歌曲，則歌曲乃詩之流別」〔註 57〕，王世貞則更明確：「三百篇亡而後有騷、賦，騷、賦難入樂府而後有古樂府。古樂府不入俗而後以唐絕句爲樂府，絕句少宛轉而後有詞，詞不快而後有北曲，北曲不諧而後有南曲」〔註 58〕。這段話代表了明代人對戲曲的一般看法，那就是戲曲是抒情詩歌的一種，是對能夠配樂演唱的先秦詩歌、漢魏古樂府、唐絕句、宋詞的一脈相承，是文學和音樂的結合。

　　表面看，傳奇更加重視前後照應，重視縫合穿插，但實際上並未形成邏輯嚴密的結構整體。傳奇作者對情節的重視不過是爲了「通過一個盡可能曲折複雜的悲歡離合故事，網羅忠奸賢愚貞淫妍媸的各色人物，表達作者或莊或諧或美或刺的審美態度。」〔註 59〕換言之，傳奇作者重視故事情節的編織縫合是爲了更好地表達自己的生命體驗和美學主張。由此造成的結果是，多數傳奇有多個線索和眾多人物出現，情節安排相對鬆散。李漁說：「頭緒繁多，傳奇之大病也。」〔註 60〕大部分傳奇由於兩線甚至多線交叉，上下兩折之間常常並無必然的因果聯繫，更有甚者，還加入一些與主題關係不大的段落，使結構鬆散的情況更加惡化。比如，邵璨《香囊記》有「題詩」、「投宿」兩齣，讓呂洞賓題詩預言張九成必中狀元，中狀元是張九成坎坷仕途的開始，也是後面一系列故事的起因，但是不是一定要有神仙相助？筆者以爲，中狀元的經過和因緣實屬可有可無之段落，其與後面的情節並無關係，反給人造作之感，刪去毫不影響全劇主題和情節的發展。這樣的例子在大多數傳奇劇作中都能找到。有些段落是滑稽戲的遺存。比如《香囊記》第三齣「講學」，幾個秀才爲準備大考，聚會講學，純粹一篇插科打諢文字，離題甚遠。再比如梁辰漁《浣紗記》，「捧心」、「效顰」兩齣是根據西施的傳說敷衍而成的，故事固然有趣，然而和主題並無聯繫。正如李漁在《閒情偶寄》「立主腦」一

〔註 55〕　李漁在《閒情偶寄》「詞曲部」第一篇「結構第一」中說：「高則誠、王實甫諸人，元之名士也，捨塡詞一無表見。使兩人不撰《琵琶》、《西廂》，則沿至今日，誰復知其姓字？」
〔註 56〕　這裡的「詩歌」指能夠配樂歌唱的詩，以下同。
〔註 57〕　明‧何良俊《四友齋叢說》卷三時七《詞曲》，北京：中華書局，1959 年，頁337。
〔註 58〕　明‧王世貞《曲藻》，《中國古典戲曲論著集成》第四卷，頁 27。
〔註 59〕　呂效平《戲曲本質論》，南京：南京大學出版社，2003 年，頁 182。
〔註 60〕　清‧李漁《閒情偶寄》「詞曲部」，上海：上海古籍出版社，2000 年，頁 28。

則中所說：「後人作傳奇，但知爲一人而作，不知爲一事而作。盡此一人所行之事，逐節鋪陳，有如散金碎玉，以作零齣則可，謂之全本，則爲斷線之珠，無梁之屋。」〔註61〕從舞臺效果上看，插科打諢可以調節觀眾情緒，未必不受歡迎，但從情節結構上來說，這些段落的存在使得原本就不緊湊的結構更加鬆散，更易於拆分。這就爲折子戲的產生提供了契機。

第二，傳奇（包括南戲，下同）〔註62〕篇幅冗長，搬演費時。全本演出對於演員、觀眾而言均爲辛苦勞累之事，拆分爲折子戲表演可減輕觀演之勞苦。

戲曲中結構最爲「草草」的元雜劇本身的篇幅並不長，要拆開來單折表演似乎亦沒有太大的必要，所以在各種折子戲選集中，元雜劇的摺子是很少的，主要是《西廂記》這樣篇幅較長的雜劇。

傳奇則不同。多數傳奇試圖網羅社會萬象，力圖通過戲曲主人公們個人命運的起落沉浮，通過抒情性的曲詞傳達其倫理價值觀和人生感慨，「不講根源，單籌枝節，謂多一人可增一人之事。事多則關目亦多，令觀場者如入山陰道中，人人應接不暇。」〔註63〕如此一來，傳奇多半規模宏大，拖沓冗長，動輒四、五十齣。《六十種曲》中，齣數在四十齣以上（含四十齣）的有 21種，在三十齣以下（不含三十種）的只有 3 種，餘者三十多種齣數都在三十至四十齣之間。

劇本過長，演完全本必然費時頗長。以傳奇常見的三四十齣的篇幅而言，演完全本需要多少時間呢？有人統計過，「周明泰原藏清乾隆間內廷精寫本弋陽腔《江流記》傳奇和崑腔《進瓜記》傳奇（今歸上海圖書館），各有 18 齣，注明演出時間爲『兩個時辰零四刻』（大約 5 個小時）。以此類推，31 出至 50齣的傳奇，便約需演出 9～15 個小時，往往要麼通宵達旦，要麼連演數天，才能串完全本。」〔註64〕2004 年臺灣作家白先勇著力打造的青春版《牡丹

〔註61〕 清・李漁《閒情偶寄》「詞曲部」，上海：上海古籍出版社，2000 年，頁 24。

〔註62〕 俞爲民認爲：「南戲與傳奇在體制上並沒有根本的區別，而且前人也一直視兩者爲同一種戲曲形式，只是名稱不同而已。因此，在名稱上，我們可以將兩者加以區分，即習慣上可按時代爲界，稱爲「宋元南戲」與「明清傳奇」，但在體制上，仍應視兩者爲同一種戲曲形式。」（《宋元南戲考論續編》，中華書局，2004 年，頁 8），筆者從此說，如無必要，後文對傳奇、南戲一般不作具體區分。

〔註63〕 清・李漁《閒情偶寄》「詞曲部」，上海：上海古籍出版社，2000 年，頁 28。

〔註64〕 郭英德《明清傳奇戲曲文體研究》，北京：商務印書館，2004 年，頁 99。

亭》，演完全本五十五齣需要十八個小時，簡略版二十七齣的演出也要九個小時。這麼長時間的表演對演員和觀眾都是巨大的挑戰。十數個小時的表演於搬演者自然是一樁苦差事，這一點無庸置疑；於觀眾而言，十多個小時不眠不休觀看戲曲，體力、精力亦難以承受，觀戲之「娛樂」終成苦不堪言之事，趣味何在？

多數傳奇劇作者只顧恃才逞能，顯示自己編造故事，縫合情節，填詞作曲，抒情狀物的本事，很少考慮場上演出時的困難。但是兼有劇作者和家班主人雙重身份，既寫作劇本又指導表演的李漁對這個問題感受很深刻，他在《閒情偶寄》「縮長為短」一則中說：「戲之好者必長，又不宜草草完事，勢必闡揚志趣，摹擬神情，非達旦不能告闋，然求其可以達旦之人，十中不得一二，非迫於來朝之有事，即限於此際之欲眠，往往半部即行，使佳話截然而止。予謂好戲若逢貴客，必受腰斬之型。雖屬謔言，然實事也。與其長而不終，無如短而有尾。」〔註65〕可見，劇本過長是傳奇的通病，也是當時演出中經常碰到的困難。李漁對此種傳奇通病開出的藥方是「當仿《元人百種》之意，而稍稍擴充之，另編十折一本或十二折一本之新劇，以備應付忙人之用」〔註66〕，但李漁的這個號召似乎並沒有引起太多共鳴。在李漁之後，最負盛名的傳奇《桃花扇》四十齣，《長生殿》五十齣，均為長篇巨製。傳奇這種「好者必長」的慣性直到清中後期才慢慢停住。〔註67〕

對這樣的長篇巨製，常用的方法一是刪削劇本，把與主題關係不大的場次盡皆刪去，比如五十五齣的《牡丹亭》，臧懋循將之刪為三十五齣，馮夢龍將之刪為三十七齣，以利於梨園演出；二是析出折子戲，只演極為精彩的幾齣。三十齣左右的戲曲也要十個小時左右的時間演出，觀演依然頗為勞苦，只是程度有所減輕而已，終不如折子戲輕巧靈動。《牡丹亭》、《長生殿》這樣轟動一時但篇幅冗長的名著即便在當時其實也很少全本演出，在舞臺上活躍的多是其中的某些折子戲。胡適說：「《長生殿》全本至少須有四五十點鐘方可演完，《桃花扇》全本須用七八十點鐘方可演完。有人說，這種戲從來不唱全本的；我請問，既不唱全本，又何必編全本的戲呢？」〔註68〕可以說，

〔註65〕 清・李漁《閒情偶寄》「詞曲部」，上海：上海古籍出版社，2000年，頁92。
〔註66〕 清・李漁《閒情偶寄》「詞曲部」，上海：上海古籍出版社，2000年，頁92。
〔註67〕 參見郭英德《明清傳奇戲曲文體研究》，北京：商務印書館，2004年，頁99～100。
〔註68〕 胡適《文學進化觀於戲劇改良》，《胡適文集》，北京：北京大學出版社，1998

戲曲自身的冗長散漫是放棄全本，改演折子戲的直接原因。當然，不演全本並不意味著就不必「編全本的戲」，因為在很大程度上，多數折子戲的魅力還要依託於優秀的全本戲提供的背景以及形象鮮明的人物，這一點下面還會談到。

第三，戲曲是一種綜合性藝術，唱念作打俱有精彩之處。戲曲情節熟悉之後，舞臺表演成為觀眾欣賞的中心，精彩的折子戲受到歡迎。

折子戲很少在全本劇本誕生伊始就從全本中分離出來，一般都是在全本流傳一段時間後，才漸漸從全本中析出。毫無疑問，從全本中析出的折子戲在內容上多有它的耐人尋味之處，這一點後面的章節還會探討，此不贅述，這裡要說明的是，故事情節熟悉之後，折子戲從全本析出並反覆上演而不令人厭煩的一個重要原因就在於它表演方面的魅力。

以情節取勝者，注重構思之巧妙，故事之新奇，而這些有賴於情節之新穎、陌生。故事熟悉之後，懸念全無，新鮮感遂不復存在。但是戲曲並非僅以情節取勝者，戲曲的唱念作打有超越情節的獨特魅力，換言之，在戲曲的演出中，「劇場鑒賞不是以情節宏觀整體的全部力量一次打動觀眾，而是以其細節，展示著語言藝術和表演藝術刻畫人物、創造意境的魅力，情節退為戲劇鑒賞當場性的一種背景。」〔註 69〕所以，情節的整體性並不那麼重要，重要的是精心編織一個複雜的故事，造就一個足夠廣大的社會舞臺背景，以安放劇中人物的悲歡離合；重要的是，在戲曲表演的每一齣甚至每個瞬間能夠以曲文的優美生動，表演的形象有趣打動人心。

從觀眾的角度說，只要瞭解劇情大概，觀賞起來就沒有內容理解上的困難；況且，既然欣賞的主要是曲文的優美生動，表演的形象有趣，那麼情節就只是演員在臺上悲歡哀樂的一個背景，觀眾在觀看舊劇時欣賞的並非新鮮而令人驚奇的情節，而是曲文和表演所營造的「意境」。這也能回答胡適先生的問題。故事背景雖非主要內容，但是缺其不可。若沒有對全本戲內容的熟知，演員表演所要表達的東西就很難理解，何談欣賞？從另一個角度說，對內容的熟悉、瞭解，使得觀眾觀賞戲曲的重心轉向演員的表演，如此，雖無情節的新鮮感但在表演上精心雕琢而又短小精悍的折子戲已然能夠滿足觀眾的需求，又何須費時費力的全本演出？

年，頁 124。

〔註 69〕 呂效平《戲曲本質論》，南京：南京大學出版社，2003 年，頁 111。

　　戲曲表演有賴於演員的素質和現場發揮，即使熟知戲曲內容，但演員怎麼表現，演的如何，仍是個懸念。而且，同一齣戲在不同的演員演來，其效果大有差異，這也是折子戲的魅力之一。據侯方域《馬伶傳》，明末演員馬伶、李伶唱對臺戲，同時演《鳴鳳記》中的相國嚴嵩。其它地方兩人不相上下，但演到《兩相爭朝》一齣時，觀眾都跑到李伶一邊了。馬伶引以為恥，自請為相國顧秉謙門卒，揣摩三年，捲土重來，仍演《兩相爭朝》一齣，終使李伶折服。同一齣折子戲而能觀賞到風格不同的演繹，於觀眾而言，也是很有趣味的事情。在情節的新鮮感退卻之後，戲曲表演藝術的魅力凸顯出來，成為人們樂意反覆欣賞的對象。折子戲正順應這種需求。

　　全本戲拆分開來演出折子戲，從結構上說並無大的障礙，因其原非一個極其嚴密的整體，在時間上符合需要，減輕了演出和觀賞的疲勞，折子戲的精彩表演又可以反覆觀賞，滿足觀眾在情節之外的需求，所以折子戲的產生就順理成章了。

第二章　明代折子戲概況

　　明代是折子戲產生和發展的重要時期，是折子戲逐步經典化、獨立化的時期。正因為處於這樣一個成長期，折子戲在明代的各個時段呈現出不同的狀態，並隨著時間的推移表現出不同的特點。本章試分四個時段，以各時段折子戲選本和各種筆記、小說、序跋中折子戲表演的信息為研究資料，描述折子戲在明代的發展歷程，以期從整體上把握明代折子戲的宏觀面貌和發展脈絡。折子戲選本的功能主要有二：一為演出腳本，供梨園或戲曲愛好者之用〔註1〕；二為觀眾看戲時手本，以作唱詞、念白之參考〔註2〕。由此，折子戲選本基本能夠反映當時戲曲舞臺折子戲的流行情況。尤其是坊間刻本，既以營利為目標，便多以世俗為導向，大體能夠見出當時社會上最受觀眾青睞的折子戲。因此，折子戲選本是折子戲研究重要的資料。因為表演的瞬間性，明代又沒有音像資料來保存戲曲演出的實況，明代折子戲研究對折子戲選本的倚賴可想而知。筆者認為，折子戲選本不應包括用於清唱的《詞林摘豔》、《月露音》等劇曲選集。原因很簡單，清唱和戲曲是兩回事。折子戲當然與唱有關，但它是全本中摘選出來的唱念作打兼具的綜合藝術，是「戲」，離開這個本質規定性，折子戲就不成為一個獨立的概念。重「唱」而不重「戲」的清唱選段，即使是完整的一套曲，也是屬於另一個範疇的藝術。當然，劇

〔註1〕　明代折子戲選本《醉怡情》題詞有云：「本坊特嚴加刪訂，取其詞調清新，刻畫最工者，以登梨刺，使演習者揣摩曲至，旁觀者聞聲起舞……」可知其有梨園腳本之功用。

〔註2〕　黃裳《舊戲新談》（北京出版社，2003年出版）第131頁敘解放前天津戲園：「座上時常可見白髮老先生帶花鏡，手執一冊《綴白裘》，在靜聆雅奏……」可知《綴白裘》可為觀眾觀演之手本。

曲選集中的曲詞具有一定的校勘和比較研究的意義，是研究折子戲不可缺少
的參考資料。

第一節　明初至嘉靖的折子戲概況

　　明初至嘉靖時期是折子戲的產生期。至今為止，重刊於嘉靖三十二年
（1553）的《風月錦囊》仍是我們發現的最早的折子戲選集。而且從其所選
各劇標題中常見的「戲式」二字來看，《風月錦囊》記錄的是當時戲曲舞臺上
的實際演出內容。抄寫於萬曆二年的《迎神賽社禮節傳簿四十曲宮調》（下簡
稱《禮節傳簿》）則是我們研究此期折子戲的另一重要資料。之所以判斷明初
至嘉靖是折子戲的產生期，不僅因為現存最早的折子戲選集出於此期，也因
為此期的折子戲帶有許多早期特徵，在形式上尚不夠成熟和穩定。

　　此期的折子戲大致分兩種類型，其早期特徵都很鮮明。

　　第一種類型是相對於全本而言有較多刪節，但和後世成熟的折子戲相比
篇幅仍顯龐大，差異比較明顯的折子戲。此類折子戲整體結構仍較完整，可
稱之為「節本」。比如《風月錦囊》中的《新刊摘彙奇妙戲式全家錦囊伯皆》、
《摘彙奇妙戲式全家錦囊荊釵》等。此類折子戲早期特徵很明顯。首先，從
選錄規模上來說，這類折子戲選錄齣數一般都相當多。《新刊摘彙奇妙戲式全
家錦囊伯皆》選錄《琵琶記》三十四齣，《摘彙奇妙戲式全家錦囊荊釵》選錄
《荊釵記》二十齣，《摘彙奇妙戲式全家錦囊蘇秦》選錄《蘇秦》十九齣，其
它選錄在十齣以上的也比比皆是。其次，從結構上來說，此類折子戲非常接
近全本戲，大部分情節內容都得以保留。以錦本《琵琶記》（即《新刊摘彙奇
妙戲式全家錦囊伯皆》）為例，其選錄的三十四齣從被逼應試、辭婚不允，到
五娘尋夫、夫婦團圓等等重要關節一應俱全，開頭還選錄了相當於「副末開
場」的「敷演關目」〔註3〕，這些都讓錦本《琵琶記》看上去非常完整，以折
子戲論之似乎比較勉強。當然，既然標明「摘彙」，錦本《琵琶記》與全本相
比還是有相當多的內容缺失〔註4〕，自不能以全本視之。《琵琶記》現存版本
很多，錦本底本原貌不得而知，尚不能完全確定相比全本缺少的部分到底是
錦本《琵琶記》的刪節還是錦本所依底本原就沒有的內容，但據孫崇濤研究，

〔註3〕　孫崇濤、黃仕忠《風月錦囊箋校》，北京：中華書局，2000年，頁187。
〔註4〕　此處以毛晉《六十種曲》本《琵琶記》為比照所依據之全本。《六十種曲》本
　　　　《琵琶記》共四十二齣。

至少「糟糠自厭」、「感格墳成」二齣,「現行各本都有相當細緻、曲折的描寫,這些描寫被錦本『摘彙』時大量刪節了。」〔註5〕可以推知「摘彙」二字並非虛景,確是摘選全本的部分內容彙集起來的。

　　類似的情況還有錦本《荊釵》、《蘇秦》、《北西廂》、《呂蒙正》等等。錦本中的這類戲曲介於全本戲和零齣折子戲之間,有比較明顯的過渡性質。一方面,或多或少的刪節使其與原作之間產生了距離,演出時間較短,情節更加緊湊,另一方面,這類戲曲與折子戲發展後期那些只選取一個或幾個獨立場景的折子戲也有較大距離,其規模的龐大倒在其次,關鍵是這類戲曲有頭有尾,情節相當完整。明嘉靖時期,這是梨園演出常用的形式。我們知道,小說《金瓶梅》反映的是明嘉靖至萬曆初期的社會生活,在《金瓶梅》六十三、六十四回中,西門慶爲李瓶兒守靈,「晚夕,親朋夥計來伴宿,叫了一起海鹽子弟搬演戲文,……搬演的是『韋皐、玉簫女兩世姻緣』《玉環記》」,西門慶、李瓶兒生死相隔,此戲正應景。演至三更時分,眾人要離去,西門慶極力挽留,「於是眾人又復坐下了。西門慶令書童催促子弟快弔關目上來,吩咐『揀著熱鬧處唱罷』,於是戲子揀了一回「寄眞容」搬演起來,直演到五更時分。第二天,又按西門慶吩咐「將昨日《玉環記》作不完的折數,一一緊作慢唱,都搬演出來」,從點燭時分唱到三更,才把《玉環記》搬演完畢〔註6〕。這本《玉環記》「揀著熱鬧處唱」,可見應主人要求作了刪節,將不甚要緊之處,冷僻之處都別除了;連演了兩個晚上,又可見演出時保留了大部分章節,尤其是關鍵情節〔註7〕,這樣看來,此《玉環記》的演出正是《風月錦囊》中《琵琶記》等「節本」的演法。南戲篇幅甚長,遇到像西門慶這樣時常「心下不耐煩」的觀眾,必定要縮水的。西門慶、應伯爵諸人雖俗不可耐,欣賞戲曲卻還頗爲知味,應伯爵嘲笑劉、薛兩位宦官「內臣斜局的營生」,「哪裏曉得大關目,悲歡離合?」南戲的特點正在於以「大關目」承載「悲歡離合」的複雜情感,節本雖有刪節,但保留了這個特點。錦本中諸多此類戲曲也說明這樣的「戲式」在當時非常流行,應該是梨園演

〔註5〕孫崇濤《風月錦囊考釋》,北京:中華書局,2000年,頁82。

〔註6〕明・蘭陵笑笑生《金瓶梅詞話》(梅節重校本),陳詔、黃霖注釋,香港:夢梅館印行,1993年,頁830～841。

〔註7〕《金瓶梅詞話》六十三回中提到《玉環記》第六齣「韋皐嫖院」、第十一齣「玉簫寄眞」的演出,這兩處都屬全劇中比較關鍵的情節,其中「玉簫寄眞」還是後世常演不衰的折子戲。

出的主流形式。

此外,在「節本」中也有齣數較少的。這一類型的折子戲多在「全家錦囊續編」中,齣數在十齣以下,大部分情節內容都被刪去。但在寥寥幾齣中,依然可見原本的總體框架。以錦本《周羽尋親記》(全稱《全家錦囊續編周羽尋親記》)為例,連同《開宗》(即「副末開場」),錦本《周羽尋親記》共選了五齣,分別是:《開宗》、《剖面》〔註8〕、《趕考》〔註9〕、《報捷》〔註10〕、《相逢》〔註11〕。從結構上來說,有開場(《開宗》),有劇情的轉折點(《剖面》、《趕考》),有結局(《相逢》),中間細節雖未保留,但整體框架完整。

與此相似的還有《蘇武牧羊記》、《蕭山鄒知縣湘湖記》等。這類錦本折子戲情節內容雖被大量刪除,但選編者要保持戲曲情節總的發展脈絡的意識十分強烈。如果對比後期折子戲,錦本這種意識就更明顯。比如《蘇武牧羊記》,錦本《牧羊記》(全稱《新編奇妙賽全家錦大全忠義蘇武牧羊記》)選錄《家門》、《慶壽》、《餞行》、《燒香》、《牧羊》、《望鄉》、《陵隔》七齣,清代折子戲選集《綴白裘》卷一選錄《牧羊記》中《慶壽》、《頒詔》、《小逼》、《望鄉》四齣。兩者看似很相像,但對比之下不難發現,錦本《牧羊記》的七齣有「副末開場」(《家門》),有故事發展的大致脈絡(《慶壽》、《餞行》、《牧羊》、《陵隔》)。其中《陵隔》一齣最後兩支曲:「(生)十九年牧羝,把旌節自持。一旦衣錦(帛)榮歸,名題竹帛古來稀,圖畫丹青人怎比?(合前)(生)自愧一身在污泥,前後感得提攜。今朝方表是男兒,萬里朝天歸故里。」不見於全本《牧羊記》,而從其內容看,正是表明故事結局,即蘇武「萬里朝天歸故里」。也就是說,錦本《牧羊記》選錄的七折刻意囊括了開頭和結尾,概括了整個故事的大致情節,非常關注戲曲結構的完整性。而《綴白裘》選錄的《牧羊記》四齣雖也有情節上的一定的連貫性,但一無「開場」,二無結局,其關注的並非完整的戲曲結構,而更多的在於所選片段本身的舞臺號召力,所以《綴白裘》至「望鄉」而止。錦本《牧羊記》可稱「節本」,《綴白裘》中《牧羊記》就只能視為純粹的折子戲。

我們說嘉靖時期的折子戲尚帶有早期特徵,首先就表現在此期「節本」

〔註8〕 錦本原無本回齣目,從《六十種曲》本《尋親記》該回回目。
〔註9〕 《六十種曲》本《尋親記》無本回內容,本回齣目筆者自擬。
〔註10〕 本回齣目從《六十種曲》本《尋親記》該回回目。
〔註11〕 本回齣目從《六十種曲》本《尋親記》該回回目。

對全本的努力靠攏上。戲曲發展的後期，也有情節較爲連貫的幾齣組合成一臺折子戲的情況，比如上文提到的《綴白裘》中的《牧羊記》四齣以及現在京劇中的「失・空・斬」等組合折子戲。錦本節本和這些組合折子戲最顯著的不同在於《風月錦囊》中的節本幾乎個個有「開場」，即使總共只有四、五齣戲，也必要先介紹家門大意，將整本戲的情節脈絡和盤托出，使觀眾瞭解劇情大概，其脫胎於全本戲而保留了更多全本戲特徵的痕迹很明顯。後期的組合折子戲一般僅是連續性的幾個場景，並無「開場」，也不刻意展示結局，不再像《風月錦囊》節本那樣固執於和全本戲相一致的結構。

　　嘉靖時期第二類折子戲是現在最常見的「散齣」形式。散齣也稱零齣，是指單獨上演戲曲原本中的某一齣。有些選本選錄同一戲曲超過一齣，但各齣間關係不大，亦可視爲散齣〔註 12〕。在《風月錦囊》中，這類折子戲數量不多，包括《薛仁貴自歎》、《鄭氏走雪》、《劉昔投店》〔註 13〕、《芸窗敘別》〔註 14〕等。但《禮節傳簿》中此類折子戲數量不少。《禮節傳簿》在四至六盞供酒中有大量單齣折子戲，比如《送別南浦》、《玉蓮投江》、《佛殿奇逢》、《周氏拜月》、《斷機教子》、《安安送米》等等〔註 15〕。其中《送別南浦》、《周氏拜月》等齣在《風月錦囊》中亦有選錄，齣目也非常接近。小說《金瓶梅》中也提到，西門慶家的各種宴會中演出過《香囊記》、《還帶記》、《雙忠記》、《四節記》等戲曲中的散齣折子。從《風月錦囊》、《禮節傳簿》的記錄和《金瓶梅》的描寫來看，嘉靖時期，南戲、雜劇中的一些散齣已經從全本戲中摘出成爲折子戲，有了比較穩定的齣目，散齣折子戲演出已很普遍。其中一些南戲折子戲如《斷機教子》、《安安送米》等，在此後的數百年間一直是舞臺上經久不衰的保留劇齣。

　　此期散齣折子戲亦有鮮明的早期特點。其一，篇幅普遍比較短小。比如《風月錦囊》選錄《仁貴自歎》一齣〔註 16〕，萬曆初折子戲選集《大明天下

〔註 12〕　如《摘彙奇妙全家錦囊郭華》選錄《郭華買胭脂》、《佳期赴約》兩齣，此兩
　　　　　出之間並沒有連貫性，沒有直接的邏輯關係，實際是兩個獨立的演出單元，
　　　　　只能視爲兩個散出。
〔註 13〕　《風月錦囊》此齣題圖有四：劉昔投店、讀書奉茶、更闌敘話、茅房飲會，
　　　　　實爲一齣戲，此取題圖一「劉昔投店」爲齣目以便敘述。
〔註 14〕　《風月錦囊》此齣題圖有三：芸窗敘別、送別登途、祝郎渡河，取「芸窗敘
　　　　　別」爲齣目以便敘述。
〔註 15〕　詳見《中華戲曲》第三輯，1987 年，頁 1～117。
〔註 16〕　《仁貴自歎》出自《白袍記》第三十一折，有富春堂本《新刊出像音注薛仁

春》中亦收錄此齣，名為《仁貴歎功》，其篇幅比《風月錦囊》中《仁貴自歎》大約多出五分之一。《風月錦囊》選錄的《胭脂記・佳期赴約》一齣，共有兩支曲子，而《大明天下春》中選錄的同一齣〔註 17〕有十八支曲子，是前者的九倍。其二，賓白較少。早期戲曲賓白少是個普遍特點。明人對前代戲曲改動最大的方面就是賓白。《金瓶梅》中曾描寫戲子演出《玉環記・韋皋嫖院》的情景：

> 下邊鼓樂響動，關目上來，生扮韋皋，淨扮包知水，同到勾欄裏玉蕭家來。那媽兒出來迎接，包知水道：「你去叫那姐兒出來。」媽云：「包官人，你好不著人意，俺女兒等閒不便出來，說不得一個請字兒，你如何說叫他出來？」……

《六十種曲》本《玉環記・韋皋嫖院》此段原文如下：

> （淨）：也罷，叫他出來見我。（丑）：包官人，你好輕人。我女兒麗春園逼邪氣鶯鶯花賽壓群芳，美嬌嬌活豔豔的觀世音菩薩。等閒不便出來，說不得一個請字，你到說叫他出來。

二者對比，很明顯，嘉靖時期的賓白更簡略樸素。《風月錦囊》中不少散齣折子戲甚至幾乎沒有賓白，像《仁貴自歎》、《鄭氏走雪》都屬此類。這就是典型的早期特徵。

除了原底本賓白本來就少之外，此期折子戲篇幅短，賓白少的另一個重要原因，是折子戲尤其是散齣折子戲發展前期與清唱劇曲總是糾纏不清。在本書第一章筆者已經探討過清唱在折子戲產生過程中的作用，前文提到過，《新增王十朋南北祭江》選錄於《風月錦囊》「正雜兩科全集」，這個集子是清唱曲集，所選多為時曲、雜曲、劇曲，而《新增王十朋南北祭江》不僅有曲，亦有白。以現在我們判斷折子戲的標準來看，《新增王十朋南北祭江》已經是一齣折子戲，似不應排列於《金井梧桐》、《傍妝臺》之類散曲、劇曲之中。「正雜兩科全集」之後是「全家錦囊」，按照孫崇濤的解釋，《風月錦囊》中各劇標題中的「全家」意為「刊載唱詞、科白全套家數，而非單錄曲文」〔註18〕，也就是說，標題中有「全家」字樣的選段應該是折子戲而不是劇曲。但是，《風月錦囊》標有「全家」字樣卻基本沒有科白，單錄曲文的，有《奇

貴跨海征東白袍記》，《古本戲曲叢刊初集》影印本。
〔註17〕 《大明天下春》中此齣名為《觀燈赴約》。
〔註18〕 孫崇濤《風月錦囊考釋》，北京：中華書局，2000年，頁70。

妙全家錦囊高文舉登科記》〔註19〕、《新刊全家錦囊江天暮雪》、《奇妙全家錦囊八仙慶壽》、《鄭氏走雪》等等〔註20〕。這樣看來，「全家」二字或應有其它的解釋，如若不然，那就是選編者對於折子戲和劇曲的區別並不那麼在意，無意將其區分那麼清楚。總之，呈現在《風月錦囊》中的面貌就是散齣折子戲和劇曲在界限上並不特別分明，曲集中有折子戲，戲選中有劇曲。這正是折子戲發展前期的現象。綜合考察此期的折子戲選集《風月錦囊》及曲選《詞林摘艷》等，劇曲有時和清曲歸類，有時和折子戲歸類，非常混亂，這種概念上的模糊是此期對折子戲的獨特性認識不清的表現。所以，嘉靖時期的折子戲應是處於產生的初期，帶有母體的很多特徵，頗具生機卻不成熟，不穩定，整體來說形式、內容都沒有固定化。

　　嘉靖時期的這兩種折子戲類型在後世都有所繼承，成為折子戲表演的兩種主要形式。比如以「節本」的形式表演相對完整的戲曲，注意情節的連貫性，這在萬曆年間的《大明天下春》、《樂府玉樹英》和明末刊刻的《歌林拾翠》等折子戲選本中都有體現。《樂府玉樹英》選錄《琵琶記》八齣：《趙五娘長亭送別》、《蔡伯喈上表辭官》、《趙氏女剪髮葬親》、《趙五娘描畫真容》、《蔡伯喈中秋賞月》、《牛夫人詰問幽情》、《牛氏女辭父問答》、《蔡伯喈夫妻相會》〔註21〕，基本囊括了《琵琶記》中大的關節，首尾俱全，結構相對完整。《詞林一枝》、《八能奏錦》等選本則以第二種形式為主，選錄散齣主要是單齣。至今戲曲舞臺上流行的折子戲主要是第二類，以單齣為主。嘉靖時期是明代折子戲的起步階段，也是中國古代戲曲從全本戲向折子戲轉化的開始。

第二節　萬曆時期的折子戲概況

　　伴隨著通俗文化尤其是戲曲的興旺發達，至明萬曆年間，折子戲進入快速發展的第一時期。折子戲在此期的快速發展表現在以下幾個方面：

一、折子戲選本開始大量出現

　　萬曆時期的折子戲選本數量幾乎占到目前所發現的明代折子戲選本的一

〔註19〕　此為文林閣本《登科記》第十二齣，齣目「聞報」。
〔註20〕　《鄭氏走雪》只有一句稱呼「黃卞公」，餘皆為唱詞。
〔註21〕　明・黃文華選編《樂府樂樹英》卷一下欄。

半。這個比例足以證明，萬曆時期，戲曲折子戲進入了快速發展的第一個
階段。

此期的折子戲選本目前發現的主要有以下十六種：

《大明天下春》（全稱《精刻彙編新聲雅雜樂府大明天下春》）

《樂府萬象新》（全稱《梨園會選古今傳奇滾調新詞樂府萬象新》）

《樂府玉樹英》（全稱《新鍥精選古今樂府滾調新詞玉樹英》）

《樂府菁華》（全稱《新鍥梨園摘錦樂府菁華》）

《滿天春》（全稱《新刻增補戲隊錦曲大全滿天春》）

《詞林一枝》（全稱《新刻京板青陽時調詞林一枝》）

《八能奏錦》（全稱《鼎雕昆池新調樂府八能奏錦》）

《大明春》（全稱《鼎鍥徽池雅調南北官腔樂府點板曲響大明春》，又
　　稱《新鍥徽池雅調官腔海鹽青陽點板萬曲明春》）

《樂府紅珊》（全稱《新刊分類出像陶眞選粹樂府紅珊》）

《玉谷新簧》（全稱《鼎刻時新滾調歌令玉谷新簧》，又稱《鼎鑴精選增
　　補滾調時新歌令玉谷調簧》）

《摘錦奇音》（全稱《新刊徽板合像滾調樂府官腔摘錦奇音》）

《賽徵歌集》

《徵歌集》

《堯天樂》（全稱《新鋟天下時尚南北新調堯天樂》）

《徽池雅調》（全稱《新鋟天下時尚南北徽池雅調》）

《冰壺玉屑》

表一：明萬曆間折子戲選本

選本名稱	編選者	刊刻者	刊刻時間	篇幅	插圖(幅)	備　註
《大明天下春》	不　詳	不詳（疑爲江西人）〔註22〕	萬曆初	不詳	存72幅	殘存四至八卷96齣
《樂府萬象新》	阮祥宇	劉林甫（疑爲江西人）〔註23〕	萬曆間	八卷	存55幅	殘存一至四卷60齣

〔註22〕從李平說，見李平《流落歐洲的三種晚明戲劇散齣的發現》，《海外孤本晚明
　　　戲劇選集三種》序，上海：上海古籍出版社，1993年，頁19。
〔註23〕從李平說，見李平《流落歐洲的三種晚明戲劇散齣的發現》，《海外孤本晚明
　　　戲劇選集三種》序，上海：上海古籍出版社，1993年，頁18。

選本名稱	編選者	刊　刻　者	刊刻時間	篇幅	插圖(幅)	備　　註
《樂府玉樹英》	黃文華	余紹崖	萬曆二十七年	五卷107齣	存16幅	殘存第一卷 19齣
《樂府菁華》	劉君錫	豫章三槐堂王會雲	萬曆二十八年	六卷67齣	63	
《滿天春》	不　詳	翰海(福建海澄)書林李碧峰、陳我合〔註24〕	萬曆三十二年	一卷18齣	13	
《詞林一枝》	黃文華	福建書林葉志元	萬曆三十四或三十五年	四卷47齣	11	
《八能奏錦》	黃文華	書林愛日堂蔡正河	萬曆三十五或三十六年	六卷	存7幅	殘存上、二、三卷39齣〔註25〕
《大明春》	程萬里	閩建書林拱堂金魁	萬曆間	六卷47齣	26	
《樂府紅珊》	紀振倫	金陵廣慶堂唐振吾	萬曆三十八年	十六卷98齣	32	
《玉谷新簧》	景居士	吉州(江西吉安)劉次泉	萬曆三十八年	五卷44齣	33	
《摘錦奇音》	龔正我	書林敦睦堂張三懷	萬曆三十九年	六卷57齣	38	
《賽徵歌集》	不　詳	不詳	萬曆間〔註26〕	六卷53齣	53	
《堯天樂》	殷啓聖	閩建書林熊稔寰	萬曆間	二卷65齣	7	
《徽池雅調》	熊稔寰	潭水(福建建陽)燕石居主人	萬曆間	二卷37齣	4	
《徽歌集》	不　詳	玩虎軒汪光華	萬曆間	不詳	存18幅	殘存一卷18齣
《冰壺玉屑》	不　詳	不詳	約萬曆間	不詳	不詳	殘存19頁

〔註24〕從龍彼得說，見龍彼得《被遺忘的文獻》，《明刊閩南戲曲絃管選本三種》，北京：中國戲劇出版社，1995年，頁10。

〔註25〕《八能奏錦》編排混亂，根據目錄，原書前半分上、中、下三卷，後半分一、二、三三卷，共六卷，前半中、下兩卷缺失，後半一卷缺失，殘存共三卷。

〔註26〕從《善本戲曲叢刊》說，見《〈善本戲曲叢刊〉四、五、六集出版說明（附提要）》，《善本戲曲叢刊》，臺北：臺灣學生書局，1984年，頁1。

除了巾箱本《賽徵歌集》外，萬曆間折子戲選本幾乎都分欄，最典型的是三欄，也有兩欄，大多在中欄或上欄收錄部分散曲、劇曲、諺語、民歌等內容以顯其龐雜豐富，少有純粹的折子戲選集。同時，此期選集在標題上以「海內時尚」、「新聲」、「新詞」、「新調」等詞語來吸引顧客，其著眼於市場，緊隨時代潮流的特徵十分鮮明。選本中多有插圖。萬曆前期的插圖一般都比較小，類於嘉靖時期的《風月錦囊》，中期以後插圖變大，一般佔據整頁的位置，繪圖也更精緻。各選本的具體情況可參看附錄「明代折子戲選本敘錄」。

折子戲選本多為坊間刻本。一般來說，坊刻本的選編和刊刻目的很明確，不是為了「悅己」而是為了營利，有的甚至直接把價錢標在了書上〔註 27〕。所以，坊刻折子戲選本雖不排除選編者個人的某些喜尚，但在很大程度上反映的是當時舞臺上的情況，在研究折子戲時，坊刻折子戲選本是不可或缺的第一手資料。我們在折子戲選本中得到很多有價值的信息，這在後面的研究中將會陸續談到。

二、折子戲舞臺吸收了大量新作品

折子戲選本大量出現，一方面說明市場有大量需求，另一方面說明折子戲舞臺在此期吸收了大量新作品，這是選本大量出現的一個基礎。從標題來看，此期各選本幾乎無一不標榜自己的「新」，《新鍥精選古今樂府滾調新詞玉樹英》、《梨園會選古今傳奇滾調新詞樂府萬象新》、《新鍥天下時尚南北新調堯天樂》……

這裡的「新」至少有兩方面的涵義：一乃舊戲新唱，主要指各選本錄入了此期正在興起的「滾調新詞」。「滾調」是指在長短句的曲文中加入三言、五言或七言的整齊對稱的句子，以類似說唱的方式來詮釋劇情、表達感情。現存最早收錄「滾調新詞」的戲曲選本就是萬曆時期的。以前學界認為《詞林一枝》是萬曆元年的選本，因此判斷滾調是萬曆前甚至嘉靖中就興起並發展了，但現在我們已確知《詞林一枝》、《八能奏錦》都不是萬曆元年的刻本〔註 28〕，所以這個判斷並不準確，而從嘉靖三十八年刊刻的《風月錦囊》來看，滾調在此書中沒有任何痕迹，這證明至少時至嘉靖三十八年滾調還沒有

〔註27〕　《大明春》卷首頁眉標注：「每部價銀一錢二分」。
〔註28〕　見郭英德、王麗娟《〈詞林一枝〉、〈八能奏錦〉編纂年代考》，《文藝研究》，2006 年第 8 期，頁 61。

流行。

　　筆者認爲，滾調萌芽期應該是在嘉靖末至萬曆初。萬曆初年的折子戲選本《大明天下春》裏有一齣《紅葉記・四喜四愛》，是明代中期非常流行的折子戲，在許多折子戲選本中都有收錄，以之和萬曆三十九年刊刻的折子戲選本《摘錦奇音》中的相同選段比較，明顯要簡略的多，是「處於毋庸置疑的稚年時期」〔註 29〕。也就是說，滾調在萬曆初年剛剛興起，尙不成熟。從目前掌握的資料看，「滾調新詞」幾乎是萬曆時期折子戲選本的標誌性字眼，所有在標題上特意標明「滾調」的折子戲選本都是萬曆時期的。這說明，滾調勃興於萬曆時期，而到了萬曆後，滾調在戲曲中的位置已經基本固定下來，成爲戲曲演出中習以爲常的組成部分，因此不再有賣點，書商們也就不再以之招徠顧客了。關於滾調，在第三章中我們還要詳細探討，此不贅述。

　　除了「滾調新詞」，這裡的「新」還代表戲曲舞臺上出現的大量「新折子戲」，所謂「樂府萬象新」。此期，出自《琵琶記》、《拜月亭》等南戲的傳統折子戲依然在舞臺上大行其道，盛演不衰，同時，隨著傳奇作品的大量問世，出自全本新戲的折子戲爲舞臺注入了新鮮的血液。

　　脫胎於南戲的明代傳奇至萬曆年間已經非常成熟，作家、作品都大量湧現，尤其是，「從萬曆年間開始，文人士大夫大多把戲曲活動視爲他們生活中不可缺少的一個部分，如癡如狂地創作戲曲，演出戲曲，欣賞戲曲」〔註 30〕，萬曆劇壇之繁榮自不待言。隨著新劇的陸續上演，新劇中的某些折子獨立出來，成爲折子戲舞臺上的新面孔。

　　此期各折子戲選本中均可見大量爲各本所獨有的折子戲（見附錄：萬曆年間各選本選錄折子戲），比如《大明天下春》獨有 43 齣，《徽池雅調》獨有 22 齣，《堯天樂》獨有 30 齣，幾乎都占到各選本的一半篇幅（各選本篇幅見表一）。這些獨有的折子戲多來自新出傳奇，比如《詞林一枝》獨有的《齊王被難》、《辱罵齊王》出自《灌園記》；《樂府紅珊》獨有的《明皇賞牡丹》出自《驚鴻記》；《樂府菁華》獨有的《禹錫郊外遊賞》、《裴興娘還青衫》出自《青衫記》〔註 31〕，等等。

─────────────

〔註 29〕　李平《流落歐洲的三種晚明戲劇散齣的發現》，《海外孤本晚明戲劇選集三種》序，上海：上海古籍出版社，1993 年，頁 16。

〔註 30〕　郭英德《明清傳奇史》，南京：江蘇古籍出版社，2001 年，頁 133。

〔註 31〕　據《明清傳奇鑒賞辭典》附錄《明清傳奇編年》：《灌園記》作於萬曆十六年，作者張鳳翼；《驚鴻記》作於萬曆十八年，作者吳世美；《青衫記》作於

各本中大量獨有的折子戲除了多少反映出選編者個人的偏好外，主要說明，由於傳奇作品眾多，進入折子戲領域的新戲數量極大，各選家的選擇面是很廣的。並且，新折子戲正處於舞臺考驗的過程中，各方面都很不穩定，因而各選本內容差異較大。觀眾對新戲的接受首先需要一個過程，折子戲從全本新戲中摘出成為獨立的片段並得到觀眾認可還需要一個過程。這個過程中，有的折子戲或許在某地某時紅極一時，但曇花一現，很快就被忘卻，有的折子戲可能經受住了考驗，成為折子戲舞臺上的新經典。可以說，萬曆間的折子戲舞臺正在進行一場史無前例的大浪淘沙，只有真正優秀的作品才能在舞臺上站穩腳跟，並流傳久遠。

事實上，從各家選本中我們可以看出，此期優秀的新出折子戲已經開始了經典化歷程，比如《玉簪記·秋江哭別》被九種折子戲選本選錄；《投筆記·別母求名》、《投筆記·南樓賞月》均被七種折子戲選本選錄；《紅拂記·紅拂私奔》、《浣紗記·吳王遊湖》均被六種折子戲選本選錄；等等，這些流行於當時的新出折子戲，在各種折子戲選本中出現的頻率已然超過某些曾經很流行的南戲摺子（詳見附錄：萬曆年間折子戲選出）。

三、折子戲演出繁榮興盛

前文談到，折子戲選本的大量刊行說明市場在這方面有很大需求。萬曆時期，折子戲風行舞臺，觀賞折子戲演出，甚至親自上場客串都是風雅之事。明代對萬曆時期折子戲演出的記載雖然不多，但足以讓我們看到當時折子戲演出的繁榮景象。

廳堂演出是這一時期文獻記載比較多的折子戲演出形式。《快雪堂日記》、《玉華堂日記》等資料都記載了明萬曆時期折子戲演出的情況。從這些資料來看，廳堂演出折子戲是一些士大夫們經常性的娛樂活動，幾乎是日常生活的一部分。比如潘允端《玉華堂日記》記載：

（萬曆十六年五月二十九日）「又小梨園中串《伯喈》四折，三更散」；

（萬曆十六年六月十二日）「小廝串戲數齣」；

（萬曆十六年九月二十七日）「串戲數齣」； 〔註32〕

萬曆十二年，作者顧大典。

〔註32〕 以上三條轉引自劉水雲《明清家樂研究》，上海古籍出版社，2005 年，頁 310，《玉華堂日記》藏於上海博物館，無以親見，故此處《玉華堂日記》材料均為轉引。

（萬曆十七年六月二十五日）「小厮串戲四齣」；

（萬曆十七年六月二十七日）「小厮串戲三、四齣」；

（萬曆十七年七月二十七日）「小厮串戲數齣」

（萬曆十八年十月五日）「晚同朱□齋、劉赤城、二兒串完數齣，五房小
夜飯」

（萬曆十九年三月十二日）「完雜劇一折」〔註33〕

（萬曆二十年六月十一日）「喚姚科串戲二、三齣」；

（萬曆二十二年四月六日）「湯四官串《荊釵》二齣」；〔註34〕

　　……

　　《玉華堂日記》中記錄的潘允端家折子戲演出之頻繁是令人驚訝的，有
時兩次演出之間僅相隔一天（見上文萬曆十六年六月二十五日、二十七日的
演出記錄），如果再考慮到或許有的演出由於潘氏疏忽或偷懶而沒有記錄在案
〔註35〕，則潘家上演折子戲的密度就更大了。潘家的「日日笙歌」在萬曆時
期並不是一個特例。萬曆時期蓬勃發展的家班爲士大夫的這種日常性的娛
樂活動提供了基礎和保障。反過來說，萬曆時期對戲曲欣賞的需求亦刺激和
推動了家班的蓬勃發展。據張發穎《中國戲班史》：「家樂之盛，應爲進入萬
曆年間之後，就所見資料，隨手記錄，有家樂之家，計有申時行、葛救民、
王錫爵、潘允端、錢岱、沈璟、顧大典、馮夢禎、屠隆、包涵所、鄒迪光、
徐大來、狄明甫、譚公亮、徐滋胄……」〔註36〕張岱也說：「我家聲伎，前世
無之。自大父於萬曆年間與范長白、鄒愚公、黃貞父、包涵所諸先生講究
此道，遂破天荒而有之」〔註37〕。可見，明代文人士大夫豢養戲曲家班的確
自萬曆起開始興盛，人們在閒暇之時「講究此道」，講之不足，便組織家班實
踐之。若說「舉國若狂」，恐有些過分，但在有產階層中確實形成一股養家
班，看戲曲的熱潮，以前從未養過家樂的張家也被這股潮流所裹挾，以至張

〔註33〕 以上兩條轉引自楊惠玲《戲曲班社研究——明清家班》，廈門：廈門大學出版
　　　　社，2006 年，頁 52、53。

〔註34〕 以上兩條轉引自王安祈《再論明代折子戲》，《明代戲曲五論》，臺北：臺灣大
　　　　安出版社，頁 13。

〔註35〕 潘允端（1526～1601），字充庵，上海人。萬曆十六年（1589）他已六十三
　　　　歲，因此，漏記的可能性是存在的。

〔註36〕 張發穎《中國戲班史》，北京：學苑出版社，2003 年，頁 204。

〔註37〕 明·張岱《陶庵夢憶》卷四「張氏聲伎」。

家子弟耳濡目染，都成了戲曲行家。家班由於演出場所、時間以及演員能力各方面原因，演出折子戲較多，最典型的如本書第一章第一節所提到的錢岱家班，有女伎十三人，「咸能嫻習成戲，然皆不能全才，能一、二齣而已」。據吾子《筆夢敍》附記錢岱家班表演的戲曲有《躍鯉記》、《琵琶記》等十本，「以上十本，就中止摘一、二齣或三、四齣，演時王仙仙將戲目呈上，侍御親點迄，登場演唱，侍御和顏諦聽。或曲中有微誤，則即致兩女師爲校正之。」〔註38〕

萬曆時期，文人士大夫不僅豢養家班以滿足聲樂之娛，而且以串演戲曲爲雅事。文人士大夫甚至王公貴族親自上場，側身優人之列，古已有之，並非自明代始，但此前這種行爲常被看作不當之舉，會受到社會輿論的非議。而在明代，文人士大夫成爲折子戲表演的特殊參與者。萬曆時期的名士屠隆「每入劇場，輒闌入群優中作伎」〔註39〕，祝希哲、張伯起等人也「都曾有躬踐排場的經驗」〔註40〕。文人士大夫不是專業演員，自然很難應付全本幾十齣的唱、念、作、打，往往就是串演幾齣而已，所以他們的客串幾乎都是折子戲。但他們親自上場對於戲曲藝術水平的提高無疑是有益的。一來有了場上的經驗，在寫作劇本、指導家伶演出時就會更注重場上演出的實際要求，使戲曲編排更富於表演性、可操作性；二來，他們的藝術素養普遍較高，尤其在某個角色，某幾齣上，有的甚至比專業演員還要出色，無形中提高了戲曲表演的整體水平。折子戲表演正是在專業和業餘演員的共同努力下，藝術特色越發鮮明，角色行當技藝日益精湛。

當然，進行折子戲表演的不只是家班，還有大量的職業戲班。比如本書第一章中提到的《金瓶梅》第三十六回演《香囊記》折子戲的戲班，就是西門慶在外面叫的職業戲班，這至少已是嘉靖末萬曆初，可以推想，到萬曆中後期，職業戲班按照客人的要求演唱折子戲應該是更平常的事。明末清初人陸文衡在《嗇庵隨筆》卷四《風俗》中說：「萬曆年間，優人演戲一齣，止一兩零八分，漸加至三、四兩，五、六兩，今選上班，價至於十二兩……」〔註41〕

〔註38〕 明・據吾子《筆夢敍》，《叢書集成續編》（214）臺北：新文豐出版社，1991年，頁 402～404。

〔註39〕 沈德符《顧曲雜言・曇花記》，《文津閣四庫全書・集部・詞曲類》（500），北京：商務印書館，影印本，2005 年，頁 646。

〔註40〕 王安祈《明代傳奇之劇場及其藝術》，臺北：臺灣學生書局，頁 117。

〔註41〕 明・陸文衡《嗇庵隨筆》卷四《風俗》，清刻本。

既然收費，那自然是職業戲班，而按「齣」不按「本」來結算費用，可見表演的正是折子戲。這可作萬曆時折子戲表演已非常普遍的一個旁證，並且證實職業戲班亦大量出演折子戲。

從上面的資料也可看出，此期舞臺上倍受歡迎的折子戲仍以南戲居多，這或許和南戲誕生的時間長，部分折子戲已實現了經典化有關。潘允端家就常常演出《琵琶》、《荊釵》中的折子戲；錢岱家班同樣經常演出《琵琶記》折子〔註 42〕。同時，新生的傳奇亦紛紛擠入折子戲大軍，佔據一定的份額。比如上文提到的《玉簪記‧秋江哭別》、《紅拂記‧紅拂私奔》等。

那麼能不能說，這時的折子戲已經取代了全本而成爲戲曲舞臺的主角了呢？回答是否定的。萬曆時期，折子戲遠未到取代全本戲地位的程度。同一戲曲，演出折子戲或演出全本戲在這一時期都是很正常的。例如，從據吾子《筆夢敘》中我們得知錢岱家常演出《雙珠記》折子戲，而馮雪禎《快雪堂日記》則記載：（萬曆三十年十一月二十六日）「屠氏（沖暘）梨園演《雙珠記》，找《北西廂》二折，復奏琵琶」〔註 43〕。找戲是正戲之後額外找補奉送的散齣〔註 44〕，而正戲一般都是全本，可見屠氏梨園在馮家演出的是《雙珠記》全本〔註 45〕，這說明在萬曆時期，全本和折子戲同時存在，並行不悖。

其實，「找戲」的存在本身也說明全本戲和折子戲的並存關係。關於「找戲」的最早記載就是萬曆年間的。找戲其實就是折子戲的一種形態。「找戲」的出現證明這是一個全本戲和折子戲俱興的時代。「找戲」與「正戲」相對而產生，伴隨著折子戲的興起而興盛。或者說，它與全本戲相對而存在，沒有全本也就無所謂找戲，在滿臺都是折子戲的時代，「找戲」一說就不復存在了。

無論如何，萬曆時期，折子戲已經進入了繁榮發展的第一階段，儘管此

〔註42〕 見據吾子《筆夢敘》，《叢書集成續編》（214）臺北：新文豐出版社，1991 年，頁 402～404。

〔註43〕 明‧馮雪禎《快雪堂集》卷五十九《四庫全書存目叢書》（集部 165），臺灣：莊嚴文化出版公司，1995 年，頁 63。

〔註44〕 從王安祈說，見王安祈《明代傳奇之劇場及其藝術》，臺北：臺灣學生書局，頁 166。

〔註45〕 《雙珠記》爲明人沈鯨所作傳奇，據《中國曲學大辭典》第 109 頁：「沈鯨，自涅川。浙江平湖人。生卒年及事迹不詳。《萬曆興化縣志》卷七謂沈氏任『嘉興府知事』」。

期對折子戲的定位還不甚清晰，很多折子戲仍與清唱曲甚至諺語等混雜編入
選本，齣目、表演形式也還不穩定，大多數新出折子戲的經典化遠未完成，
但折子戲的光彩已經顯露，其在戲曲舞臺上的地位和重要性正日益突出。

第三節　天啓、崇禎年間的折子戲概況

　　天啓、崇禎年間的折子戲延續了萬曆以來折子戲發展的迅猛勢頭，是明
代折子戲發展的第二個繁榮期。其具體表現如下：

一、折子戲選本製作精良

　　目前發現並確知爲天啓、崇禎年間刊刻的折子戲選本有以下五種：

　　《纏頭百練二集》（全稱《新鐫出像點板纏頭百練二集》）

　　《萬壑清音》（全稱《新鐫出像點板北調萬壑清音》）

　　《怡春景》（全稱《新鐫出像點板怡春錦曲》，又名《纏頭百練》）

　　《玄雪譜》（全稱《新鐫繡像評點玄雪譜》）

　　《新鐫歌林拾翠》（全稱《精繪出像點評新鐫彙選昆調歌林拾翠》）

表二：天啟崇禎間折子戲選本

選本名稱	編　選　者	刊刻者	刊刻時間	篇幅	插圖(幅)	備　　　　註
《萬壑清音》	止雲居士	西爽堂	天啓四年	8 卷 68 齣	10	
《怡春景》	沖和居士（清溪道人方汝浩）	崢霄館陸雲龍	崇禎初	6 卷 75 齣	13	
《纏頭百練二集》	沖和居士（清溪道人方汝浩）	崢霄館陸雲龍	崇禎三年	6 卷 81 齣	14	
《玄雪譜》	鋤蘭忍人選	不　詳	崇禎間	4 卷 82 齣	48	媚花香史批評
《新鐫歌林拾翠》	粲花主人	不　詳	崇禎十五年	6 卷約 106 齣	38	殘存 2 卷 34 齣

　　此期折子戲選本的製作精良首先體現在「繡像」、「點板」和「點評」上。
從選本的標題來看，萬曆時期喧囂一時的「滾調新詞」此時已全然不見蹤迹。
「繡像」（或曰「出像」）和「點板」、「點評」成爲商家新的賣點，這五種折
子戲選本無一例外地選用了這些詞彙以加強標題的吸引力。

　　既以「出像」爲號召，則其插圖就必然多下些功夫，天啓、崇禎間折子戲選本中的插圖論數量未必比萬曆時期多（見表一、表二），但此期插圖面積更大，且繪製精美，頗爲賞心悅目。明後期版畫藝術登峰造極，明末的小說、戲曲等通俗讀物常選取優秀版畫作爲插圖以招徠顧客，《玄雪譜》「凡例」中說：「繡像近孩，未免大方之笑。然西方雕土繪木，何亦不甚老成。想觀感之妙，正妙於此，故益求其精以供珍賞」〔註46〕。《新鐫歌林拾翠》「凡例」也說：「繡像事屬寫情，原爲娛目，令覽者觸景會心，如逢其事，披圖釋句，若見其人。故雅擇精工，極爲繪梓，駢於卷首，用佐秘觀。」〔註47〕無疑，即使是以營利爲目的的坊刻書籍，此期也是精選插圖，精心設計，請著名刻工刊刻以保證質量〔註48〕。這不但是明末社會追求繁縟奢華之風的一個寫照，亦是折子戲選本受到更多關注、重視的一個表現。

　　此期的折子戲選集開始有「點板」和「點評」（見上文各選本全稱），比萬曆時期豐富了許多。《萬壑清音》「凡例」有曰：「選曲至今日極矣，然有選得稍備者失於無板，間有點板者則又苦於無白，使玩之者茫然不知爲何物。」針對這種情況，爲了進一步滿足讀者和觀眾的需要，《萬壑清音》的編者爲其書加注了點板，並自詡道：「茲集點板俱係名家訂定，則他刻有誤皆已訂正，而其中間有二底板者，此諸刻本中所未嘗有見者，幸勿作夏蟲而疑冰也，幸甚。」此言或有吹噓，但選刻者肯定是在點板上下了一番功夫的，否則不會「間有二底板者」。加注「點板」是商家營銷的手段，也是折子戲選集可作爲演出腳本的證據。無論是戲班演出，還是自娛自樂，加注「點板」都可極大地方便使用者。

　　折子戲「點評」主要是對劇本書字、情節結構進行評論，「或取其情淡意樸，或取其語曠事奇」〔註49〕，明顯是受到當時社會盛行的評點之風的影響〔註50〕。這種「點評本」既可用於案頭閱讀，也可作爲演出時觀眾的手本，

〔註46〕明・鋤蘭忍人《玄雪譜》，《善本戲曲叢刊》影印本，臺北：臺灣學生書局，1987年。
〔註47〕明・粲花主人《新鐫歌林拾翠》「凡例」，明代刻本，中國國家圖書館藏。
〔註48〕比如《玄雪譜》即爲著名刻工黃子立所刻，有月光式插圖多幅，均爲上乘之作。黃子立除此本外，還與著名刻工洪國良合刻過小說《金瓶梅》插圖，也很有名。
〔註49〕明・粲花主人《新鐫歌林拾翠》「凡例」，明代刻本，中國國家圖書館藏。
〔註50〕天啓、崇禎間盛行點評之風，著名的點評本如馮夢龍點評《三言》、金聖歎點評《水滸傳》以及無名氏點評崇禎本《金瓶梅》等多出於此期。

給觀眾提供一種觀賞的角度。

此外，版式和字體等形式上的變化都顯而易見。萬曆時期折子戲選本分欄，此期俱不分欄，萬曆時期折子戲選本是手寫體，此期多爲橫平豎直的印刷體，萬曆時期的折子戲選本多以齣目爲序，出自同一劇的折子戲常常分散在書中的各個角落，此期的折子戲選本多以劇目爲序，把同一劇目的折子戲集中在一起，更有利於對劇情的把握。這種形式在明末形成後就一直延續下去，直到清代乾隆間的折子戲選集《綴白裘》，依然延用這種目錄編排方式。整體來說，天啓至崇禎年間折子戲選本製作更精良，和萬曆時期的折子戲選本相比，高下立現。從折子戲選本形式的變化中可以看到，此期的選編者力圖使折子戲選本更全面、更精緻，這一方面要歸功於版刻技藝的進步，另一方面也證明此期人們對折子戲選本的重視超過從前，願意付出更多努力使之完善。

二、折子戲在經典化方面繼續向前邁進

首先，折子戲自身的定位逐漸明晰，獨立性越來越高。萬曆時期的折子戲選本多分兩欄或三欄，而天啓至崇禎年間的折子戲選本已不再流行分欄的排版方式。至少目前發現並已確知爲此期刊刻的五種折子戲選本（見表二）都是整版不分欄的。整版不分欄意味著內容更純粹。天啓至崇禎年間的折子戲選本集中收錄折子戲，不再把兒歌、諺語甚至謎語這些雜七雜八的東西和折子戲混雜在一起。原來列在中欄或上欄的龐雜的曲藝內容隨著分欄形式的消失而消失了。就現有資料而言，此期稍有例外的是《怡春景》（《纏頭百練一集》）和《纏頭百練二集》，它們雖亦爲整版不分欄，但分別有一卷全部收錄散曲，其餘幾卷收錄折子戲。不過，像萬曆時期那樣散曲和折子戲交叉出現，隨意散放的情況已經沒有了，《怡春景》（《纏頭百練一集》）和《纏頭百練二集》收錄的散曲集中在一卷裏。這個形式上的變化意味著折子戲自身定位的逐漸明晰和獨立性的提高。人們開始意識到，折子戲不同於劇曲，更不同於散曲，它有自己獨特的藝術風格和藝術價值。

此期的折子戲選本《玄雪譜》「凡例」中說「戲曲寫形，清曲寫影，雖同音而實異調，自當另作一集，固不混入以亂耳目」〔註51〕。這是筆者所見首

〔註51〕 明・鋤蘭忍人《玄雪譜》，《善本戲曲叢刊》影印本，臺北：臺灣學生書局，1987年。

次有人將戲曲和清曲區分得如此清晰而堅決。此前魏良輔《曲律》中雖也有對清唱和戲唱的區分〔註52〕，但其著眼點在「唱」上，講究的是清唱和戲唱傳腔運調的差異，吐字發聲的不同，並未如《玄雪譜》編者那樣將「戲曲寫形，清曲寫影，雖同音而實異調」的區別說的如此簡潔直接。此期像這類明晰的表達並不多見，但選編者不約而同地選擇了把折子戲和散曲、劇曲區分開來，分別成冊的做法，這足以說明選編者此時已經意識到折子戲在藝術上的獨特性。可以說，折子戲的獨立性從這時候逐漸開始明確，但一直到清代乾隆時期才形成普遍共識，乾隆時期的《千家摘錦》、《萬家摘錦》、《綴白裘》等都是純粹的折子戲選本。

　　折子戲與劇曲區別開來，與散曲區別開來，有利於凸顯其綜合性特徵。折子戲不再依賴於單純的「唱」，不僅要「唱的好聽」，還要說的好聽，作的好看，也就是唱念作打俱不可廢。由此，賓白、科介都成為舞臺上重要的組成部分，戲曲的角色、行當發展得到進一步推動。

　　其次，越來越多的傳奇作品進入折子戲領域，成為新經典。一方面，一些經典南戲摺子如《金印記・周氏拜月》、《琵琶記・五娘描容》等依然具有強大的生命力，演出的頻率仍然很高（見附錄：天啟崇禎間折子戲）。張岱《陶庵夢憶》中記載天啟三年張氏兄弟「攜南院王岑、老串楊四、徐孟雅、圓社河南張大來輩」觀上元節嚴助廟演劇：「劇至半，王岑扮李三娘，楊四扮火工竇老，徐孟雅扮洪一嫂，馬小卿十二歲，扮咬臍，串《磨房》、《撇池》、《送子》、《出獵》四齣。科諢曲白，妙入精髓，又復叫絕。」〔註53〕《磨房》、《撇池》、《送子》、《出獵》四齣都是《白兔記》中的折子戲，是膾炙人口的傳統南戲折子，萬曆時就已入選多種折子戲選本。另一方面，傳奇越來越多地進入折子戲領域，並且加快了經典化步伐。從附錄「天啟崇禎間折子戲選出」中可以看出，此期來自傳奇的折子戲比例已經大大上升，大批來自萬曆時期傳奇作品的優秀的折子戲在舞臺上嶄露頭角，並迅速成為經典。比如《焚香記》中的《陰告》、《陽告》，《還魂記》（即《牡丹亭》）中的《驚夢》、《尋夢》，《水滸記》中的《野合》、《捉張》等，都是萬曆時期寫作、刊行，在此期頗受觀眾青睞的折子戲。有的戲曲寫到這些折子戲演出的情況，

〔註52〕　見《吳歈萃雅》或《詞林逸響》卷首。
〔註53〕　明・張岱《陶庵夢憶西湖夢尋》卷四《嚴助廟》上海：上海古籍出版社，2002年，頁111。

比如張楚叔《金鈿盒》第六齣「醜合」中寫到，貢公子閒來無事，與旦角周小三合演了一齣「活捉張三郎」。「活捉張三郎」即許自昌《水滸記》第三十一齣《捉張》〔註54〕。許自昌《水滸記》刊行於明萬曆十八年（1590），取材自《水滸》中宋江、閻婆惜故事，但常演的折子戲卻與宋江無關，而以敷演閻婆惜、張文遠（即張三郎）故事的《茶挑》、《漁色》、《野合》、《捉張》等出爲著名，尤其是《野合》、《捉張》兩齣最受觀眾歡迎。直至今日，《野合》、《捉張》仍然在折子戲舞臺上頻繁上演。此期的許多折子戲後來都是戲曲舞臺上常演不衰的經典之作。此點我們在下一章中再作論述。

三、折子戲表演更加繁榮，與全本戲並行

首先，折子戲融入日常生活，與全本戲分庭抗禮。

《祁忠敏公日記》是明人祁彪佳（1602～1645）自明崇禎四年至清順治二年的生活日記，其中有多條觀看折子戲的記錄：

（崇禎五年八月十三日）「獨與林栩菴觀戲數折歸」；

（崇禎五年八月二十七日）「觀《異夢記》數折」；

（崇禎五年九月二十日）「再赴孫湛然席，同席爲李洧磐，觀散劇」；

（崇禎五年十二月二十三日）「予再邀顏茂齊及鄭、趙兩兄觀雜戲」；

（崇禎五年十二月二十四日）「乃邀顏茂齊、王韞銘、鄭、趙兩兄觀雜戲」；

（崇禎八年六月八日）「施淡寧邀酌於玉蓮亭，觀女梨園演江天暮雪數齣」；

（崇禎九年十一月二十二日）「時有女伴攜歌姬至，邀演數劇」；

（崇禎十一年二月十二日）「留張爾唯宿，同看戲數齣」；

（崇禎十一年二月十四日）「晚拉諸友看戲數齣」；

（崇禎十一年八月二十日）「觀優人演《孝悌記》數齣」；

（崇禎十二年十月十四日）「合作《浣紗》之《採蓮》劇而別」；

（崇禎十二年十月二十日）「遵鴻賓約也，演雜戲，盡優人之所長，子夜乃別」；〔註55〕

　　……

〔註54〕 《六十種曲》本《水滸記》本回回目作《冥感》。

〔註55〕 明・祁彪佳《祁忠敏公日記》，《歷代日記叢抄》（八），北京：學苑出版社，2006 年，頁 174～607。

　　祁彪佳在上文中多處提到的「散劇」、「雜戲」都是指折子戲，因折子戲各出自不同的傳奇腳本，其時又未有「折子戲」的說法，多種折子戲同臺演出在當時就被稱為「散劇」、「雜戲」或「雜劇」〔註 56〕等，取其出處分散、雜多之意，其實就是折子戲集粹之意。

　　張岱《陶庵夢憶》中亦有多條關於折子戲的記錄，由於引述者甚多，此不贅述。此期折子戲表演在小說、戲曲中亦有不少描寫。明末小說《檮杌閒評》第三齣，王尚書家老太太作壽，酒席上，「戲子叩頭謝賞，才呈上戲單點戲，老太太點了本《玉杵記》」，「等戲作完，又找了兩齣，眾女眷起身，王太太再三相留，復坐下，要雜單進來」，請眾人點戲，眾人推讓一陣，分別點了《玉簪記・聽琴》、《霞箋記・追趕》、《紅梅記・問狀》三齣〔註 57〕。

　　從這段描寫可以看出，此時依然有「正戲」、「找戲」之分，正戲為全本，找戲為折子。此外，點戲的單子也有兩種，一種是「戲單」，供點全本戲之用，上文「老太太」點《玉杵記》用的就是這種；另一種是「雜單」，供點折子戲之用。「雜單」之「雜」恰與折子戲的別稱「雜戲」、「雜劇」相對應，以一「雜」字與全本戲戲單相區別。李漁《閒情偶寄・演習部》「縮長為短」一則亦曰：「嘗見貴介命題，止索雜單，不用全本……」可見點戲單分全本和雜單兩種是明末清初的普遍現象，它顯示著折子戲與全本戲分庭抗禮的狀況。

　　描寫清代乾隆時期社會生活的小說《紅樓夢》中也有點戲的情節，但已無「雜單」之說。《紅樓夢》第十八回賈元春省親，負責演戲事宜的賈薔正等的不耐煩，「只見一太監飛來說：『作完了詩，快拿戲目來！賈薔急將錦冊呈上，並十二個花名單子。少時，太監出來，只點了四齣戲……」〔註 58〕，這裡的「戲目」就是戲單，賈元春根據戲單點的戲全部都是折子戲。也就是說，清乾隆時期已經是折子戲取代全本戲，佔據舞臺中心的時代了。

　　明天啓、崇禎年間雖然仍有「全伯喈」、「全荊釵」之說〔註 59〕，正式場

〔註 56〕 孟稱舜《鸚鵡墓貞文記》第十六齣《謀奪》：「小生：……唱的什麼戲？丑：唱的是伯喈、西廂、金印、荊釵、白兔、拜月、牡丹、嬌紅，色色完全。小生：怎麼做的這許多，敢是唱些雜劇？」這裡的「雜劇」顯然是指出自不同戲曲的折子戲。
〔註 57〕 明・無名氏撰《檮杌閒評》，金心點校，北京：中華書局，2005 年，頁 20。
〔註 58〕 曹雪芹、高鶚《紅樓夢》，北京：人民文學出版社，1996 年第 2 版，頁 248。
〔註 59〕 明・張岱《陶庵夢憶西湖夢尋》卷四《嚴助廟》，上海：上海古籍出版社，2002 年，頁 110～111。

合也依然有演全本的慣例，但一些資料顯示，此期折子戲的勢力的確不容小
視，折子戲對其它藝術形式及人們日常生活的滲透已經很深。明末小說《石
點頭》卷四寫街上耍猴的，當時稱爲「弄猢猻」：「這猢猻雖是畜類，善解人
意。聽了化子的曲，便去開籠取臉子戴上，扮一個李三娘挑水」，「正當戲耍
之際，恰好孫三郎也撞過來，這猢猻又換了一齣安安送米，裝模作樣，引得
眾人齊笑。」〔註60〕《李三娘挑水》是《白兔記》中的一折，《安安送米》是
《躍鯉記》中的一折。「弄猢猻」以這兩齣折子戲爲題目，可見這兩齣折子戲
是廣泛傳播、深入人心的。人們熟悉的舞臺場景與眼前的猢猻表演相對比，
這是引發笑料的關鍵，而弄猢猻者顯然很瞭解這一點。折子戲進入日常生活
的另一個表現是成爲日常用語，具有了某種固定意義。《石點頭》中這場「弄
猢猻」無意間爲書中人物方氏和孫三郎提供了一個接觸的機會，書中這樣寫
道：「這場猢猻扮戲，分明又作了佛殿奇逢」〔註61〕。《佛殿奇逢》是《西廂
記》中著名的一齣折子戲，演張生、崔鶯鶯在佛殿初次相逢，一見鍾情。顯
然，此處的「佛殿奇逢」已經成爲一個典故，暗指孫三郎和方氏的一見鍾情。
《石點頭》卷五寫書生莫誰何與小姐斯紫英在瓊花觀相遇，亦有「那知倒成
就了莫誰何的佛殿奇逢」〔註62〕的說法。折子戲標題成爲典故、成語，進入
通俗小說，其日常化程度和影響力可想而知。

其次，折子戲表演遍及社會各個角落。不但民間對此喜聞樂見，即宮廷
皇室也以之爲消遣。《燼宮遺錄》卷下有云：「（崇禎）五年皇后千秋節，諭沉
香班優人演《西廂》五、六齣。十四年演《玉簪記》一、二齣」〔註63〕。這
裡要作進一步說明的是，崇禎年間折子戲的演出不僅不限於「家樂」，也不限
於民間戲班、職業藝人，折子戲表演的舞臺上還活躍著許多業餘演員。在折
子戲的表演史上，業餘演員絕對是值得一提的一個特殊群體。業餘演員演戲
又稱串戲。雖不以演戲爲生，但串戲者的戲曲表演藝術水準往往並不在專業
演員之下。徐珂《清稗類鈔》中說：「土俗尚傀儡之戲，名曰串客，見《溫州

〔註60〕 明・天然癡叟《石點頭》，鄭福田、王槐茂編《傳世孤本經典小說》第二十
　　　　卷，北京：金城出版社，2000年，頁88。

〔註61〕 明・天然癡叟《石點頭》，鄭福田、王槐茂編《傳世孤本經典小說》第二十
　　　　卷，北京：金城出版社，2000年，頁89。

〔註62〕 明・天然癡叟《石點頭》，鄭福田、王槐茂編《傳世孤本經典小說》第二十
　　　　卷，北京：金城出版社，2000年，頁111。

〔註63〕 明・無名氏《燼宮遺錄》《叢書集成續編》（278），臺北：新文豐出版社，1991
　　　　年，頁66。

府志》。後則不然，凡非優伶而演戲者，即以串客稱之，亦謂之曰清客串，曰頑兒票，曰票班，曰票友，日本之所謂素人者是也。然其戲劇之知識，恒突過于伶工，即其技藝，亦在尋常伶工之上。伶工妬之而無如何，遂斥之為外行，實則外行之能力，固非科班所及也。」〔註64〕

　　天啓、崇禎間業餘演員串演折子戲之風甚烈，遠勝萬曆。很多人觀戲成癖，亦串戲成癖。

　　除了上文提到過的王岑、楊四、徐孟雅串演《白兔記》四齣折子戲外，張岱在《陶庵夢憶》卷六《彭天錫串戲》中還特別記述了一個具有高超演技的業餘演員對串戲的摯愛：

　　「彭天錫串戲妙天下，然齣齣皆有傳頭，未嘗一字杜撰。曾以一齣戲，延其人至家費數十金者，家業十萬，緣手而盡。三春多在西湖，曾五至紹興，到余家串戲五六十場，而窮其技不盡。天錫多扮丑淨，千古之奸雄佞倖，經天錫之心肝而愈狠，借天錫之面目而愈刁，出天錫之口角而愈險。設身處地，恐紂之惡不如是之甚也。皺眉視眼，實實腹中有劍，笑裏有刀，鬼氣殺機，陰森可畏。蓋天錫一肚皮書史，一肚皮山川，一肚皮機械，一肚皮磊砢不平之氣，無地發泄，特於是發泄之耳。」〔註65〕

　　又《陶庵夢憶》卷四《不繫園》：「……是夜，彭天錫與羅三，與民串本腔戲，妙絕；與楚生、素芝串調腔戲，又復妙絕」〔註66〕。從「到余家串戲五六十場」和「是夜」連串本腔戲、調腔戲的行為來看，彭所串應為折子戲。彭天錫本為富家子，為學戲「家業十萬，緣手而盡」，其癡迷可以想見。而他串戲主要鍾情於「丑淨」，以不惜代價的付出為丑腳、淨腳這兩個行當樹立了新的藝術標尺。

　　串戲者中還有一個特殊的群體，就是青樓女子。張岱《陶庵夢憶》中說：「南曲中妓，以串戲為韻事，性命以之。楊元、楊能、顧眉生、李十、董白以戲名，屬姚簡叔期余觀劇。傒僮下午唱《西樓》，夜則自串」，「《西樓》不及完，串《教子》。顧眉生：周羽；楊元：周娘子；楊能：周瑞隆」〔註67〕。

〔註64〕　清・徐珂《清稗類鈔》「戲劇類」，北京：中華書局，1984年，頁5057。

〔註65〕　明・張岱《陶庵夢憶西湖夢尋》卷六《彭天錫串戲》，上海：上海古籍出版社，2002年，頁166。

〔註66〕　明・張岱《陶庵夢憶西湖夢尋》卷四《不繫園》，上海：上海古籍出版社，2002年，頁98。

〔註67〕　明・張岱《陶庵夢憶西湖夢尋》卷七《過劍門》，上海：上海古籍出版社，

有趣的是，當楊元等人得知張岱精於賞鑒戲曲，戲子到其家演戲謂之「過劍門」時，楊元頓失自信，演出時，「楊元膽怯膚栗，不能出聲，眼眼相覷，渠欲討好不能，余欲獻媚不得，持久之，伺便喝采一二，楊元始放膽，戲亦遂發。」〔註 68〕究其本來，演戲並不是妓女的本職，有些妓女或以善於演戲而自高身價，但到了「以串戲為韻事，性命以之」的程度，演戲的功利色彩就淡了許多，已成為一種藝術上的追求了。

以串戲為韻事的不僅是青樓妓女，還包括進士甚至皇帝。明代王昭平「舉天啟辛酉經魁，榜發，方雜梨園演《會眞記‧草橋驚夢》齣，去張君瑞。關目未竟，移宮換羽間，促者屢至，遂著戲衣冠，周旋賀客。時目爲狂。」〔註 69〕時人以爲狂者應該只是他「著戲衣冠，周旋賓客」，而不在於他串演《草橋驚夢》，因爲彼時連皇帝都熱衷串演折子戲。據《中國戲曲史‧北京卷》（下）：「明熹宗朱由校曾於初夏臨京郊回龍觀賞海棠花，與優人高永壽等搬演《雪夜訪普》一折，自飾宋太祖」〔註 70〕。熹宗自飾宋太祖，堪稱「本色表演」之先例，在戲曲史上倒不失爲一段佳話。

此外吳炳《綠牡丹》、孟稱舜《鸚鵡墓貞文記》等戲曲、小說中都有業餘演員串戲的描寫，它們都是當時串戲風氣甚烈的很有力的證明。此不一一列舉。

業餘演員串戲是出於個人愛好，所以多挑選自己喜愛的折子戲表演，少有演全本的。這類人在數量上雖遠遜於職業演員，但他們對藝術更加執著，甚至「性命以之」，他們多數還有較高的文化修養，所以對折子戲在藝術方面的提高起到較大的推動作用，在一定程度上促進了折子戲的經典化。

總之，天啟至崇禎間的折子戲表演進一步經典化，獨立化，並且在社會各階層中都有廣泛市場，普及、認知的程度都超過萬曆時期。可以說，此時，折子戲表演已經與全本戲表演並駕齊驅，並大有取而代之的勢頭。

2002 年，頁 225。

〔註 68〕 明‧張岱《陶庵夢憶西湖夢尋》卷七《過劍門》，上海：上海古籍出版社，2002年，頁 225～226。

〔註 69〕 況周頤《眉廬叢話》，沈雲龍主編《近代中國史料叢刊續集》（635），臺北：文海出版社，1976 年，頁 123。

〔註 70〕 金和增主編《中國戲曲志‧北京卷》（下）「兩朝皇帝唱『訪賢』」，北京：ISBN中心，1999 年，頁 1006。

第四節　明代折子戲餘緒

　　本書研究的時間段定爲明代，但是明清易代的情況比較複雜。1644 年明朝覆亡後，清廷已經建立了全國政權，而南明相繼興起的幾個小朝廷在各地與清廷對抗，局勢十分不穩定。值此天下大亂之時，戰爭饑疫連年不絕，覆巢之下，難有完卵，戰火所及之處，生靈塗炭，藝人四散奔逃，豢養家班的士大夫們或死於戰亂，或自殺殉國，或歸隱山林，窮困潦倒，當年的處處笙歌遂爲過眼煙雲。但戲曲的發展雖受到社會政治的影響和制約，卻仍有它自己的軌迹，並不與朝代更替同步。在相對安定的地方，戲曲仍然是人們在艱難困苦中不多的精神慰藉，在戰火中依然保有狹窄的生存空間。此期的折子戲當然也有自己的特點，但總體來說，主要還是承續明代折子戲的傳統，此期折子戲選本多爲明代人選輯，清代刊刻，無法生硬地以 1644 年爲界劃分選本的朝代。看此期的《時調青昆》、《昆弋雅調》等折子戲選集可知，無論是形式還是內容，都沿襲明代風格。藝術發展有其自身的規律，未必與政權的更替同步，筆者認爲，清初順治至康熙前期出現的折子戲選本仍應算作明代折子戲的餘緒，因此本書把這個時期稱爲餘緒期。同時，由於餘緒期的折子戲深受戰爭影響，而戰亂起自明末，因此餘緒期的折子戲考察無法與明末崇禎時期割裂開來，本節亦會時常回溯至崇禎年間，以期擴大視野，對此期狀況作出比較全面的描述。餘緒期的折子戲整體特點如下：

一、此期的折子戲選本風格迥異，情況複雜

　　此期的折子戲選本目前發現並確知的主要有以下十二種〔註71〕：

　　《樂府歌舞臺》（全稱《新鐫南北時尙青昆合選樂府歌舞臺》）

　　《醉怡情》（全稱《新刻出像點板時尙崑腔雜出醉怡情》）

　　《方來館合選古今傳奇》（又名《方來館合選古今傳奇萬錦淸音》、《最娛情》）

　　《昆弋雅調》（全稱《新刻精選南北時尙昆弋雅調》）

　　《時調青昆》（全稱《新選南北樂府時調青昆》，又名《共聽賞》）

　　《歌林拾翠》（全稱《新鐫樂府淸音歌林拾翠》）

〔註71〕 此十二種折子戲選本中《萬曲合選》、《曲選》兩種雖不能確定是清初刊刻，但其所選折子戲有出於崇禎末年劇作者，其選刻至少當在崇禎末，以清初可能性更大，因此一併列入此期考察。

《來鳳館合選古今傳奇》（又名《最娛情》）

《萬錦清音》

《曲選》

《萬錦嬌麗》（全稱《聽秋軒精選樂府萬錦嬌麗》）

《萬家錦》（全稱《新鐫南北時尚樂府雅調萬曲合選》，又名《萬曲合選》）

《新鐫綴白裘》（全稱《新鐫綴白裘合選》）

表三：餘緒期折子戲選本

選本名稱	編選者	刊刻者	刊刻時間	篇幅	插圖	備註
《醉怡情》	青溪菰蘆釣叟	古吳致和堂	清初	8卷165齣	8幅	
《萬錦清音》	方來館主人	方來館	清初	37齣	無	殘本
《來鳳館合選古今傳奇》	邀月主人	來鳳館	順治四年	4卷132齣	32幅	殘一卷
《時調青昆》	江湖黃儒卿	書林四知館	清初	4卷55齣	8幅	
《樂府歌舞臺》	不詳	書林鄭元美	清初	4卷約58齣	存5幅	殘存一卷20齣
《萬錦嬌麗》	玉茗堂主人（假託）	不詳	清順治間	存13齣	存4幅	殘存一卷
《歌林拾翠》	不詳	奎璧齋、寶聖樓、大有堂	順治十六年	2卷215齣	40幅	覆刻明本
《方來館合選古今傳奇》	方來館主人	方來館	順治十八年	4卷84齣	20幅	
《萬家錦》	不詳	金陵奎璧齋	明末清初	30		
《昆弋雅調》	江湖知音者	書林廣平堂	清初	4卷61齣	8幅	
《新鐫綴白裘》	鬱崗樵隱、積金山人	金陵翼聖堂	康熙二十七年重刻	4卷85齣		
《曲選》	不詳	不詳	明末清初	14齣	無	抄本

在戰亂中，戲曲的發展自然也無法正常進行下去。經歷了自明入清的過程，此期折子戲選集的情況非常複雜，從選輯、刊刻時間來說，有明末選輯，清初刊刻的；有明末刊刻，清初覆刻的；還有明人入清，在清初選刻的（見

表三），等等。很多折子戲選集並沒有明確的選刻時間，編者亦多不可考。處於那樣一個混亂的時代，這樣的情況也在情理之中。

從編排版式來看，此期折子戲選集有沿襲天啓、崇禎版式不分欄的，如《歌林拾翠》、《萬曲合選》，有仿照萬曆時期版式分欄的，如《時調青昆》、《昆弋雅調》分三欄，《萬錦嬌麗》、《方來館合選古今傳奇》、《來鳳館合選古今傳奇》分兩欄。

此前不久的天啓、崇禎時期折子戲選本多不分欄，此期重又分欄，似乎是一種倒退，但仔細研究此期折子戲選集的分欄情況，與同樣分欄的萬曆時期還是有些不同的。這一時期與折子戲編排在一起的不僅有萬曆時期常選的各種散套、小曲，民謠，還有萬曆時期從未在戲曲選本中出現的小說、詞話、笑話等。比如，《萬錦嬌麗》上欄節選了《風流配》等小說，《來鳳館合選古今傳奇》上欄選編了「古今小說」、「古今詩話」〔註72〕。同爲分欄版式，萬曆時期的折子戲選集是折子戲與散曲、民歌等抒情藝術的結合，而此期的折子戲選集則明顯加重了敘事藝術的成分。筆者以爲，這與明末清初通俗小說的興盛是緊密聯繫在一起的。同爲通俗文藝的一個組成部分，小說和戲曲在敘事性上找到了共同點。此期折子戲不再僅僅與小曲、酒令、諺語等曲藝類內容爲伴，還和小說編排在一起，這說明人們注意到戲曲和小說在敘事方面的共同點，注意到戲曲在情節藝術上的要求，這和此期人們對戲曲敘事性的認識的提高是分不開的。有的作家在敘事文學的小說、戲曲兩個領域都有涉足，如此前較早的淩蒙初，此期的袁于令、李漁等在這兩個領域都有突出成就〔註73〕。李漁還在《閒情偶寄》一書中對戲曲情節、結構方面作了超越前人的集中的理論探討。這種對戲曲敘事理論的重視並不是突發奇想，它與折子戲選本兼收小說的現象幾乎同時產生，應該說，這不是偶然的巧合，這是戲曲理論發展的必然表現。

此期的折子戲選本少有精良之作，大多數排版粗疏，刻工平庸，印刷倉促，常有錯漏訛誤之處，整體水平較之前下降許多。有的目錄和內容不符，

〔註72〕　《來鳳館合選古今傳奇》上欄選編的「古今小說」、「古今詩話」的大部分內容都選自馮夢龍《情史》、《三言》等小說集。

〔註73〕　淩蒙初（1580～1644）有雜劇《顛倒姻緣》、《北紅拂》和擬話本小說集二拍（《初刻拍案驚奇》和《二刻拍案驚奇》）等；袁于令（1592～1674）有戲曲《西樓記》、小說《隋史遺文》等；李漁（1611～1680）有戲曲《笠翁十種曲》、小說《無聲戲》、《連城壁全集》等。

比如《萬錦嬌麗》「風集」上欄目錄羅列的是陳大聲、唐伯虎、文衡山等人的十幾支散曲《怨別》、《寄情》、《閨思》、《山居清況》等等，但上欄正文卻是三段小說：《秋水亭李生夢女題四女俱有過失》《正淫風借淫說戒，懲色事就色比論》、《司馬玄感義氣贈功名，呂翰林報恩私竊柯斧》〔註74〕。有的序文與內容不符，如《方來館合選古今傳奇》序文有言：「上附批評新小說一冊」〔註75〕，也就是說上欄應該選錄部分小說，然而正文中無論上欄還是下欄都沒有小說的影子。坊刻本做工粗糙是常見的現象，但像這樣離譜的恐怕很少見。或許是因為社會動盪引發了各個領域的無序狀態，出版刊刻方面也概莫能外，所以此期的折子戲選本才出現如此複雜混亂的情況。

此期還有一個現象值得注意，有的選本如《萬錦清音》、《來鳳館合選古今傳奇》等在目錄後還標注有劇作者的姓名。這是前期選本中所未見的現象。這一方面提供了一些劇作的作者信息，另一方面也說明明末通俗文學地位有所提高，優秀劇作家、小說家也有了一定的社會聲望，選本在其劇作後標注作者姓名以表明其選刻均為名家名篇，以此提高選本的價值。這是符合坊本的營利目的的。

二、折子戲表演遭受戰亂打擊，艱難生存

在動盪的年代，戰火未及延至之處，戲曲仍然是人們慰藉心靈、暫時忘卻痛苦的麻醉劑，戲曲表演雖然大量減少，但並未絕迹。祁彪佳《祁忠敏公日記》中，除崇禎十四年由於饑疫大作，忙於賑災等原因沒有觀看戲曲的記載，其餘年份或多或少地都有祁彪佳和友人、家人看戲的記錄，即使在國勢衰頹、大廈將傾的崇禎十七年，演戲仍是祁彪佳及其友人生活的一部分，而且其中不乏折子戲表演的記載：「……（崇禎十七年）正月十二日諸友弈罷，仍演戲為樂……」〔註76〕，「三月初五日……及晚，復向西澤呼女優四人演戲

〔註74〕 《秋水亭李生夢女題思女俱有過失》出自馮夢龍《警世通言》卷十一《蘇知縣羅衫再合》；《正淫風借淫說戒，懲色事就色比論》出自清初小說《肉蒲團》，又名《覺後禪》、《循環報》等，作者情隱先生，學界多認為即李漁；《司馬玄感義氣贈功名，呂翰林報恩私竊柯斧》出自清初小說《風流配》。《風流配》有清順治嘯花軒刊本，附於小說集《人中畫》後，是典型的才子佳人小說。

〔註75〕 清·方來館主人《方來館合選古今傳奇》「序」，清刻本，中國藝術研究院藏。

〔註76〕 明·祁彪佳《祁忠敏公日記》，《歷代日記叢抄》八，北京：學苑出版社，2006年，頁412。

數折，極歡而罷。」〔註 77〕這裡的「演戲數折」顯然就是折子戲表演。不過我們也注意到，這年有不少戲是奉獻給各路神仙的：「二月二十四日……奉關神及金龍神還戲願演《鸞釵》、《繡襦》二記……」、「……二十五日又演《連環》、《浣紗》二記奉關聖及金龍神……」〔註 78〕。這大約也反映出身處戰亂年代祁彪佳內心的憂慮，國事如此卻無能為力，只有寄託神靈，祈福消災。清順治二年（1645），祁家演戲已經很少，是年六月初一，南京失守，「止祥兄尚有歌者攜歸，時文載弟留酌，遂欲演戲，予力阻而罷。」〔註 79〕對國事的憂慮已經使得祁彪佳無心觀賞他所鍾愛的戲曲藝術，隨後不久，祁彪佳自殺殉國。

　　明清易代的戰亂對戲曲藝術的發展是沉重的打擊。祁彪佳等士大夫在明代畜養家班，講論戲曲，甚至親自上場客串，對折子戲的發展精進起了很大的推動作用。明末清初的戰亂中，隨著戰火蔓延，家班主人自顧不暇，或者死亡，或者家產被搶掠一空，無力支撐，大多數家班隨之風流雲散，損失慘重，明末折子戲表演的全面繁榮景象遂不復存在。明末的動亂對中國戲曲而言，確是一場大浩劫，尤其是折子戲，其以場上表演見長，多以口手相傳、師徒相授的方式傳承。沒有安定的社會環境，折子戲藝術的傳承就無法正常進行，當時又無法以影像方式記錄保存老一輩的藝術成就，損失就更大。

　　當然，此期的戲曲表演包括折子戲表演仍在艱難生存，從一些資料來看，其表演的方式和特點和明末並沒有大的區別。

　　張岱《陶庵夢憶》「補遺」卷有《魯王》一則，敘明亡之後，南明監國魯王駕臨張家：

> 福王南渡，魯王播遷至越，以先父相魯先王，幸舊臣第；……是日演《賣油郎》傳奇，內有泥馬渡康王故事，與時事巧合，睿顏大喜。……劇完，饒戲十餘齣，起駕轉席。後又進酒半斗，睿顏微酡，進輦，兩書堂官掖之，不能步。岱送至閤外，命書堂官再傳旨

〔註77〕明‧祁彪佳《祁忠敏公日記》，《歷代日記叢抄》八，北京：學苑出版社，2006年，頁 425。

〔註78〕明‧祁彪佳《祁忠敏公日記》，《歷代日記叢抄》八，北京：學苑出版社，2006年，頁 422。

〔註79〕明‧祁彪佳《祁忠敏公日記》，《歷代日記叢抄》八，北京：學苑出版社，2006年，頁 555。

曰：「爺今日大喜，爺今日喜極！」〔註80〕

魯王監國在順治二年（1645），其時清廷已佔據半壁江山，但從上文可以看出，暫無戰事之處，王公貴族們的生活與明代並無大的不同，演戲仍是生活中重要的娛樂消遣方式。魯王在張家所觀看者有全本戲《賣油郎》，亦有折子戲。從「饒戲十餘齣」來看，當天出演的折子戲著實不少，和從前動輒演「一齣」、「數齣」相比，折子戲的比例似在擴大，但還未能完全佔據舞臺，還是延續著明末全本戲、折子戲並駕齊驅的狀況。

　　需要說明的是，此期的全本戲仍然有強大的生命力，折子戲依然不是舞臺的主角。清順治時期李漁作小說《連城璧》，卷一「譚楚玉戲裏傳情劉藐姑曲終死節」（又名《無聲戲》）雖以明嘉靖時期爲背景，但作爲文人獨立創作的作品，反映的實際是李漁所處的明末清初的社會生活。小說中劉藐姑、譚楚玉都是戲班裏的演員，這個戲班表演的戲曲大部分是全本戲，尤其是文中兩次明確描寫戲班演出《荊釵記》，都是作的全本〔註81〕。當然，戲班也作折子戲：「藐姑十二三歲的時節，還不曾會做成本的戲文，時常跟母親，做幾齣零星雜劇」〔註82〕，這裡的「零星雜劇」應該就是折子戲。此期依然是全本戲與折子戲並行的時期。

　　那麼，折子戲何時超越全本戲而幾乎佔據了整個舞臺呢？前文說過，從《紅樓夢》中點戲的情節來看，清乾隆時期折子戲已經完全取代全本戲的舞臺中心地位，但是，這一超越是乾隆時期發生的嗎？筆者以爲，這個變化應該早於乾隆時期，晚於順治時期，大約在康熙前中期完成。一個有力的證據是，康熙第一次南巡（康熙二十五年，1684），駕臨蘇州織造祁國臣家，一到就問有無唱戲的，祁國臣「立刻傳三班進去，叩頭畢，即呈戲目，隨奉親點雜出。……隨演《前訪》、《後訪》、《借茶》等二十齣，已是半夜矣。……」〔註83〕

〔註80〕　明・張岱《陶庵夢憶》「補遺」卷，上海：上海古籍出版社，2002年，頁260　～261。

〔註81〕　《連城璧》卷一：「藐姑自己拿了戲單，揀來揀去，指定一本道：『做了《荊釵記》罷。』只見絳仙拿了戲單，立在官艙外面道：『請問老爺，做那一本戲文？』譚楚玉叫家人分付道：『昨日夫人做夢，說晏公老爺要做《荊釵》，就作《荊釵記》罷。』絳仙收了戲單，竟進戲房，妝扮王十朋去了」。見中華書局，2004年版《連城璧》，頁164～177。

〔註82〕　清・李漁《連城璧》「譚楚玉戲裏傳情劉藐姑曲終死節」，北京：中華書局，2004年，頁164。

〔註83〕　清・姚廷遴《歷年記》（下），《清代日記彙抄》，上海人民出版社編，上海：

同樣是駕臨臣工之家，魯王看的戲包括全本和折子戲，康熙看的已經全部是折子戲了，可見，這個變化發生在順治之後康熙前中期，至遲到康熙二十五年，舞臺已經是折子戲的天下。

在戰亂中，戲曲有時也被明代降臣用於討好清軍將領，由於戰事緊張，多用折子戲。據清無名氏《江南聞見錄》記載，乙酉年（1645）五月十五日，豫王多鐸進入南京城，十六日忻城伯趙之龍「喚戲十五班進營開宴，逐出點演，正酣暢間，塘報各鎮兵至，忻城遞報於王，閱之漠然，又點戲四、五齣，方撤席發兵。」〔註84〕

從歷史的角度說，康熙朝天下太平，皇帝閒暇時看看戲倒也無可厚非，而南明朝廷正當山河破碎，風雨飄搖之時，上上下下不思進取，仍縱情歌舞，沉湎聲色，無怪乎其亡也忽焉。但是從戲曲發展的角度說，正是由於這樣一些在戰亂中依然著迷於戲曲的人，戲曲才艱難生存下來，並在戰後迅速得到新生。

三、以傳統劇目爲主，新劇轉化較少

此期的折子戲表演多爲出自傳統劇目的比較成熟的折子戲，如《琵琶記》、《西廂記》等傳統南戲及《紅梨記》、《西樓記》、《義俠記》等流傳甚廣的傳奇。從折子戲選本來看，此期所選新戲較少，《時調青昆》、《歌林拾翠》、《萬曲合選》等選本都刊刻於清初順治間，但是所選折子戲幾乎都是崇禎以前的作品，即使是《方來館合選古今傳奇》這樣刊刻於較晚的順治十八年的選集，也只選取了少數崇禎間作品如《想當然》、《十錯認》、《燕子箋》等劇作中的折子戲。多家共選之新戲尤爲少，與萬曆、崇禎時期折子戲選集相比，餘緒期折子戲選本中的新戲多半爲獨出，很少有幾個本子同時入選的。可見，這些新折子戲並未廣泛流傳。但也正因此，此期的折子戲選本中保存了不少孤本戲曲片段，如《萬錦清音》中的《指蘭盟》、《紅衫俠》、《小仙緣》都是各種書目、辭典上不見著錄的作品，非常珍貴；《昆弋雅調》中的《三春夢》在《古典戲曲存目彙考》等書目中有著錄，但全本已經佚失，《昆弋雅調》中的四齣是目前唯一存留於世的《三春夢》片段。

一些史料筆記中提到的崇禎末順治初的折子戲表演也以傳統折子戲爲

上海人民出版社，1982 年，頁 119。
〔註84〕清・無名氏《江南聞見錄》，清光緒鉛印本。

主。如「龍遊余太史恂順治辛卯發解時，亦登場演『蔡邕別親』一齣，觀者謂『蔡解元』」〔註85〕。另據徐珂《清稗類鈔》記載：吳三桂喜度曲，有周公瑾風焉。一天他微服遊江淮間，在一商人家「欣然爲演《惠明寄柬》一折，聲容臺步，動中肯要，座客皆相顧愕眙。少焉樂闋，下場一笑，連稱『獻醜』而去」〔註86〕。《蔡邕別親》是《琵琶記》中的一齣，《惠明寄柬》是《西廂記》中一齣。史料筆記中的記載和折子戲選集所反映的情況是一致的，當時折子戲舞臺上還是《琵琶記》、《西廂記》等傳統劇目更有人氣。這說明，折子戲從全本戲中摘出，發展成爲相對獨立的藝術產品並在全社會廣泛傳播的流程被社會動亂打斷，大部分新折子戲的藝術性難以提高，失去了經典化的機會，舞臺普及度較低。

餘緒期的折子戲受到戰亂的影響，脫離了正常的發展軌道，在各個方面都沒有什麼特別突出的進步，幾乎都是承明代餘緒而已。其最大的貢獻是在亂世中生存了下來，並且將戲曲的精髓部分地傳承了下去，這就爲清代戲曲的繁榮奠定了良好的基礎。

綜上所述，明代折子戲自嘉靖時期產生，萬曆時期，伴隨著傳奇的繁榮興盛，折子戲開始發展壯大，並逐漸顯示出自己的獨立性。大約在明末天啓、崇禎年間，折子戲已與全本戲並行，雖然這個發展過程被明末清初的戰亂打斷，但折子戲的獨立性已不容置疑，大批經典劇目也已深入人心，在戲曲舞臺上站穩了腳跟。

〔註85〕 清·焦循《劇説》，《叢書集成三編》（32 藝術類），臺北：新文豐出版公司影印，1997 年，頁 714。

〔註86〕 清·徐珂《清稗類鈔》「戲劇類」《六燕班》，北京：中華書局，1984 年，頁5057。

第三章　明代折子戲的發展變遷

　　折子戲脫胎於全本，但在演出過程中，逐漸獨立成型，體現出不同於全本同出的許多特徵。同時，不同時期同一齣折子戲也呈現出許多相應變化的態勢。這些變化在很多方面有別於戲曲史對全本戲發展變化的描述。本章試從劇目、曲詞等方面探討明代折子戲自身的發展演化。

第一節　明代折子戲流行劇齣的變遷

　　在上一章對明代折子戲的概述中，我們大略地談到過明代各個時期流行的折子戲，一個顯而易見的事實是，各個時期流行的折子戲同中有異，穩中有變。在變與不變的背後，本節試圖探索明代折子戲在題材問題上傳承和發展的規律。

　　明代自嘉靖年間折子戲興起以後，一百多年來，折子戲舞臺可謂風起雲湧，波瀾壯闊，新舊交替始終不斷。大多數折子戲在風光一時之後便黯然退去，堪稱經典的永遠只是少數。這些經典折子戲大多集中在《琵琶記》、《荊釵記》、《西廂記》等早期戲曲中。比如《琵琶記》中的著名折子戲《南浦送別》（亦名《送別》、《長亭送別》等），在明代的各個時期都深受喜愛。除了天啓、崇禎年間（1621～1644）由於時間短，選本相對較少（五種），只有一種折子戲選本《醉怡情》選錄《南浦送別》，其餘三個時期選錄《南浦送別》的折子戲選本都在半數左右〔註1〕（詳見附錄「明代折子戲選齣」）。其它如

〔註1〕　嘉靖時期《風月錦囊》、《禮節傳簿》均選錄《南浦送別》，萬曆時期十五種選本選錄《南浦送別》的有七種，餘緒期（即清初，參見本書第二章第四節）

《金印記‧周氏拜月》、《荊釵記‧十朋祭江》、《千金記‧月下追信》等也都有半數左右選本選錄。可以說，這些都是當時非常流行的折子戲。明代文人創作的傳奇作品也貢獻了不少優秀的折子戲，比如《玉簪記‧姑阻佳期》、《紅拂記‧紅拂私奔》、《西樓記‧錯夢》、《水滸記‧野合》等，自誕生之後即迅速傳播開來，受到人們的廣泛喜愛，並被多家選本收錄，成爲明代折子戲中的後起之秀。

綜觀各個時期倍受歡迎的折子戲，大致有以下幾個特點：一、全本，即折子戲的母本，多爲戲曲作品中的上乘之作，在整個社會享有較高的聲譽，社會普及度高，故事的情節、人物即使對於村夫婦孺也是耳熟能詳，具有很強的生命力，流傳時間長，流傳地域廣泛。上述《琵琶記》、《西廂記》、《金印記》等都屬此類。這就爲從全本中析出的折子戲打下了良好的觀眾基礎。二、集中於戲曲情節中極具情感張力的片段上，尤其是以「分別」、「拜月」、「相會」等爲主題的片段。詳述如下：

第一，明代折子戲以「分別」爲主題的甚多，比如上文提到的《琵琶記‧南浦送別》以及《玉簪記‧秋江哭別》、《玉環記‧渭河分別》、《織錦記‧槐陰分別》、《和戎記‧昭君出塞》、《西廂記‧長亭分別》、《玉釵記‧玉釵贈別》、《霞箋記‧玉郎追船》等。這些折子戲多數是情人分別的場景，也有告別親人、故鄉的如《浣紗記‧去國》、《寶劍記‧夜奔》。明清時期，出於各種原因，爲科舉功名或經商謀利，中國人常常要遠離曾經熟悉和熱愛的親人和故土，前往異鄉。在交通、通訊都很不發達的古代中國，分別之後相會之期渺茫，有可能從此永不相見，因此，對於重人情、重鄉情的中國人來說，分別通常是一種強烈的痛苦體驗，最典型的如《琵琶記‧南浦送別》，敘蔡伯喈被父親逼迫離家赴選，拜別年邁的父母和新婚才兩月的妻子，前途未卜，親老妻嬌，蔡伯喈有太多的不忍和不捨，卻又不得不去。妻子趙五娘嫁到趙家才兩月，新婚燕爾就要勞燕分飛，還有風燭殘年的公婆需要照顧，一個年輕女子還沒品嘗到生活的甜美轉眼就要承擔起家庭的重任，內心的憂慮愁悶自不待言。正如戲中唱到的：「萬里關山萬里愁，一般心事兩般憂」〔註2〕。在明代的科舉制度下，這個分別的場景其實就是千千萬萬的舉子和親

十二種選本中有六種選錄。

〔註2〕 《琵琶記‧五娘長亭送別》，明‧程萬里選，金魁刊刻《摘錦奇音》，卷一下欄。

人分別場景的再現。分別時的不捨以及能夠預想到的離別後的孤單，在戲曲舞臺上通過演員的表演被放大性呈現，能夠調動起觀眾自身的分別體驗，具有很強的情緒感染力。這個片段能夠引起的共鳴可想而知。這種情緒、情感上的衝擊能帶給觀眾強烈的審美快感。這在很大程度上解釋了舞臺上如此眾多的「分別」類折子戲上演不衰的原因。《琵琶記・南浦送別》被十四種明代折子戲選本選錄，《玉簪記・秋江哭別》被十三種明代折子戲選本選錄，《玉環記・渭河分別》也有六種折子戲選本選錄，都說明了此種「分別」類折子戲受歡迎的程度。

　　第二，「相會」是另一個突出主題。此類折子戲主要有《躍鯉記・廬林相會》、《白兔記・磨房重逢》、《胭脂記・觀燈赴約》、《西廂記・月下佳期》、《同窗記・山伯訪友》、《十義記・父子重逢》、《琵琶記・夫妻相會》、《荊釵記・母子相會》、《尋親記・旅邸遇父》等等。這其中有一些膾炙人口的情人相會的片段，比如《拜月亭・曠野奇逢》、《紅拂記・紅拂私奔》、《西廂記・月下佳期》、《明珠記・窺窗》、《牡丹亭・驚夢》等，都是各有特色極受歡迎的折子戲。以《牡丹亭・驚夢》為例，作者湯顯祖把生旦相會安排在一個美麗的夢中，春光融融，花神助興，英俊書生，溫柔佳人，在很短的篇幅內展現了情人相見的驚喜，愛情之初相互間的試探、進退，愛情帶來的無比愉悅、滿足，得而復失的惆悵、失落，等等，蘊涵著心理、情感上的巨大震蕩和起伏。《牡丹亭・驚夢》至今仍是戲曲舞臺上的寵兒。在這些片段中，沒有小人作祟，沒有家長阻撓，只有純粹的愛情在舞臺上流光溢彩，生旦情愛的美好在這些折子戲裏得到了淋漓盡致的體現，由此，這些折子戲成為最受歡迎的戲曲片段之一。《拜月亭・曠野奇逢》入選二十一種折子戲選本，《紅拂記・紅拂私奔》入選十四種折子戲選本就充分說明了這一點。除了情人相會外，親人相會的折子戲如《荊釵記・母子相會》等也常在舞臺上演出。這類折子戲中的主人公往往經歷諸多波折磨難才終於相聚，喜悅之餘也常常「悲從中來」。痛定思痛，五味雜陳的複雜情緒讓這類折子戲常常是悲喜交加的。《白兔記・磨房重逢》、《琵琶記・夫妻相會》、《荊釵記・母子相會》等都屬此類。

　　第三，「拜月」是各個時期折子戲中不可忽略的一個重要主題。「拜月」就是主人公的月下活動，一般是祈禱月神保祐自己實現願望。從折子戲選本來看，「拜月」類折子戲是非常受歡迎的。《金印記・周氏拜月》入選十七種

折子戲選本，《拜月亭・幽閨拜月》入選十二種折子戲選本。「月」是中國古典文化中的一個重要意象，是團圓的象徵，月的陰晴圓缺還代表著世事的無常與輪迴，因此，人們在月下的活動或是祈願團圓，或是感慨世事。總之，月下的活動一般是較為深層的心理活動。即以入選最多的《金印記・周氏拜月》為例，蘇秦自秦邦歸來功名未果，受到家人的嘲笑和輕蔑，妻子也不下機迎接，於是蘇秦憤而奔魏繼續求取功名，此齣折子戲即演蘇秦走後又是三年，中秋又至，周氏獨自在家，拜月祈禱。此時她的心理狀態十分複雜，既有對久別丈夫的思念，又有對丈夫一心功名音信杳無的怨恨，既有對自己不下機羞辱了丈夫的悔恨，又有因丈夫貧窘而屢屢遭人白眼的委屈，這些情緒在中秋節明月下這個特殊的時空中積聚起來，借由對月祈禱而得到了宣泄：「尋常三五嬋娟影，今宵獨勝，教奴觸景，萬感傷情」，「埋怨當時不下機，想後思前悔是遲」，「未知甚日還鄉井，只怕你功名成畫餅，做下離情愁悶，一似海樣深。」〔註3〕月明星稀，更深夜靜，最易引人深思，發人感慨，「拜月」類折子戲正是以其月下獨語式的情感表達取勝。這種私密性的、多層次的心理活動的舞臺展示既滿足了觀眾的好奇心，又易於引起共鳴，在創造情境方面可謂得天獨厚。另外如《琵琶記・伯喈賞月》、《玉簪記・妙常拜月》等也都是借月抒情，表達思念的精彩段落，但與《金印記・周氏拜月》相比，顯然遜色許多。究其原因，或者亦與科舉有關。明代的科舉幾乎是每個士子出人頭地的必經之路，但錄取者畢竟是少數，許多人在這條道路上奔波多年依然一事無成，在這樣的壓力下，不第的羞辱和對功名的渴盼是全社會性的，是舉子本人及家人共同承擔的。周氏在月下的感慨其根源正在於此。也就是說，與《玉簪記・妙常拜月》等單純表達月下思念，盼望團圓的折子戲相比，《金印記・周氏拜月》中表達的情感更複雜，更貼近現實，更能夠引起最普遍的共鳴。

綜上所述，頗受歡迎的折子戲在內容上的共同特點是：情感必須飽滿、豐富，具有動人心弦的力量，能夠給人心理的衝擊、震撼，或是引起強烈的心理共鳴，引導觀眾經歷跌宕起伏的心理體驗。這種強烈的心理體驗是具有審美快感的，因此人們願意不斷觀賞，反覆回味。

當然，綜觀明代各個時期，始終受到普遍歡迎的折子戲畢竟是少數，每個時期都有自己的寵兒，在這中間約略反映出一些時代風尚的變化。

〔註3〕 《蘇秦・周氏對月思夫》，明・佚名《大明天下春》，卷八下欄。

其一，明代嘉靖直至萬曆時期非常流行的遊賞類折子戲，到天啟崇禎後漸受冷遇。嘉靖至萬曆時期以遊賞為主題的折子戲曾盛行一時。其時最流行的遊賞類折子戲是《紅葉記·四喜四愛》。萬曆時期的十五種折子戲選本中至少有十種選錄了《紅葉記·四喜四愛》（亦名《惜花愛月》）。這是一個典型的歌舞戲，不以情節見長，主要內容是賞花玩月，惜時傷春。風、花、雨、月等景致在主僕三人（也有的選本是主僕二人）的歌舞中緩緩展開，唱詞、賓白對景色的描繪比較生動：「看那紫燕黃鸝飛來在粉牆，花前翠袖飄揚」，「只見孤影清波相看有情，桂花月兔雙清，望依依玉京仙掌，驪珠迸水，月光相應，纖手把廣寒擎。」〔註4〕雖然我們無緣目睹當時這齣折子戲表演時的情景，但可以想見三個少女在舞臺上輕歌曼舞所營造的輕快、柔美的氛圍。在這齣戲裏，我們還隱約可見《牡丹亭·遊園》的影子，尤其是唱詞中還有「看催花雨晴，把六曲欄杆憑門掩，花陰靜，徒倚遍牡丹亭」〔註5〕一句，更令人想起牡丹亭畔賞花遊園的杜麗娘和春香。事實上，嘉靖至萬曆時期以遊賞為主題的折子戲不少，除了《紅葉記·四喜四愛》外，還有《四節記·坡遊赤壁》、《四節記·杜甫遊春》、《五桂記·花神獻巧》、《咬臍記·花園遊玩》、《泰和記·復遊赤壁》、《玉玦記·王商攜妓遊湖》、《琵琶記·荷亭遊賞》、《泰和記·庾元亮南樓玩月》等（見附錄），這些遊賞類折子戲一般沒有什麼情節，主要是描摹景色，抒發情感，多半曲詞優美，以歌舞取勝。

但這類遊賞折子戲在天啟崇禎之後，流行的勢頭大減，尤其萬曆時期最火的《紅葉記·四喜四愛》在萬曆之後的諸家選本中幾乎銷聲匿迹了。萬曆之後的十幾種折子戲選本中只有《方來館合選古今傳奇》一種選錄了《紅葉記·四喜四愛》。《四節記·坡遊赤壁》收入萬曆時期的六種折子戲選本，但萬曆之後就只有《新鐫綴白裘》一種選本收錄。《五桂記·花神獻巧》收入萬曆時期的四種折子戲選本，萬曆之後則已經不見蹤影。

遊賞類折子戲由熱到冷，部分是由於流行聲腔的變化而帶來劇目的變化，更重要的是戲曲發展的過程中各種藝術要素的此消彼長，這才是主要推力。否則很難解釋，出自同一種《琵琶記》的《荷亭遊賞》和《南浦送別》兩齣折子戲在幾十年甚至幾百年後，命運會有如此巨大的不同。這中間的變

〔註4〕　《紅葉記·四喜四愛》，明·景居士選，吉州劉次泉刊刻《玉谷新簧》，卷一上欄。
〔註5〕　《紅葉記·四喜四愛》，明·景居士選，吉州劉次泉刊刻《玉谷新簧》，卷一上欄。

化恐不是聲腔能解釋的。戲曲是一種綜合性藝術，「以歌舞演故事」，歌舞、情節、人物都是戲曲中的要素。在戲曲產生初期，應該說，歌舞曾佔據了很大的比重，劇曲先於折子戲作為戲曲選段演出就是一個例證。但隨著時間推移，隨著戲曲本身的發展，戲曲的情節性要求越來越突出。或者說，人們已不滿足於單純的「歌舞」，而同時要求「演故事」，要求故事的精彩，人物的鮮活。這從李漁《閒情偶寄·詞曲部》對戲曲理論的總結和闡釋中可以見出。李漁認為：「有奇事方有奇文，未有命題不佳而能出其錦心，揚為繡口者也。」〔註6〕當折子戲舞臺越來越注重「戲」的時候，沒有多少戲劇性的歌舞片段自然也就慢慢退出折子戲舞臺，回歸到歌舞表演的行列中，《紅葉記·四喜四愛》淡出折子戲舞臺之後，入選清唱曲集《納書盈曲譜》，即證明此一點。

　　萬曆時期遊賞類折子戲較多的原因在於，此期折子戲還處於發展的前期，不可避免地帶有一些早期特徵，以歌舞為主的遊賞類折子戲的盛行就是這種表現。本書第一章探討折子戲的產生和發展的時候曾經提到，折子戲產生之初有相當長的時間與清曲糾纏不清，尤其是清曲中的「劇曲」，和折子戲一樣，都是取自戲曲的一個部分，本就是折子戲的「近親」，和折子戲關係非常密切，所以早期的折子戲歌舞的比例較大是很自然的。考察現存最早的折子戲選本《風月錦囊》，其曲詞多賓白少，「曲」重於「戲」的現象更嚴重。萬曆時期離清曲盛行的明初較近，受清曲的影響還是很大的。

　　至萬曆後，折子戲的情節性因素越來越被看重，歌舞類折子戲比例漸小。當然，歌舞類折子戲因其場面的歡快熱鬧，歌舞的聲色之美，也從未徹底退出舞臺。比如《浣紗記·採蓮》，就是萬曆之後很受歡迎的歌舞類折子戲，被萬曆後三個折子戲選本收錄，同時，在《祁彪佳日記》中也提到「德輿盡出家樂，合作《浣紗》之《採蓮》劇而別」〔註7〕，證明其時《採蓮》是常常演出的折子戲。至清代，錢德蒼《綴白裘》也收錄有《浣紗記·採蓮》，至今，《採蓮》依然活躍在戲曲舞臺上，戲曲服飾中還有一種叫「採蓮衣褲」的服裝，就是因從前演出《採蓮》一齣常常使用而得名的。另外，《浣紗記》中《吳王打圍》一齣也是經久不衰的歌舞型折子戲。《浣紗記·吳王打圍》（也稱《打

〔註6〕 清·李漁《閒情偶寄》，上海：上海古籍出版社，2005年，頁18。
〔註7〕 明·祁彪佳《祁忠敏公日記》，《歷代日記叢抄》八，北京：學苑出版社，2006年，頁603。

圍》、《吳王遊湖》）入選萬曆時期折子戲選本六種，入選餘緒期折子戲選本四種，至今依然在舞臺上演出。

可以說，在紅極一時的《四喜四愛》悄然退出折子戲舞臺之後，《浣紗記》中的《採蓮》和《吳王打圍》卻在舞臺上方興未艾。不過除此之外，其它歌舞遊賞類折子戲已經風光不再了。爲什麼《採蓮》和《吳王打圍》能夠在歌舞遊賞類折子戲的退潮中逆流而上呢？筆者認爲，《採蓮》和《吳王打圍》的盛行不衰與其母本《浣紗記》在崑曲中的地位有關。眾所周知，自魏良輔改革崑腔，梁辰魚得其眞傳以崑腔創作了戲曲《浣紗記》和大量清曲，其曲清麗宛轉，綿長悠遠，崑腔遂不再「止行於吳中」，一時風行全國。人們「取聲必宗伯龍氏，謂之崑腔」〔註8〕，作爲崑腔戲曲開山之作的《浣紗記》就此奠定了其在崑曲中的地位，可以說，崑腔的傳播伴隨著《浣紗記》的傳播。隨著崑腔演唱的熱潮在全國範圍內蔓延，《浣紗記》的影響力可想而知。

《浣紗記》中的許多曲子都是當時的流行歌曲，其中最著名的當屬〔普天樂〕「錦帆開，牙檣動」和〔念奴嬌序〕「澄湖萬頃」。據張岱《陶庵夢憶》卷五《虎丘中秋夜》記載，「虎丘八月半，……天暝月上，鼓吹百十處，大吹大擂，十番鐃鈸，漁陽摻撾，動地翻天，雷轟鼎沸，呼叫不聞。更定，鼓鐃漸歇，絲管繁興，雜以歌唱，皆『錦帆開』、『澄湖萬頃』同場大麯，蹲踏和鑼絲竹肉聲，不辨拍煞。……」從這段記述來看，「錦帆開」、「澄湖萬頃」是虎丘曲會上的合唱大麯。不必排演即能數百人合唱，足見人們對其耳熟能詳的程度，也足見這兩支曲子之深入人心。當時的場面應該是十分壯觀的，這是崑曲的輝煌時刻。「錦帆開」來自《浣紗記》第十四齣《吳王打圍》，「澄湖萬頃」來自《浣紗記》第三十齣《採蓮》。在《浣紗記》的傳播過程中，「錦帆開」、「澄湖萬頃」兩支曲子成爲盡人皆知的流行歌曲，《採蓮》和《吳王打圍》兩齣也得此人氣，被人們熟悉和喜愛。所以，《採蓮》和《吳王打圍》兩齣折子戲的超高人氣實是得「錦帆開」和「澄湖萬頃」兩支清唱曲子之力，是由這兩支清唱曲的巨大影響力提振的。包括稍後的《牡丹亭·遊園》，其實也主要是因爲有那支著名的〔皂羅袍〕「原來姹紫嫣紅開遍」，才至今仍爲人們津津樂道。其它歌舞類折子戲沒有這樣有影響力的曲子作支撐，自然也就

〔註8〕　明·張大復《梅花草堂筆談》卷十二「崑腔」，《四庫全書存目叢書》（子部104），濟南：齊魯書社，據明刻本影印，1995年，頁457。

沒有這樣好的命運。

　　同樣遭到被淘汰的命運的還有一些「自歎」類折子戲。嘉靖時期的折子戲選集《風月錦囊》中有相當部分的「自歎」：《仁貴自歎》(《薛仁貴》)、《織錦自歎》、(《竇滔迴文記》)、《金牡自歎》(《張王計西瓜記》)、《孔明自歎》(《三國志大全》)、《呂布自歎》(《三國志大全》)、《伯喈自歎》(《琵琶記》)、《周氏自歎》(《蘇秦》)、《雪梅自歎》(《三元登科記》)等，這些「自歎」類折子戲除《仁貴自歎》等少數在後期還有流傳，大多在嘉靖後即從折子戲選本中消失了，消失的速度比遊賞類折子戲快得多。《金印記》中《周氏拜月》一齣，在後世十分流行，其意與《風月錦囊》中的《周氏自歎》比較接近，但曲詞已經完全不同，其心理的宛轉曲折是《周氏自歎》無法企及的。《風月錦囊》中這些「自歎」類折子戲更類於清唱曲中《美女閨情》、《自歎》、《秋思》之類的抒情曲。「自歎」類折子戲的退出同樣證明折子戲脫離清曲影響，在敘事性、戲劇性方面發展的趨勢。

　　其二，萬曆之後，倫理教化類折子戲比重加大。元明之人寫作戲曲常以教化世人，矯正世風為己任，從高明的「不關風化體，縱好也徒然」〔註9〕到丘濬的「若於倫理無關緊，縱是新奇不足傳」〔註10〕，許多文人主觀地期待戲曲起到「高臺教化」的作用。對於所受教育不多的普通百姓來說，戲曲在很大程度上確是他們接受傳統文化，瞭解歷史知識的有效途徑，正如明代陳洪綬說：「今有人焉，聚徒講學，莊言正論，禁民為非，人無不笑且詆也。伶人獻俳，喜歡悲啼，使人之性情頓易，善者無不勸，而不善者無不怒，是百道學先生之訓世，不若一伶人之力也。」〔註11〕但是民眾對戲曲的喜好，並不以教化者的意願為轉移，尤其是折子戲舞臺，以觀眾好尚為導向，反映的是社會心理，時代風尚，凡與此相悖的都會遭到無情淘汰。比如在文學史上頗有地位的丘濬《五倫全備記》，由於教化色彩過於濃鬱，一味追求「搬演出來，使世上為子的看了便孝，為臣的看了便忠，……」〔註12〕以至情節缺乏

〔註 9〕　元・高明《琵琶記》，第一齣《副末開場》，《六十種曲》本。
〔註10〕　明・丘濬《五倫全備忠孝記》，第一齣《副末開場》，《古本戲曲叢刊初集》影印世德堂刊本，上海：商務印書館，1954年。
〔註11〕　蔡毅《中國古典戲曲序跋彙編・節義鴛鴦冢嬌紅記序》，濟南：齊魯書社，1989年，頁1357。
〔註12〕　明・丘濬《五倫全備忠孝記》，第一齣《副末開場》，《古本戲曲叢刊初集》影印世德堂刊本，上海：商務印書館，1954年。

邏輯，人物形象蒼白，變成了倫理道德的乾枯標本，被觀眾厭棄，在折子戲舞臺上毫無立足之地〔註13〕。要想讓觀眾接受，首先要有打動人心的作品。舞臺上的熱門戲曲一定是與觀眾發生強烈共鳴的劇作。也因此，從折子戲舞臺上，能夠更清晰地觀察到時人心態和世風的變化。

如果按照《樂府紅珊》中對折子戲的劃分〔註14〕，我們可以看到，受人歡迎的折子戲並不是平均分配在每個種類中的。各種資料都顯示，在嘉靖、萬曆時期的折子戲舞臺上風情劇是主力軍。諸如《拜月亭‧曠野奇逢》、《紅拂記‧紅拂私奔》、《西廂記‧遞柬傳情》《牡丹記‧魚精戲真》、《目連記‧尼姑下山》、《目連記‧僧尼相調》、《玉簪記‧秋江哭別》等等，都屬此類。這些風情戲描摹愛情或熱烈、或纏綿，或奔放，或含蓄，風格不一，但情詞俱美，頗為動人。萬曆之後，風情類折子戲仍有很大的市場，此期《牡丹亭》的《驚夢》、《尋夢》，《水滸記》的《野合》、《捉張》也是人氣很高的折子戲，但與萬曆時期相比，此期折子戲的倫理說教色彩顯然濃厚了不少。

首先，萬曆時期頗受歡迎的一些風情類折子戲在萬曆後的折子戲選本中選錄大為減少。比如《目連記》中的《尼姑下山》、《僧尼相調》兩齣，是萬曆時期舞臺上很受青睞的折子戲，《尼姑下山》被萬曆時期六種折子戲選本選錄，《僧尼相調》被四種選錄。這兩齣戲表現出家人對情愛和世俗生活的嚮往，由於難耐寺庵清規戒律的束縛和刻板生活的寂寞，小尼姑和小和尚雙雙逃下山來。對於普通大眾來說，僧侶的生活是神秘而令人好奇的，揭示僧侶的情愛心理，披露佛家子弟的情感世界首先就具備了一個看點，或者叫「有戲」。同時，對於戒律森嚴的佛門來說，僧尼的情愛嚮往已是心魔，私自下山還俗更是離經叛道之舉，但這種打破桎梏，追求情愛自由的行為卻恰合明代中葉以來重情縱欲的社會思潮，是以在萬曆時期十分盛行。萬曆後，情況大不相同。萬曆後的十七種折子戲選本〔註15〕中只有《醉怡情》一種選錄了《僧尼會》，這說明《尼姑下山》、《僧尼相調》兩齣戲在舞臺上的演出減少了，至少

〔註13〕　本書所統計並考察的三十餘種折子戲選本中只有《風月錦囊》收錄三齣、《新鐫綴白裘》收錄一齣。

〔註14〕　《樂府紅珊》分十六卷，每卷一類折子戲，分別是：慶壽類、伉儷類、誕育類、訓誨類、激勵類、分別類、思憶類、捷報類、訪詢類、遊賞類、宴會類、邂逅類、風情類、忠孝節義類、陰德類，榮會類。

〔註15〕　包括天啟、崇禎間五種，餘緒期十二種。

演出熱度已大不如萬曆時期。

其次，一些教化氣息很濃的折子戲在萬曆之後的折子戲選本中選錄增多。比如《繡襦記》中的《打子》、《剔目》兩齣。徐霖《繡襦記》（一說爲薛近兗作）敘書生鄭元和與名妓李亞仙相好，鄭元和爲李亞仙散盡金銀又被老鴇用計甩掉，窮困潦倒淪爲乞丐，恰又遇到李亞仙。李亞仙收留了鄭元和，剔目勸學，最終鄭元和高中，一家團圓。其中《打子》一齣演鄭父見鄭元和淪落爲凶肆歌郎，認爲其辱沒門風，竟下令將兒子打死。鄭元和苦苦哀求父親原諒，鄭父卻說：「三魂喪才中吾意，七魄散就棄溝渠。不肖子，你歌薤露送人之死，你今死誰歌蒿里，你今死吾心方喜」〔註16〕，遂將昏死的鄭元和扔進渠溝，揚長而去。俗語云：虎毒尚不食子。鄭父之冷酷絕情著實令人震驚。這恰體現了「父爲子綱」的封建倫理綱常，正是「父讓子亡，子不得不亡」。《剔目》一出演鄭元和貪戀李亞仙美色，不肯下苦功讀書，李亞仙爲激勵鄭元和專心讀書，遂以針刺瞎美目。這一齣戲從情節上來說，是極具戲劇性的。李亞仙最終得到聖旨褒獎：「本係鳴珂妓女，乃能剔目毀容，勸夫勉學，卒底於成。雖古先烈女，不能踰也。茲用封爲汧國夫人。嗚呼。」〔註17〕但是躋身於「烈女」行列的李亞仙爲了鄭元和的「上進」作出如此決絕的自我犧牲，手段也未免太過於殘忍、血腥。

這個故事的最初源頭是唐傳奇《李娃傳》（白行簡著），後根據《李娃傳》改編的戲曲還有元代石君寶雜劇《李亞仙花酒麴江池》、南戲《李亞仙》等，今傳者僅石君寶《李亞仙花酒麴江池》和徐霖的《繡襦記》。唐傳奇《李娃傳》和元雜劇《李亞仙花酒麴江池》都沒有「剔目」這一情節。「剔目勸學」應該是從明代徐霖《繡襦記》開始的。萬曆時期《剔目》、《打子》兩齣尚不是特別受到關注的折子戲，萬曆時期十五種折子戲選本中只有三種選錄了《剔目》一齣，沒有一種選錄《打子》。萬曆後，《打子》、《剔目》成了《繡襦記》中最常演出的折子戲。天啓、崇禎年間的五種折子戲選本有三種選錄了《剔目》，餘緒期的十二種折子戲選本中有五種選錄了《剔目》，共計八種；選錄《打子》的則共計四種。

上述兩方面一少一多的變化耐人尋味。這其實是明代民間思想發展變化的一個表現，即從縱情適性重又走向遵禮守制，走向綱常倫理。明代是一個

〔註16〕明·徐霖《繡襦記》，第二十五齣《責善則離》，《六十種曲》本。
〔註17〕明·徐霖《繡襦記》，第四十一齣《汧國流馨》，《六十種曲》本。

社會思想大變動的時期，正如羅宗強先生所言：「自發展脈絡之大體言，明前期是程、朱理學，中間是陽明心學，最後又回歸程、朱理學。但這只是大體，其中之交錯糾結，非三言兩語所能說清。」〔註 18〕縱情任性和恪守禮法，在衝突中共存，此消彼長。徐霖設計《打子》、《剔目》兩齣本是出於文人對倫理道德的教化理想，但民間對這一理想的認同直到明末才實現。萬曆時期，人們更喜歡的是《元和訪妓》這樣的風花雪月，纏綿旖旎〔註 19〕，是《尼姑下山》、《僧尼相調》這樣的大膽直率，風情萬種，萬曆後，隨著國家的危機四伏，隨著縱情任性風潮走向極端後的「物極必返」，加之東林黨人中的優秀分子在道德上的倡導和示範作用，人們開始回歸倫理道德，開始重新思考「情」和「理」的關係。連「風流」二字在這一時期都有了新的解釋：「若還有才有貌，又能循規蹈矩，不做妨倫背理之事，方才叫做真正風流。風者，有關風化之意；流者，可以流傳之意」，「如今世上的人不解字義，竟把偷香竊玉之事做了『風流』二字的注腳，豈不可笑！」〔註 20〕所以，不守清規戒律，直白大膽，春心蕩漾的《尼姑下山》、《僧尼相調》遭到冷落；表現綱常倫理，教導青年學子致力於科舉應試，光宗耀祖，教導婦女自我犧牲、忠貞節烈的《打子》、《剔目》受到熱捧。明末直到清代愈演愈烈的對封建綱常的強化、崇奉，至此已露端倪。折子戲舞臺在明代中後期的這個變化從另一個角度為明代社會思潮的轉變作了注腳。

　　值得一提的是，現代戲曲舞臺上仍然有《打子》、《剔目》這兩齣折子戲，但已經過歷代藝人的改編，和明代折子戲大為不同。比如現代戲曲中的《打子》刪去了鄭父命令手下打死鄭元和後所說的「你今死吾心方喜」之類不盡人情之語，增添了鄭父見兒子果真死了轉露悲痛的細節，使鄭父打子的行為成為愛子而恨鐵不成鋼心理的極端表現，成為一齣真實感人的折子戲。

第二節　明代折子戲曲詞、賓白的變遷

　　折子戲在演出過程中經過歷代藝人的加工，往往和原本相去甚遠，不但

〔註 18〕 羅宗強《明代後期士人心態研究》，天津：南開大學出版社，2006 年，頁525。

〔註 19〕 《元和訪妓》收入萬曆時期四種折子戲選本，詳見附錄。

〔註 20〕 清・李漁《連城璧》(《寡婦設計贅新郎眾美齊心奪才子》)，北京：中華書局，2004 年，頁 239。

聲腔會發生變化，而且曲詞、賓白都可能被更改。本節試就明代折子戲的曲詞、賓白問題作一探討。

首先，從折子戲選本的情況看，曲詞的變化相對較小。戲曲曲詞的多少、用字一般是由曲牌本身決定的，有一定之規，從周德清《中原音韻》到沈璟《南九宮十三調曲譜》，對曲詞寫作的總結、規範始終沒有停止。一般而言，曲詞一經寫作完成，變化不會太大。但曲詞的規範也並非沒有任何改變的空間。如果發生改變，其主要原因在於：首先，各種不同聲腔對同一劇本「改調歌之」的時候，常常會對不合聲腔的曲詞作一些調整。其次，有時劇作家為了表情達意的需要或出於對曲律的不甚瞭解，也會有不守格律的情況，而演唱不合音律的唱詞會有實際的困難，就像王驥德《曲律》中所言：「屈曲聱牙，多令歌者齚舌」〔註21〕，所以演員有時會根據實際需要加以改造；如果曲詞過於藻麗繁縟，作者不顧觀眾感受大掉書袋，那麼也可能遭到更改的命運；再次，演出中演員為了更充分地表達感情，尤其是非常強烈的情感宣泄，有時也會加入一支或數支曲子。此外如襯字、集曲等方式都打破了曲牌的固有格式，使曲詞的表達相對自由。總之，曲詞的改變通常出於兩點需要，或音律，或內容。

明代出於音律的需要而改變曲詞的最著名的案例就是《北西廂》改為《南西廂》。《西廂記》為北曲，「此北本雖佳，吳音不能奏也」〔註22〕，明李日華、崔時佩遂更改曲詞，增添賓白，撰作《南西廂》。《南西廂》的是非功過後人評述甚多，但是不管怎樣，《南西廂》的更改合於南曲，在明代後期還是很有市場的，明代多種折子戲選本都收錄有《南西廂》折子戲就是一個證明。

從內容上來說，明代戲曲在演出過程中對曲詞的較大改變主要有以下方式：

第一種改變方式是「新增」曲詞。新增的曲詞又分兩種，其一是在原有曲詞基礎上直接增加。比如《風月錦囊》選《琵琶記‧五娘描容》，在〔胡搗練〕、〔三仙橋〕兩支曲後，有〔新增〕數支曲，諸本無。但明人曲選如《詞林一枝》、《大明春》、《堯天樂》、《時調青昆》、《樂府紅珊》、《群英類選》

〔註21〕 明‧王驥德《曲律》，《續修四庫全書》（1758），上海：上海古籍出版社據明抄本影印，2002年，頁454。
〔註22〕 清‧李漁《閒情偶寄》，上海：上海古籍出版社，2000年，頁42。

等選錄《寫眞》齣，均有之。其曲牌依次爲：〔新水令〕、〔駐馬聽〕、〔雁兒落〕、〔疊字錦〕、〔三仙橋〕、〔清江引〕，語間有歧異。《群英類選》將此齣歸於『北腔類』。」〔註23〕此處「新增」曲詞在表情達意上十分成功，遂在舞臺上沿襲，成爲舞臺表演中較爲固定的形式。其二是加入「滾唱」。前文說過，萬曆年間滾調盛行，大多數都是加在某句曲詞後面，直接對曲詞進行闡釋、說明，比如《琵琶記・五娘途中自歎》：

〔月兒高〕（旦）路途多勞頓（滾）勞頓不堪言，心中愁萬千，回首望家鄉，家鄉漸漸遠。行行甚時近。那日起程之際，蒙太公贈我盤費，只說到京盡夠用，誰知出路日久，費用甚多。未到洛陽城，盤費都使盡。（滾）離家一月餘，行來沒了期，回首望孤墳，孤墳在那裡。回首望孤墳（滾）只見青山不見墳，回頭只見影隨身。空教奴望孤影。夫，他那裡不瞅睬，俺這裡無投奔。（滾）只見：往來人似蟻，不見故鄉人。……〔註24〕

這一段幾乎每句後都接「滾」，原曲文完全被打散。滾調的字數遠遠超過了原有的曲詞。這當然打破了曲牌的連續性，突破了原有曲牌的節奏，賦予曲詞新的節奏，新的風格。關於此點，後面還會有比較詳細的論述，此不贅言。

第二種對曲詞改變較大的方式是方言化。這種改變往往是對曲詞字句進行的修改，意思表達相近，但是遣詞造句有很大不同。一般來講，不管以何種聲腔演出，戲曲劇本多爲「官話」，少有方言。然而官話戲曲傳播四方之後，就可能被當地人用方言改造，以利於本地人的接受和欣賞。

以目下所見，現存最早的方言折子戲選本是萬曆三十二年（1604）刊刻的《滿天春》〔註25〕。《滿天春》共收錄十八齣折子戲，除《尼姑下山》、《和尚弄尼姑》兩齣官話折子戲外，其餘十六齣都是閩南方言折子戲。我們可以大致比較一下，同一齣戲官話和閩南方言有多大的差別。以《幽閨記・曠野奇逢》中的一段爲例：

《詞林一枝》——

……（旦）：既然讀詩書，惻隱心怎不周濟？（生）我是孤兒，你是寡女。廝趕著教人猜疑。（旦）亂軍中（又）誰來問你？（生）

〔註23〕孫崇濤《風月錦囊箋校》，北京：中華書局，2000年，頁242。
〔註24〕《摘錦奇音》卷一下欄《琵琶記・五娘途中自歎》。
〔註25〕《滿天春》卷末刊刻牌記「歲甲辰翰海書林李碧峰陳我含梓」，龍彼得認爲即指萬曆甲辰年，此從其說，詳見附錄一：明代折子戲選本敘錄。

緩急間，語言雖是要支持。【前腔】（旦）路中苦攔擋，可認做兄妹。
（生）做兄妹倒好，奈面貌不同。有人廝盤問，教咱把甚言抵對？（旦）
沒個道理。（生）你沒道理，我也不管你。（旦）有一個道理。（生）有甚
道理？……〔註26〕

《滿天春》──

　　……（旦）：見然讀書人，何無惻隱個心意生？（疑此少一「生」
字）我今共你路上去，畏人嫌疑。（旦）鬧亂中誰人卜〔註27〕來問咱？
　　（生）勞堪來問我，甲我〔註28〕乜〔註29〕話通應伊？（旦）路上去
亦是難，那叫做兄妹。（生）小人相貌句（可是）和娘子不相同。（旦）不相
同，畏佐乜。（生）人知（此處一字漫滅不清）來相盤問，好怯枉相帶
利。（旦）阮〔註30〕有一道理。（生）娘子有乜道理……〔註31〕

從這兩段內容的比較來看，曲詞幾乎無一相同，但表達的意思是完全一致的，
官話的《曠野奇逢》完全被閩南話改造，以符合閩南戲曲演出的要求。這些
方言對外省人來說，要讀懂是十分困難的，要聽懂就更是不易，但是對閩南
方言區來說，大約必須以方言出之，當地人聽著才有韻味，而且，既然進入
刊物，就說明這樣的方言化已經有一定的穩定性，並非隨演隨變。

　　用方言改造官話劇本的並非只有閩南地區，江浙一帶也曾用當地方言改
造官話劇本，但此類方言戲曲在當時就受到曲學家的批評，王驥德《曲律》
中就提出，曲唱須先識字，「識字之法，須先習反切。蓋四方土音不同，其呼
字亦異，故須本之中州，而中州之音，復以土音呼之，字仍不正，惟反切能
該天下正音，只以類韻中同音第一字，切得不差，其下類從諸字，自無一字
不正矣。」〔註32〕徐渭《南詞敘錄》中更明確提出：「凡唱，最忌鄉音。吳人

─────────

〔註26〕　《詞林一枝》卷一下欄《奇逢記·蔣世隆曠野奇逢》，此即《幽閨記》（《拜月
　　　　亭》）中《曠野奇逢》。
〔註27〕　卜，閩南語，欲，想要的意思，見《明刊戲曲絃管選集》（中國戲劇出版社，
　　　　2003年），第23頁《方言俗字簡釋表》。下同。
〔註28〕　甲我，閩南語，即「教我」之意。
〔註29〕　乜，閩南語「什麼」，「乜話」即「什麼話」。
〔註30〕　阮，閩南語「我」的意思。
〔註31〕　明·李碧峰、陳我含刊刻《滿天春》第一齣《深林邊奇逢》，即《幽閨記》
　　　　（《拜月亭》）中《曠野奇逢》。
〔註32〕　明·王驥德《曲律》「論識字」，《續修四庫全書》（1758），上海古籍出版社據
　　　　明抄本影印，2002年，頁454。

不辨清、親、侵三韻，松江支、朱、知，金陵街、該，生、僧，揚州百、卜，常州卓、作、中、宗，皆先正之而後唱可也。」〔註33〕曲學家們的呼籲恰好說明其時以方言演唱戲曲的現象是存在的。學者們雖然強烈反對，但是以方言演唱戲曲會讓當地觀眾感到親切，更易於瞭解劇情，更得到文化水平不高的下層百姓的歡迎。《滿天春》就是個很好的例證。

　　明代以方言記錄的戲曲極為少見，所以《滿天春》的出現是令人欣喜的。《滿天春》中收錄的《深林邊奇遇》、《蒙正冒雪歸窯》等在閩南地區以外早就是著名的官話折子戲，據龍彼得考證，明代閩南也有不少場合是用官話演出戲曲的〔註34〕，可以想見，這些折子戲最初也是以官話的方式傳進閩南的。目前限於材料，無法判斷《深林邊奇遇》、《蒙正冒雪歸窯》等是直接從官話折子戲翻譯過來的，還是先從官話全本翻譯為閩南語，然後再從中摘錄的。鑒於目前發現的完整的明代閩南語戲曲劇本只有 1566 年刊刻的《荔鏡記》，沒有發現官話全本進行翻譯的記錄，前者的可能性更大，即由官話折子戲直接翻譯成閩南語折子戲。閩南語折子戲具有獨特的風格，濃鬱的地方色彩，在閩南地區深受當地群眾喜愛。實際上，近代如越劇、錫劇等地方戲都是沿這條路走過來的。

　　《滿天春》中的《劉圭會雲英》〔註35〕一齣標題下寫有「第三齣」三字，這似乎說明，折子戲《劉圭會雲英》是自一個方言版的關於劉圭和呂雲英的故事的全本戲曲中摘錄出來的。《滿天春》中記錄的方言折子戲大多是由官話戲曲更改而來，但是這一齣很可能出自早已失傳的一個以閩南語寫作的戲曲劇本〔註36〕。所以，其時閩南「用方言演戲曲的班子與用正音的是同時存在的」〔註37〕。

　　《滿天春》的扉頁上有一句話：「內共十八隊，俱係增補刪正，與坊間諸

〔註33〕明‧徐渭《南詞敘錄》，《叢書集成三編》（32 藝術類），臺北：新文豐出版公司影印，1997 年，頁 210。

〔註34〕龍彼得《古代閩南戲曲與絃管──明刊三種選本之研究》，《明刊戲曲絃管選集》，中國戲劇出版社，2003 年，頁 19。

〔註35〕此為《滿天春》目錄標題，正文插圖題《呂雲英花園遇劉圭》。

〔註36〕龍彼得認為《尋三官娘》這一齣無法確定是出自閩南戲還是出自官話劇本（見龍彼得《古代閩南戲曲與絃管──明刊三種選本之研究》），筆者以為，由於至今沒有發現官話戲曲中與此有關的南戲材料，出自閩南戲的可能性更大。

〔註37〕龍彼得《古代閩南戲曲與絃管──明刊三種選本之研究》，《明刊戲曲絃管選集》，北京：中國戲劇出版社，2003 年，頁 33。

刻不同」，由此可見，其時坊間出版過不少類似的刻本，但是除了《滿天春》，目前還沒有其它的發現。通俗文藝的保存在中國向來不受重視，或許，《滿天春》的再現已經是一個奇迹。「十八隊」其實就是十八齣，這裡的「隊」很容易讓人聯想起《迎神賽社禮節傳簿四十曲宮調》中的「隊戲」。據《迎神賽社禮節傳簿四十曲宮調》，賽社儀式上有一種「供盞戲隊」，是祀神供盞時專門在獻殿或露臺上進行演出的，一般都在供盞的第四盞至第六盞，演出多為折子戲（詳見第二章第一節），而且多是一盞演出一個折子戲。或許正因此，閩南地區以「隊」來表示折子戲的「齣」。不過看其版式、內容，《滿天春》應該是用於市場上售賣的，不像是與祀神有關的刊物。

其次，明代戲曲改編最大的不是曲詞，而是賓白。賓白就是戲曲中的念白，徐渭《南詞敘錄》中說：「賓白，唱為主，白為賓，故曰賓白，言其明白易曉也。」〔註38〕折子戲演出要在短時間內動人耳目，感人肺腑，必須要強化舞臺效果，因此歷代藝人都在這方面下足了功夫，曲唱自不必說，歷來都是戲曲創作中最受重視的部分，即令是曾經比較受輕視的賓白，在明嘉靖後也得到越來越多的關注。而且，因為修改賓白比修改曲詞要容易的多，賓白的改動幅度也相對更大，可以說，在折子戲的演出中，賓白的增刪改並是家常便飯。總結起來，明代折子戲賓白的更改有以下幾個方面特點：

一、折子戲演出中常常增加賓白的分量，而且總的趨勢是越到後期增加越多。對比嘉靖時期的折子戲選本《風月錦囊》和明末清初的《醉怡情》、《歌林拾翠》等選本，非常明顯地，後者的賓白所佔篇幅比例比前者多出許多倍。即以同一齣戲比較，越到後期賓白越多也是個基本的規律。比如，《琵琶記·書館思親》是明代舞臺上常演的一齣折子戲，在明代的各個時期都受到歡迎。《風月錦囊》（明嘉靖三十八年，1553）、《樂府玉樹英》（萬曆二十七年，1599）、《歌林拾翠》（清順治十六年，1680）等多種折子戲選本都有收錄，與全本相比，折子戲《書館思親》中的賓白都有所增加，而且越到後期，賓白的增加越多。為了說明折子戲賓白變化的情況，我們試以此出為例作比較：

《琵琶記》——

〔喜遷鶯〕（生上）終朝思想，但恨在眉頭，人在心上。鳳侶添

〔註38〕明·徐渭《南詞敘錄》，《叢書集成三編》（32 藝術類），臺北：新文豐出版公司影印，1997 年，頁 210。

愁，魚書絕寄，空勞兩處相望。青鏡瘦顏羞照，寶瑟清音絕響。歸夢杳，繞屏山煙樹，那是家鄉？〔踏莎行〕怨極愁多，歌慵笑懶，只因添個鴛鴦伴。他鄉游子不能歸，高堂父母無人管。湘浦魚沈，衡陽雁斷，音書要寄無方便。人生光景幾多時，蹉跎負卻平生願。

〔雁魚錦〕思量那日離故鄉。記臨期送別多惆悵。攜手共那人不廝放。教他好看承我爹娘。料他每應不會遺忘……〔註39〕

《風月錦囊》——

〔喜遷鶯〕（生）終朝思想，但恨在眉頭，〔悶〕（閔）在心上。鳳侶添愁，魚書絕寄，空勞兩處想望。青鏡瘦顏羞照，寶瑟清音絕響。歸夢杳，繞屏山煙樹，那是家鄉？怨極愁多，歌慵笑懶，只因添來鴛鴦伴。他鄉〔遊〕（有）子不能歸，高堂父母無人管。湘浦魚〔沈〕（次），〔衡陽〕（行協）雁斷，音書要寄無方便。人生光景幾多時，蹉跎負卻平生願。

〔雁魚錦〕思量那日離故鄉，記臨歧送別多惆悵。五娘子送我到十里長亭，攜手共那人不廝放。囑咐他幾句言語，教他好看承爹娘，臨行的言語，料他〔每〕（有）應不會遺忘。……〔註40〕

《樂府玉樹英》——

〔喜遷鶯〕（生）終朝思想，但恨在眉頭，悶在心上。鳳侶添愁，魚書絕寄，空勞兩處想望。青鏡瘦顏羞照，寶瑟清音絕響。昨宵一夢到家山，醒來依舊天涯外。歸夢杳，繞屏山煙樹，那裡是我家鄉？〔踏莎行〕怨極愁多，歌慵笑懶，只因添個鴛鴦伴。他鄉游子不能歸，高堂父母無人管。○湘浦魚沉，衡陽雁斷，音書要寄無方便。人生光景幾多時，蹉跎負卻平生願。○蔡邕定省思歸之念屢屢堆積，骨肉離別之言耿耿在懷。正是：何時得脫利名繮，卻怪當初赴選場。遙望故鄉千里客，教人無日不思量。

〔雁魚錦〕思量那日離故鄉，父愛子，指日成龍，母念兒，終朝極目。張太公有成人之美，每重父言，趙五娘身應孤單，惟順姑意。那些不是真情密愛。記臨歧送別多惆悵。五娘送我到十里長亭，南浦之地，二人執袂叮嚀，欲離未忍。攜手共那人不廝放。我與他徘徊眷戀，豈為夫婦之情，無非為我爹娘而已。教他好看承我年老爹娘，五娘子見我把親幃囑咐與他，當時回言得好，他道：

〔註39〕《六十種曲》本第二十四齣《官邸憂思》。
〔註40〕孫崇濤、黃仕忠《風月錦囊箋校》，《琵琶記·伯喈思鄉》，北京：中華書局，2000年，頁230，〔 〕內為校改之字，（ ）內為底本原字。

婦事姑舅之禮，豈待我言，五娘乃是信實之婦，豈肯負我臨行之囑。料他們有應不會遺忘。……〔註41〕

《歌林拾翠》——

〔喜遷鶯〕（生）終朝思想，但恨在眉頭，人在心上。下官撇卻兩月妻房，贅居相府。雖則新婚，實懷舊恨。鳳侶添愁，魚書絕寄，空勞兩處想望。今早往夫人妝臺徑過，照見容顏比前大不相同。青鏡瘦顏羞照，欲解心上悶，須撫七絃琴。寶瑟清音絕響。昨宵一夢到家山，醒來依舊天涯外。歸夢杳，繞屏山煙樹，不知那裡是我家鄉？怨極愁多，歌慵笑懶，只因添個鴛鴦伴。他鄉游子不能歸，高堂父母無人管。湘浦魚沉，衡陽雁斷，音書要寄無方便。人生光景幾多般，蹉跎負卻平生願。我伯喈思歸之念屢屢在懷，骨肉離別之言洋洋在耳。三年撇卻故家鄉，煙水雲山兩渺茫，父母倚門頻望眼，教人無日不思量。

〔雁魚錦〕思量那日離故鄉，父愛子，指日成龍，母念兒，終朝極目。張太公有成人之美，每重父言，趙五娘身慮孤單，惟順姑意。這等看將起來，那些兒不是真情密意。記臨歧送別多惆悵。那日五娘送至十里長亭，南浦之地，二人攜手相擾，不忍分離。攜手共那人不廝放。彼時我道：五娘請上，受鄙人一禮。他回言道：男兒膝下有黃金，何事低頭拜婦人。我道：妻，禮下於人，必有所求。念鄙人上無兄，下無弟，沒奈何，望賢妻好看承我年老爹娘，五娘回道：作媳婦，事舅姑，禮之當然。料他們有應不會遺忘。……〔註42〕

從上文的比較來看，《風月錦囊》增出的賓白不多，總共三句話，二十多字，但這三句打斷了原有曲句之聯接，直接在曲文中夾白，應該說為後來者提供了一個範例。《樂府玉樹英》在《風月錦囊》中並無賓白的「思量那日離故鄉」一句後加入了滾調「父愛子，指日成龍，……」〔註43〕。同時，在《風月錦囊》的夾白處繼續做文章，增加了不少文字，將《風月錦囊》添加的「五娘子送我到十里長亭」擴展為「五娘子送我到十里長亭，南浦之地，二人執袂叮嚀，欲離未忍」；將「臨行的言語」一句擴展為「五娘子見我把親帷囑咐與他，當時回言得好，他道：婦事姑舅之禮，豈待我言，五娘乃是信實之婦，

〔註41〕 明・黃文華選，余紹崖刊刻《樂府玉樹英》，卷一下欄，《琵琶記・伯喈書館思親》。
〔註42〕 清初奎璧齋刊刻《歌林拾翠》一集，《琵琶記・伯喈思鄉》。
〔註43〕 《樂府玉樹英》此處未標「滾」，但是據《大明春》所收錄《琵琶記・伯喈書館思親》，此處就是滾調。

豈肯負我臨行之囑。」《樂府玉樹英》實際是以增加賓白的形式添補了很多敘事性細節，比如回顧當年離家赴選，怎樣告別五娘，怎樣囑咐五娘照顧公婆，五娘又怎樣回答，等等。這樣一來，分手情景歷歷在目，不但表現了蔡伯喈的深切憂慮之心，無限思念之情，而且讓觀眾對前因後果更加明瞭，這樣，雖爲折子戲，但前後情節卻是貫通的，觀眾更容易進入情境，理解主人公的處境和心情。

《歌林拾翠》中本齣的賓白比《樂府玉樹英》又多出幾十字，主要多在第一支曲〔喜遷鶯〕的夾白上。這幾句夾白，都是對或前或後的曲詞進行的解說或強調。比如「下官撇卻兩月妻房，贅居相府。雖則新婚，實懷舊恨」實是對曲詞「終朝思想，但恨在眉頭，人在心上」的一個通俗的解說，順便把前因交待一二；而「今早往夫人妝臺徑過，照見容顏比前大不相同」，則是爲後面的唱詞「青鏡瘦顏羞照」做鋪墊的。對往事的回顧，《歌林拾翠》中的賓白比《樂府玉樹英》交待的更詳細：「彼時我道：五娘請上，受鄙人一禮。他回言道：男兒膝下有黃金，何事低頭拜婦人。我道：妻，禮下於人，必有所求。念鄙人上無兄，下無弟，沒奈何……」，把蔡伯喈的憂心忡忡具體化在他對妻子鄭重其事的拜揖這一情節中，這個畫面的效果顯然更好。

總之，增加賓白往往是爲了增加敘事性，使相對抽象的曲詞具體化，通俗化，同時彌補折子戲的情節「斷層」所造成的情境創設方面的先天不足。正像楊恩壽《詞餘叢話》中所說：「若敘事，非賓白不能醒目也，使僅以詞曲敘事，不插賓白，匪獨事之眉目不清，即曲之口吻亦不合」。〔註44〕

清乾隆間刊刻的《千家合錦》亦收錄有《琵琶記・官邸憂思》，經比對，幾乎與《歌林拾翠》中的《琵琶記・伯喈思鄉》一模一樣。但是同樣刊刻於清乾隆間的錢德蒼《綴白裘》中所收《琵琶記・思鄉》（第十集卷四）卻沒有增加一句賓白，和全本完全保持一致。這說明，當時在舞臺上同時流行兩種《琵琶記・伯喈思鄉》，一種是崑腔的，如錢德蒼《綴白裘》所記錄的，重在唱，一般無意改動賓白，一種屬弋陽腔或者別的聲腔，如上文《歌林拾翠》和《樂府玉樹英》所記錄的，往往加入大量賓白，使用滾調滾詞，兼重唱、念，力求通俗。

二、折子戲演出中常刪改原有賓白，以加強舞臺效果。以《拜月亭・招

〔註44〕清・楊恩壽《詞餘叢話》，《古典戲曲論著集成》（九），北京：中國戲劇出版社，1959 年，頁 256。

商諧偶》（《拜月亭》即《幽閨記》）爲例。《拜月亭・招商諧偶》亦是明代廣
受觀眾喜愛的一齣戲，敘蔣世隆、王瑞蘭逃難途中在招商店成親。我們先來
看全本中的賓白：

> 〔駐馬聽〕（生旦上）一路裏奔馳，多少艱辛，來到這裡。且喜
> 略時肅靜，漸次平安，稍爾寧息。恨悠悠千里旅情悲，苦懨懨一片
> 鄉心碎。感歎咨嗟，傷情滿眼關山淚。
>
> 〔前腔〕（丑）草舍茅簷，門面不妝酒味美。眞個杯浮綠蟻，榨
> 滴珍珠，甕潑新醅。（生旦）酒旗斜掛小窗西，布簾兒招颭在疎籬
> 際，和你共飲三杯。今朝有酒今朝醉。（生）娘子，此間是廣陽鎮招商店，且沽
> 一壺，少解旅況，再行何如。（旦）但憑秀才。（生叫酒保丑）官兒買酒吃的。（生）
> 是買酒吃的。（丑）請坐。（生）還有渾家在外面。（丑）渾家請。（生）咄，你這酒
> 保好野。（丑）我小人不野。（生）夫妻才稱得渾家，你怎麼也叫渾家。（丑）官兒，
> 我聞古人云：人之父母，就是我之父母。官兒的渾家，也就是我的渾家，一般大家
> 渾一渾。（生）胡說，稱娘子才是。（丑）便是娘子請如何。〔叫科〕兩杯茶來。（生）
> 酒保。你家有甚麼好酒。（丑）有好酒。（生）有甚麼好下飯。（丑）有好下飯。（生）
> 只把好的拿來，吃了算帳。（丑叫科）那官兒腳上帶黃泥，必定遠來的。多著拋屍
> 露，少著父娘皮，一賣當兩賣，不要少他的。（生）酒保，你說多著拋屍露，少著
> 父娘皮，父娘皮是甚麼。（丑）父娘皮是骨。（生）拋屍露是骨。（丑）拋屍露是肉。
> （生）父娘皮是肉，你怎麼鬧我。（丑叫科）這官兒是老江湖，不要鬧他，拋屍露
> 少放些，畫眉青多放些。（生）酒保，畫眉青是甚麼。（丑）畫眉青是肉。（生）畫
> 眉青是菜。（丑叫科）不要鬧他了，一賣肉，一賣雞，一賣燒鵝，一賣區食。快著
> 呵。（生）看酒過來。（丑）好酒在此。（生）這是新篘，可有窨下。（丑）我這裡來
> 往人多，沒有窨下，只是新篘。（生）也罷，酒保與我斟一斟。（丑）不要說一針，
> 八針也會。（生）休閒說，娘子請酒。……〔註45〕

再看《摘錦奇音》中此齣的賓白：

> 〔駐馬聽〕（生）一路奔馳，多少艱辛，來到這裡。且喜路途悄
> 靜，漸次平安，稍爾寧息。（旦）恨悠悠千里旅情悲，苦懨懨一片鄉
> 心碎。感嘆咨嗟，（又）傷情滿眼關山淚。（又）來到此間乃是廣陽鎮招
> 商店，口渴唇乾，沽買三杯，小娘子意下何如？（旦）憑在君子就是。（生）酒保
> 那裡？

〔註45〕 出自《六十種曲》本《幽閨記》第二十二齣《招商諧偶》。

〔前腔〕（丑）草舍茅簷，門面不裝酒味美。眞個杯浮醿醿，酢滴珍珠，甕潑新醅。草刷兒斜插小窗西，招牌兒高掛門前外，共飮三杯。（又）今朝有酒今朝醉。請問繡衣公，有幾位？（淨）那一位是誰？（生）是我拙荊。（淨）拙荊見禮。（旦）好死不死，錯過流年甲子，那個是你拙荊？（淨）我說拙荊見禮，他就罵我。（生）酒保，怪他不罵你，我叫拙荊，你要叫小娘子才是。（淨）如此來過，小娘子拜揖。（旦）酒保恕罪。（淨）只差一些就好了。（生）你店中所賣有幾樣酒？（淨）酒有五樣：鵝兒黃、竹葉青、甕頭春、鴨頭綠、狀元紅。（生）既有此酒，待我問娘子。娘子，酒保家酒名甚多，還愛那一樣？（旦）君子乃讀書之人，沽買狀元紅好。（生）多承美意，酒保，我娘子說沽狀元紅好。（淨）媽媽，打上幾壺狀元紅酒來。隔壁三家醉，開埕十里香。酒在此間。（生）酒保，我兩個在此吃酒，不當什麼雅相，請你老人家在此斟一斟酒。（淨）那個東道？（生）都吃我的，明日總成算帳謝你。……〔註46〕

這是《招商店成親》開頭的一段，原文的看點主要在蔣世隆和酒保的鬥嘴上，《摘錦奇音》對這段賓白作了大幅度修改。首先是增加了旦腳王瑞蘭的戲份。原文中王瑞蘭除了一句「但憑秀才」，再未發一言，彷彿不再存在一樣，酒保對她說：「渾家請」，實爲調戲之語，卻不見她有什麼反應。酒保與蔣世隆對話時，旦腳一言不發，也沒有動作，在舞臺上應該是很呆板的。而在《摘錦奇音》中，王瑞蘭聽見酒保戲言：「拙荊見禮」，立刻回敬：「好死不死，錯過流年甲子，那個是你拙荊？」顯得非常機敏。這樣一來，旦腳立刻活泛起來，不再是那個泥胎木偶；不止如此，《摘錦奇音》還增加了王瑞蘭建議沽買「狀元紅」的細節：「君子乃讀書之人，沽買狀元紅好。」此建議點到了蔣世隆的心坎上，蔣很高興：「多承美意，酒保，我娘子說沽狀元紅好。」旦腳這兩處情節的增加表現了王瑞蘭的聰慧敏銳，有主見，使王瑞蘭的形象更加生動、眞實，而且舞臺上三個角色有問有答，交錯往來，較之原文更爲均衡、熱鬧，不至於把旦腳撇在一邊，冷冷清清無人問津。

其次，《摘錦奇音》刪去了酒保和蔣世隆鬥嘴的一大段對白。這段對白屬於插科打諢，本是爲調劑場上氣氛而設，但是類似「拋屍露」、「父娘皮」之類的詞語用在酒店中似乎不大合適，而且與即將開始的蔣、王二人的愛情協奏曲也不和諧，十分無聊。《摘錦奇音》索性全部刪去，改爲蔣世隆向酒保打

〔註46〕明・龔正我選，張三懷刊刻《摘錦奇音》，卷二下欄，《幽閨記・招商旅店成親》。

問招商店中酒的種類，並徵詢王瑞蘭的意見。這樣不但呼應了前文的「口渴唇乾，沽買三杯」，而且還表現出蔣世隆對王瑞蘭的尊重，隱約間透著情意。後文的「諧偶」一節中蔣世隆雖然多少有那麼點「乘人之危」的意思，但是有了這個小小的鋪墊，那點「乘人之危」的意味也就淡化了許多。

　　明代有六個選本選錄《拜月亭·招商諧偶》（見附錄），多數都更改了賓白，尤其是蔣世隆和酒保對話這一段，大部分選本都摒棄了原文的對白，另起爐竈，可見這段是大部分人都不滿意的。不過每家的更改也不盡相同，各有特色。我們不妨來看看明代的方言折子戲選本《滿天春》中選錄的《招商店》（即《招商諧偶》）：

　　　　（生）一路奔馳，受盡艱辛，來到只。且喜路途肅靜，漸次平安，稍爾寧息。（旦）悶悠悠千里望雲飛，苦懨懨一片心焦悴。思憶家鄉傷情滿眼關山淚。

　　　　（生）娘子，來此乃是廣陽鎮招商店，聞有好酒沽一壺來改悶，意中何如？（旦）隨官人意。（生）酒保在內？（旦）（疑爲「淨」）秀才乜事？（生）阮卜買酒。（淨）秀才卜買酒。（生）爾只所在是大去處，因何不粧些兒門面？（淨）阮只處正是大去處，但被賊馬燒毀，今即不粧。聽說起草舍茅蘆，門面不整酒味好。眞個杯浮綠蟻，酢滴珍味，寶發新醅。酒旗掛在小窗前，千里客商亦來買。（合）和你共飲三盃，今朝有酒今朝醉。秀才且入內。（生）房下人在外。（淨）房下人且入內。（生）我叫房下，爾叫房下俤〔註47〕說。（淨）人之父母就是我之父母，秀才房下就是我之房下，乞老個大加（大家）房一房何方（妨）？（生）如魯稱秀才娘纔是。（淨）向說秀才娘且入內，秀才娘子拜揖。（生）爾只店中都是乜酒？（淨）上等狀元紅，中等葡萄綠，下等竹葉青。（生）未知娘子卜飲乜酒？（旦）秀才乃讀書之人，粘狀元紅好。（生）狀元紅罷。（淨）小二，狀元紅打一瓶出來。（內叫）無了。（淨）秀才，舊狀元紅說叫無了。（生）好不稱意。（內叫）老個新抽狀元紅通食了。（旦）新個更好。（生）俤見得？（旦）秀才，新科望卜中狀元。（生）娘子爾賢。酒保，新狀元紅打一瓶來。（淨）開塵香十里，隔壁醉三間。（生）醉了。（淨）秀才未食酒先醉，是乜話？（生）爾說隔壁醉三間，我共爾對面不著醉？（淨）老個那是話向說。（生）起軟公爲阮提壺。……〔註48〕

這一段的特點一是它的方言化。方言賓白在錢德蒼《綴白裘》中有不少，多

〔註47〕音同「栽」，閩南語，大意爲「怎麼」。
〔註48〕明·李碧峰、陳我含刊刻《滿天春》，《招商店》。

為蘇白，以別地方言記錄的賓白極為少見。其次，這段中曲詞雖有變化，但總的來說變化不大，基本還是官話，但是賓白的改變很大。賓白不但全用方言，而且對白內容也改變了。酒保的那句「人之父母就是我之父母，秀才房下就是我之房下，乞老個大加（大家）房一房何方（妨）？」很容易讓我們想起全本中的「官兒，我聞古人云：人之父母，就是我之父母。官兒的渾家，也就是我的渾家，一般大家渾一渾」，可見《滿天春》裏這個折子戲的改編者對全本的這一段很是熟悉。不過，總得來說，《滿天春》裏這個折子戲的改編路數和《摘錦奇音》是一致的：增加旦腳的戲份，刪除蔣世隆與酒保無聊的鬥嘴，還有關於「狀元紅」酒的細節。「開塵香十里，隔壁醉三間」亦明顯和《摘錦奇音》中「隔壁三家醉，開埕十里香」脫不了干係。這也許可以從另一個角度證明我們在討論曲詞變化的時候所作的那個猜測：《滿天春》裏的方言折子戲多是從官話折子戲直接翻譯過來的，並非摘自全本。

　　這三段《招商諧偶》還有一個挺有意思的現象，就是蔣世隆對王瑞蘭的稱呼。全本中稱「渾家」，《摘錦奇音》中稱「拙荊」，《滿天春》中稱「房下人」。「渾家」一般是普通百姓對自己妻子的謙稱，「拙荊」就要文雅一些，一般來說文人使用的較多，「房下人」很少見，應該是閩南地區的風俗習慣。這個稱呼其實就已經體現出三段賓白各自不同的追求：全本求「俗」，《摘錦奇音》避免太「俗」，《滿天春》則是處處體現地方特色。

　　對賓白的修改幾乎是所有演出本的共同點。實際上，戲曲中曲詞更近於「曲」，賓白、科介才是和「戲」最接近的因素。賓白在戲曲演出中能夠起到豐富細節、補充劇情、突出人物性格、調節場上氣氛的作用，對賓白的修改雖然對於保存原本是不利的，但是它從另一方面說明人們對賓白在戲曲中的作用有了越來越深刻的認識和瞭解，已經自覺利用之為舞臺效果服務了。而更改賓白後所取得的良好的舞臺效果又讓人們反過來進一步認識到戲曲賓白的重要性。這和明初人們對賓白的輕視態度是不可同日而語的。從折子戲的表現我們可以看到，明代自萬曆時起折子戲賓白已經大增，對賓白的重視應是自那時就開始了。萬曆年間屠隆《曇花記》中就有好幾齣戲全為賓白，沒有一句唱詞〔註49〕，至明末清初的李漁更是在《閒情偶寄》中專門討論了賓白的作用和用法：「故知賓白一道，當與曲文同視，有最得意之曲文，即當有

───────────────

〔註49〕比如屠隆《曇花記》中《西來遇魔》、《卓錫地府》等齣，都是沒有一句唱詞的。

最得意之賓白，但使筆酣墨飽，其勢自能相生。常有因得一句好白，而引起無限幽情，又有因填一首好詞，而生出無窮話柄者。是文與文自相觸發，我止樂觀厥成，無所容其思議。」〔註50〕

　　折子戲演出對戲曲表演提出了更高要求，它需要在短時間內提供更豐富的情節，更飽滿的情緒，更生動的人物，這是藝人及戲曲愛好者更改賓白、完善賓白的巨大動力。賓白的修改也體現著修改者或俗或雅各自不同的藝術追求。如果不是折子戲中賓白的修改，我們很難想像同一齣折子戲會呈現出那麼多種不同風格。

第四章 從明代折子戲看戲曲的發展變遷

　　折子戲的演變更多地體現了戲曲有別於小說、詩歌等文學作品的舞臺性特點，體現了明代藝人和觀眾發展變化的藝術水準、欣賞口味，同時也從中體現出戲曲本身在腳色、聲腔等方面的發展演變。這是戲曲史不可缺少的重要組成部分。本章試從明代折子戲的發展變化探討折子戲在戲曲表演藝術方面的作用和意義。

第一節　明代折子戲與戲曲腳色的變遷

　　戲曲腳色，「原為古代生活用語，指士宦之鄉貫、戶頭、三代名銜、家口、年齡、出身等，意同履歷。戲曲中用以指扮演人物的類別。」（《中國曲學大辭典》）現在也有寫作「角色」的，大多數書籍刊物對「腳色」與「角色」並不作區分，然就戲曲專業來說，「腳色」指戲曲行當，以年齡、性別、身份、性格作大致劃分，同一戲曲行當（如京劇青衣、花旦、老生等）有一套既定的表演程序；而「角色」一詞一般用來指劇中的具體人物，是各不相同的。腳色程序用以塑造劇中的具體角色。故本書用「腳色」指稱戲曲的各種行當，以「角色」指稱戲曲中的具體人物。履歷何以最後成了戲曲行當的總稱？大約是因為中國古代戲曲表演中演員初次上場都要「自報家門」，姓甚名誰，哪裏人氏，什麼身份等等，如同給觀眾交待履歷一般，所以「腳色」就成為對戲曲演員在劇中的行當的稱呼。

戲曲脚色的名稱在戲曲發展的不同階段有所不同。如宋雜劇脚色名稱主要有末泥、副淨、副末、裝孤等，元雜劇脚色名稱主要有正末、外末、正旦、外旦等。明代戲曲脚色名稱有生、小生、旦、貼旦、淨、副淨等，已和現在非常接近。清代李斗《揚州畫舫錄》記載：「梨園以副末開場爲領班，副末以下，老生、正生、老外、大面、二面、三面七人謂之男脚色，老旦、正旦、小旦、貼旦四人謂之女脚色，打諢一人謂之雜，此江湖十二脚色，元院本舊制也。」〔註1〕這裡說的是脚色配備比較齊全的大戲班的建制，一般戲班很難達到。王國維在其《古劇脚色考》中說：「戲劇脚色之名自宋元迄今約分四色，曰：生、旦、淨、丑。人人之所知也，然其命名之義，則說各不同。」〔註2〕在《古劇脚色考》中，王國維對戲曲脚色之名各自的由來及演變的過程作了考證論述。近年，亦不斷有人對此提出新見〔註3〕，結論不一，眾說紛紜。此不贅述。

戲曲脚色發展到明代已經比較成熟，在分類上較爲穩定，「生、旦、淨、丑」俱全，各行當所擔負的演出職責亦比較明確。但從折子戲演出的情況來看，各行當的發展顯然並不平衡。其具體表現如下：

首先，明代戲曲各脚色中旦脚的發展尤爲突出。何謂旦？王國維認爲：「旦名之所本雖不可知，然宋金之際必呼婦人爲旦，故宋雜劇有裝旦，裝旦之爲假婦人，猶裝孤之爲假官也，至於元人猶目張奔兒爲風流旦，李嬌兒爲溫柔旦（《青樓集》），此亦旦本伎女之稱之一證」〔註4〕。亦有認爲「旦者，男扮女妝在欲明之際，分別男女不出，故曰旦」者〔註5〕，此說甚可疑。當以王國維說爲是。

中國戲曲的成熟形態應自宋元雜劇始，宋雜劇不傳，無可考，而考察元

〔註1〕 清・李斗撰，王軍評注《揚州畫舫錄》卷五《新城北錄下・江湖十二脚色》，北京：學苑出版社，2001年，頁84。

〔註2〕 清・王國維《古劇脚色考》，《王國維戲曲論文集》，北京：中國戲劇出版社，頁191。

〔註3〕 可參見黃天驥《論丑與副淨——兼談南戲形態發展的一條軌迹》（《文學遺產》，2005年第6期）、劉曉明《雜劇脚色何以先有副淨後有淨說——兼論副淨的緣起》（《藝術百家》，2005年第5期）、劉曉明《旦脚起源於聲妓說》（《藝術百家》，2006年第2期）等。

〔註4〕 清・王國維《古劇脚色考》，《王國維戲曲論文集》，北京：中國戲劇出版社，頁191。

〔註5〕 清・鈕格著《新編磨塵鑒》第三齣《興教》，《古本戲曲叢刊三集》影印本。

雜劇，我們發現，其時旦腳戲並不占上風。元雜劇一本四折，一人主唱，因此劇分末本、旦本，元代末本戲比重更大。《元曲選》一百種雜劇中末本占到一半多，是絕對多數。明代戲曲以傳奇（包括南戲，以下同）爲主力軍，在題材上和元雜劇有很大區別，多生旦悲歡離合之情事，頭緒繁多，纏綿悱惻，有「十部傳奇九相思」之說。作爲主角之一，旦腳的地位自然有所提升。而折子戲的產生、發展更使旦角分量日重，逐漸壓倒男性腳色。從全本來看，創作者大多沒有以旦腳爲中心的主觀意圖，相反，全本多以生腳爲中心，或力圖以生腳爲中心。從早期南戲的標題就可看出，除《王昭君》、《孟姜女》等少數劇作外，大多戲曲都是以男主角的名字爲標題，比如《蘇秦》、《蔡伯喈》、《韓信》、《王祥》、《呂蒙正》、《蘇武》、《張儀解縱記》、《竇滔迴文記》等。但是在演出的過程中，旦腳戲更受觀眾的喜愛，演出頻率遠過於生腳戲，旦腳演員也更易受到追捧和稱讚。這個趨勢在明代越到後期越明顯。

嘉靖時期，旦腳戲尚不十分突出，從《風月錦囊》和《禮節傳簿》來看，旦腳戲的比重不大，此期不但有大量生、末爲主角的三國、楊家將故事〔註6〕，而且選自生旦情愛故事的折子戲中旦腳戲也並不比生腳戲數量多。比如《風月錦囊》所選《蘇秦》戲文，除去開場之外，二十齣折子戲裏生腳戲有《季子自道》、《大叔贈金》、《辭叔往魏》等十一齣，旦腳戲有《周氏妝臺》、《思奔投江》等九齣；所選二十齣《荊釵記》〔註7〕有生腳戲七齣，旦腳戲七齣〔註8〕；所選十齣《竇滔迴文記》〔註9〕裏有生腳戲三齣，旦腳戲三齣〔註10〕。可見，嘉靖時期，生腳戲和旦腳戲基本持平。

嘉靖以後情況就不同了。萬曆時同樣敘述蘇秦周氏故事的《金印記》〔註11〕，以《周氏拜月》、《周氏當釵》兩齣旦腳戲被各選本選錄最多，現存的萬曆時期十五種折子戲選本中有十種選錄了《周氏拜月》，九種選錄了

〔註6〕　比如《獨行千里》、《斬華雄》、《天門陣》、《鬧轅門》等，見《風月錦囊》、《迎神賽社禮節傳簿四十曲宮調》。
〔註7〕　《摘彙奇妙戲式全家錦囊荊釵》加上「開場」計二十一齣，見孫崇濤、黃仕忠《風月錦囊箋校》。
〔註8〕　其餘爲其它角色爲主或生旦俱重。
〔註9〕　《摘彙奇妙全家錦續編竇滔迴文記》加上開場計十一齣，見《風月錦囊箋校》。
〔註10〕　其餘爲其它角色爲主或生旦俱重。
〔註11〕　《金印記》與《蘇秦》內容相近，但曲詞、賓白不同。

《周氏當釵》，而生腳戲選錄最多的《蘇季子中途自歎》也不過入選三種選本。天啓、崇禎間五種折子戲選本選錄了三齣《金印記》折子戲，分別是《當釵》（《纏頭百練二》）、《對月》（《怡春錦》）、《逼釵》（《怡春錦》），《當釵》、《對月》都是旦腳戲，占三分之二，《逼釵》生旦並重。餘緒期十二種折子戲選本中有六種選錄《周氏拜月》。生腳戲此期以《刺股》爲最多，不過三種。

另外，通過統計各個時期最受歡迎的折子戲的情況也可對比出旦腳戲和生腳戲的演出頻率。我們以每個時期入選五種以上折子戲選本爲標準，天啓、崇禎間折子戲選本較少，以入選三種以上爲標準，列表如下：

表四：萬曆時期入選五種以上選本的折子戲

本表所用簡稱分別對應以下各本：（以下萬曆時期表同）

天：《大明天下春》　　象：《樂府萬象新》　　樹：《樂府玉樹音》　　菁：《樂府菁華》	
滿：《滿天春》　　　　枝：《詞林一枝》　　　八：《八能奏錦》　　　大：《大明春》	
珊：《樂府紅珊》　　　谷：《玉谷新簧》　　　摘：《摘錦奇音》　　　賽：《賽徵歌集》	
堯：《堯天樂》　　　　徽：《徽池雅調》　　　徵：《徵歌集》	

◎表示齣目、內容俱存，○表示僅存齣目，內容佚失（以下同）。

	天	象	樹	菁	滿	枝	八	大	珊	谷	摘	賽	堯	徽	徵
拜月亭·曠野奇逢	◎	◎	○	◎	◎	◎		◎	◎		◎	◎	◎		◎
和戎記·昭君出塞		◎	○			◎		◎	◎		◎			◎	
紅拂記·紅拂私奔						◎	◎	◎	◎			◎	◎		
紅葉記·四喜四愛	◎	○	○	◎		◎	◎		◎				◎		
浣紗記·吳王遊湖		○	○			◎	○		◎		◎				
金貂記·桑園戲節		○	○	◎					◎				◎		
金印記·周氏拜月	◎	○	○	○				○	○		◎		◎		◎
金印記·周氏當釵	◎	○	○					○				◎	◎		◎
荊釵記·母子相會	◎	○	○	○								◎			
呂蒙正·破窯聞捷	◎							◎			◎				
洛陽記·取女回家		○					◎		◎				◎		
牡丹記·魚精戲眞		○	◎	◎				◎			◎				
目連記·尼姑下山		○	◎	◎	◎	◎	○			◎					

	天	象	樹	菁	滿	枝	八	大	珊	谷	摘	賽	堯	徽	徵
琵琶記·長亭送別		○	◎	◎			○	◎		◎	◎				
琵琶記·待漏隨朝		○	◎	◎				◎		◎	◎				
琵琶記·描畫眞容		○	◎			◎		◎	◎				◎		
琵琶記·書館思親		○	◎					◎	◎	◎					
琵琶記·中秋賞月			◎	◎		◎						◎	◎		
破窯記·夫妻祭竈			○	◎			◎			◎	◎				
千金記·月下追信	◎	◎	○			◎				◎		◎			
三國志·雲長訓子	◎	◎	○					◎	◎						
三元記·雪梅觀畫	◎	○		◎						◎					
四節記·坡遊赤壁			○	◎		◎	○			◎		◎			
四節記·郵亭適興	◎	○	○									◎	◎		
投筆記·別母求名			◎	○	◎		◎	◎		◎		◎			
投筆記·南樓賞月			○	◎		◎				◎	◎	◎	◎		
投筆記·南樓問卜			○	◎						◎	○	◎			
五桂記·加官進祿			○	◎		◎		◎	◎	○		◎			
五桂記·五喜臨門	◎	◎	○	◎				◎	◎						
西廂記·遞柬傳情		○	○					◎	◎	◎					
香囊記·憶子平胡	◎	○		◎						◎			◎		
箱環記·解賣箱環			◎	○				◎			◎				
陽春記·點化陽明	◎	○	○	◎									◎		
玉環記·渭河分別			◎	○	○			◎	◎	◎					
玉簪記·姑阻佳期					◎	◎					○	◎	◎		
玉簪記·秋江哭別			○	○	◎			◎	◎	◎	◎	◎	◎		
玉簪記·執詩求合			○					◎		◎	◎				
躍鯉記·蘆林相會	◎	○	○	◎							◎				
織錦記·槐蔭分別			◎	○	◎			◎					◎		
妝合記·勘問宮人			◎	○	◎					◎	◎				
妝合記·妝合藏太子			◎	○	◎		○	◎	◎	◎		◎		◎	

表五：天啟、崇禎時期入選三種以上選本的折子戲

	萬壑清音	怡春景	纏頭百練二	玄雪譜	新鐫歌林拾翠
靈犀配·鞫問			◎	◎	○
靈犀配·情鍾		◎		◎	○
明珠記·煎茶		◎		◎	○
明珠記·窺窗			◎	◎	○
牡丹亭·驚夢		◎		◎	○
牡丹亭·尋夢		◎		◎	◎
牡丹亭·幽歡		◎		◎	○
南西廂·聽琴			◎	◎	○
三國記·單刀會	◎			◎	○
水滸記·野合		◎		◎	○
西樓記·錯夢			◎	◎	○
西樓記·誤緘		◎		◎	○
繡襦記·剔目		◎		◎	○

表六：餘緒期入選五種以上選本的折子戲

醉：醉怡情　　錦：萬錦清音　　來：來鳳館合選古今傳奇　　時：時調青昆
臺：樂府歌舞臺　　嬌：萬錦嬌麗　　歌：歌林拾翠　　方：方來館合選古今傳奇
家：萬家錦　　弋：昆弋雅調　　綴：新鐫綴白裘　　曲：曲選（以下餘緒期表同）

	醉	錦	來	時	臺	嬌	歌	方	家	弋	綴	曲
北西廂·鶯鶯聽琴				◎	◎		◎			◎	◎	
焚香記·陽告	◎	◎	○		◎		◎					
焚香記·陰告	◎		○		◎		◎	◎				
焚香記·捉拿	◎		○				◎		◎			
紅拂記·私奔			○				◎	◎		◎	◎	◎
紅拂記·同調相憐		◎	○				◎			◎		◎
紅拂記·仗策渡江							◎		◎	◎	◎	◎
浣紗記·寄子	◎		◎		○		◎					
金印記·周氏中秋拜月				◎		◎	◎		◎	◎	◎	

	醉	錦	來	時	臺	嬌	歌	方	家	弋	綴	曲
荊釵記·祭江	◎			◎		◎	◎	◎	◎		◎	◎
連環記·呂布戲貂蟬	◎	◎	◎				◎	◎				
連環記·設計	◎	◎	◎		◎		◎				◎	
鳴鳳記·修本	◎	◎	○		○			◎		◎		
琵琶記·館逢	◎			◎	◎			◎				
琵琶記·賞荷			○			◎					◎	
琵琶記·送別			○	◎							◎	
三元記·雪梅觀畫				◎	○		◎			◎		
水滸記·捉張	◎	◎	○	◎			◎			◎		◎
西樓記·錯夢	◎		○		◎		◎					◎
繡襦記·剔目	◎		○				◎				◎	
尋親記·旅邸遇父	◎				○		◎				◎	
幽閨記·拜月	◎	◎	○		○						◎	
幽閨記·曠野奇逢	◎		○				◎			◎	◎	
玉簪記·琴動知音			○		◎		◎	◎			◎	
玉簪記·阻約				◎	○		◎			◎	◎	

　　由上列表四、表五、表六可見，萬曆時期入選五種選本以上的折子戲，計有旦腳戲《昭君出塞》、《紅拂私奔》等約十五齣，生腳戲《月下追信》、《書館思親》等約九齣；天啟、崇禎間入選三種以上折子戲選本的旦腳戲計有《牡丹亭·驚夢》、《牡丹亭·尋夢》等約六齣，生腳戲有《三國記·單刀會》等三齣；餘緒期入選五種以上的旦腳戲有《焚香記·陽告》、《幽閨記·拜月》等十四齣，生腳戲有十一齣。旦腳戲之深受觀眾喜愛可見一斑。而且這裡面不但有屬於崑曲的劇目，還有許多是屬於弋陽等其它聲腔的劇目，可見，對旦腳戲的超乎尋常的喜愛在明代中後期是普遍性的。

　　由於演出折子戲時可以單獨抽出人們喜聞樂見的旦腳戲來反覆演出，旦腳成為折子戲表演的中心，這在很大程度上刺激了旦腳的發展，對這個行當伎藝的提高無疑有著巨大的促進作用，而旦腳伎藝的提高更增加了其在舞臺上的魅力，從而更為觀眾所喜愛，這是一個良性循環的過程，應該說，旦腳得益於折子戲之處不少。折子戲的盛行給了旦腳一個更為廣闊的舞臺，無論

在全本戲中地位如何，折子戲舞臺上的旦腳多是舞臺的中心。自此以後，除清末程長庚、譚鑫培等老生腳色引領一時之風氣外，旦腳幾乎一直「豔冠群芳」。《潘之恒曲話》中被潘之恒評價過的演員就多爲「旦色」〔註12〕，清代戲曲史上著名的藝人亦多爲旦腳，比如令「舉國若狂」的魏長生（1744～1802），被譽爲「二簧之耆宿」的高朗亭（1774～？）等。清末民初的「通天教主」王瑤卿（1881～1954）以及其後的梅蘭芳等「四大名旦」、「四小名旦」亦是名震天下的旦腳領軍人物，開創了中國近現代戲曲的新局面。旦腳的這一路輝煌正是從明代折子戲起步的。

其次，明代折子戲促進了次要腳色的發展，尤其是貼旦和淨腳。一般來說，一個全本戲應該是包括生、旦、淨、末、丑各種行當的。但是，毫無疑問，全本表演一般是以生、旦爲主角，故事情節圍繞生、旦展開，其它腳色基本都是生、旦的陪襯。生、旦在演唱、賓白、科介等各個方面都吃重，對伎藝的錘鍊當然要更加著力，行當發展高於其它腳色也是自然的。而折子戲的產生，則使得戲曲各行當都有機會成爲一齣戲的主角，加速了腳色行當的細分和程序化進程。以傳奇的體制散漫，篇幅巨大，敷演生旦悲歡離合的全本戲中總有一些折子不以生旦爲主，完全由於配角的出色表現而在舞臺上大受歡迎。這些全本中的配角在折子戲中成爲實際的主角，並且在歷代藝人的琢磨打造之下日益精彩，久而久之，配角的行當伎藝大大提高，形成此一類型獨具的特色，甚至可與生、旦主角一較高下。

先說說貼旦。「貼旦」簡稱「貼」。元夏庭芝《青樓集》中說回族女演員米里哈「專工貼旦雜劇」〔註13〕，這大概是最早關於貼旦的記載。徐渭《南詞敘錄》解釋貼旦：「旦之外，貼一旦也。」〔註14〕王國維《古劇腳色考》中也說：「明傳奇中曰沖曰外曰貼，均繫一義，謂於正色之外又加某色以充之也。」〔註15〕意即貼旦和沖末、外末一樣，都是扮演戲曲中次要角色的行當。周貽白亦認爲：「大抵『生』、『旦』爲正色，『末』、『外』副之，『小

〔註12〕見《潘之恒曲話》第 51 頁：「徐翩父，以旦色名」；第 136 頁：「張三，申班之小旦」；第 231 頁：「旦色純鑒然，慧心人也」，等等。

〔註13〕元・夏庭芝《青樓集箋注》，孫崇濤、徐宏圖箋注，北京：中國戲劇出版社，1990 年，頁 192。

〔註14〕明・徐渭《南詞敘錄》，《叢書集成三編》（32 藝術類），臺北：新文豐出版公司影印，1997 年，頁 210。

〔註15〕清・王國維《古劇腳色考》，《王國維戲曲論文集》，北京：中國戲劇出版社，頁 191。

生』、『小旦』，實爲『末』或『外』及『貼』的異名」〔註16〕。他同時認爲，以年齡而論，「『旦』、『貼』、『小旦』，則爲年輕貌美的婦女」〔註17〕，此則不盡然。古代戲曲腳色的劃分細究起來其實是比較混亂的，劃分標準常常並不統一。隨著時間的流逝，腳色的內涵、名稱還常常發生變化。即以貼旦而言，有時近於花旦，飾活潑開朗，熱情俏皮的年輕女性，比如《西廂》裏的紅娘；有時近於小旦，飾年紀小於女主角，戲分也較少的女配角，如《拜月亭》中的蔣瑞蓮；有時近於老旦，飾年紀較大，戲分較少的女配角，比如《徽池雅調》有《荊釵記・承局送書》一齣，其中王母的腳色標明「貼」，即由貼旦應工；另外，《焦帕記》第三齣又有科介「（貼旦扮貨郎持傘掛汗巾、香袋、扇並春書春藥托盤上）」〔註18〕，則貼旦還可扮演年輕而地位較低的男子。當然，《焦帕記》這種情況還是很少見的，總起來看，貼旦是扮演戲曲中年輕女配角的行當。明代戲曲中小旦也是扮演年輕女配角的行當，在很多時候二者並無太大區別。從這個角度說，筆者贊同周貽白的「『小生』、『小旦』，實爲『末』或『外』及『貼』的異名」的說法，所以，本書討論之「貼旦」實爲廣義上的「貼旦」，即凡屬年輕女配角，包括「小旦」，均歸於本書討論的「貼旦」類。

　　貼旦本爲戲曲中的配角，但是在某些戲曲中，貼旦所飾演的角色形象鮮明，十分出彩，這些突出表現貼旦的折子戲就被提取出來，在舞臺上不斷上演。隨著這些以貼旦爲中心的折子戲的反覆演出，反覆雕琢，貼旦的角色更加出眾，往往一改全本中的附屬地位成爲此折眞正的主角。最典型的例子莫過於《西廂記》中的紅娘。《西廂記》本爲元代雜劇，明代崔時佩、李日華據王實甫《西廂記》改編成《南西廂》〔註19〕，以合南曲演唱，《西廂記》的這兩個版本通稱爲《北西廂》、《南西廂》。元雜劇《西廂記》裏紅娘以小旦應工〔註20〕，而明代《六十種曲》本《北西廂》、《南西廂》紅娘都以貼旦應工。

〔註16〕　周貽白《中國戲曲史長編》，上海：上海世紀出版集團，上海書店出版社，2007 年，頁 369。

〔註17〕　周貽白《中國戲曲史長編》，上海：上海世紀出版集團，上海書店出版社，2007 年，頁 369。

〔註18〕　《焦帕記》第三齣《下湖》，《古本戲曲叢刊二集》影印明文林閣刻本。

〔註19〕　據《中國曲學大辭典》，《南西廂》是「海鹽崔時佩編、吳門李日華增」，非嘉興李日華。

〔註20〕　參見王實甫《西廂記》，張燕瑾校注，北京：人民文學出版社，1998 年，頁 6，注釋 26。

在全本《西廂記》中崔鶯鶯是理所當然的女主角，但紅娘作為崔、張愛情中必不可少的人物被塑造的有聲有色，活潑俏皮，很受觀眾喜愛。萬曆時期的折子戲選本即有不少選錄以紅娘為中心的折子戲，見下表：

表七：萬曆時期《西廂記》折子戲選錄情況

	天	象	樹	菁	滿	枝	八	大	珊	谷	摘	賽	堯	徽	徵
西廂記·長亭分別									◎			◎	◎		
西廂記·遞柬傳情	○	○						◎	◎	◎					
西廂記·佛殿奇逢									◎			◎			
西廂記·隔牆酬合							◎								
西廂記·泥金捷報									◎				◎		
西廂記·書齋赴約	◎	○				◎				◎					
西廂記·私睹丹青										○					
西廂記·堂前巧辯						◎						◎			
西廂記·月夜聽琴	◎	○	○							◎					
西廂記·假借僧房											◎				
西廂記·跳牆失約											◎	◎			

從上表可以看出，以紅娘為中心的折子戲《遞柬傳情》（又名《紅娘遞柬》、《錦字傳情》等）被五種折子戲選本選錄，甚至超過了崔張愛情故事的高潮《書齋赴約》（又名《月夜佳期》、《佳期赴約》等）。《遞柬傳情》講述紅娘受崔鶯鶯委派，前去探望思念成疾的張生，張生懇請紅娘替自己寄柬傳情的片段。這一段充分表現了紅娘的古道熱腸，潑辣俠義，曲詞文采斐然卻又通俗易懂。且看下面一段：

　　〔油葫蘆〕憔悴潘郎鬢有絲，杜韋娘不似舊時，帶圍寬清減了瘦腰肢。一個睡昏昏不待觀經史，一個意懸懸懶去拈針指；一個絲桐上調弄出離恨譜，一個花箋上刪抹成斷腸詩；一個筆下寫幽情，一個弦上傳心事；兩下裏都一樣害相思。〔註21〕

當張生以金帛誘之請紅娘替他傳柬的時候，紅娘感到張生小看了自己，很是不滿：

〔註21〕　王實甫《西廂記》，張燕瑾校注，北京：人民文學出版社，1998 年，頁 125。

（紅唱）

　　〔勝葫蘆〕哎，你個饞窮酸俫沒意兒，賣弄你有家私，莫不圖謀你東西來到此？先生的錢物與紅娘做賞賜，是我愛你的金貲？

　　〔麼篇〕你看人似桃李春風牆外枝，賣俏倚門兒。我雖是個婆娘有氣志，則說到：「可憐見小子，隻身獨自！」恁的啊，顛倒有個尋思。

　　（末云）依著姐姐：「可憐見小子，隻身獨自！」（紅云）兀的不是也。你寫來，咱與你將去。〔註22〕

紅娘的潑辣大氣可見一斑。這個形象不同於一般戲曲中作為配角的「梅香」一類的丫鬟，在原本中就塑造的非常成功，立體可感。自《西廂記》誕生後，崔張的愛情故事感動了很多人，但若沒有熱心活潑的小紅娘，此劇定然減色不少。尤其是舞臺演出，以紅娘為主的折子戲熱鬧有趣，老少皆宜，受眾面更廣。除《遞柬傳情》外，講述紅娘在老夫人面前為崔張愛情辯白的《堂前巧辯》（又名《拷婢》、《拷紅》等）也是非常流行的折子戲，此齣戲表現了小紅娘的勇敢機智、伶牙俐齒，常能引得觀眾會心一笑，頗受觀眾喜愛。

　　此外，《胭脂記・梅香遞柬》是萬曆時期另一齣比較受歡迎的貼旦戲，入選四種折子戲選本（見附錄）。這齣戲也刻畫了一個熱心腸的小丫鬟梅香，為小姐王月英和書生郭華的愛情奔走忙碌，遞柬傳情。不知是否受到紅娘形象的影響。但從形象的生動、豐滿的角度說，梅香顯然比紅娘遜色不少。這類貼旦戲的走紅，對貼旦行當的細分及伎藝的提高無疑具有相當的促進作用。

　　萬曆後，以紅娘為主角的貼旦戲依然頻繁上演。此期最受歡迎的是《堂前巧辯》、《紅娘請宴》。萬曆之後，《南西廂》盛行，各選本或收《南西廂》或收《北西廂》，或二者兼收。此期有三種折子戲選本收入《北西廂・堂前巧辯》，兩種收入《南西廂・堂前巧辯》；有四種折子戲選本收入《南西廂・紅娘請宴》，一種收入《北西廂・紅娘請宴》（見附錄）。就這些折子戲而言，紅娘都是當仁不讓的主角。其賓白、唱詞甚至可能包括身段都有不同程度的改編，以更加合乎各種觀眾的口味。萬曆後，紅娘、梅香這樣性格活潑、生動的貼旦更多地出現在舞臺上，其身份也不僅限於丫鬟，而擴展到更廣闊的社

〔註22〕王實甫《西廂記》，張燕瑾校注，北京：人民文學出版社，1998 年，頁 126。

會生活中。事實上，此期最引人注目的貼旦不是紅娘，而是《水滸記》中的閻婆惜和《義俠記》中的潘金蓮。

　　許自昌《水滸記》刊行於萬曆十八年（1590）〔註 23〕，寫宋江殺惜事，與小說《水滸傳》比較，增出宋江妻孟氏及張文遠借茶、閻婆惜活捉等情節。《水滸記》的主角是宋江，張文遠、閻婆惜事本為其中一段插曲，但在折子戲舞臺上，敷衍張文遠、閻婆惜故事的《借茶》、《漁色》、《野合》、《捉張》這幾齣戲卻是最受喜愛的，尤其是《捉張》（又名《冥感》、《情勾》），共入選十種折子戲選本，是萬曆後被各種折子戲選本選錄最多的折子戲〔註 24〕。《野合》次之，入選七種折子戲選本，詳見下表：

表八：天啟、崇禎間折子戲選本收錄《水滸記》折子戲情況

	萬壑清音	怡春景	纏頭百練二	玄雪譜	新鐫歌林拾翠
水滸記·茶挑				◎	
水滸記·野合		◎		◎	○
水滸記·捉張				◎	○

表九：餘緒期收錄《水滸記》折子戲情況

	醉	錦	來	時	臺	嬌	歌	方	家	弋	綴	曲
水滸記·茶挑							◎					
水滸記·婆惜心許							◎					
水滸記·殺惜	◎		○									
水滸記·野合	◎		○				◎	◎				
水滸記·漁色	◎						◎					
水滸記·捉張	◎	◎	○	◎			◎	◎		◎		◎

〔註23〕　《明清傳奇附錄》，蔣星煜、齊森華、趙山林主編《明清傳奇鑒賞辭典》，上海：上海辭書出版社，頁 1554。

〔註24〕　萬曆時期折子戲選本《八能奏錦》收錄有《水滸記·夫妻拆散》，非許自昌《水滸記》，查其內容，有夫妻分別，以木梳為憑信的情節，似為全本失傳之《木梳記》中的一齣。《樂府玉樹英》也收有《水滸記·義激李逵》，惜《樂府玉樹英》殘缺，此齣不傳，但許自昌《水滸記》與李逵無關，疑《水滸記·義激李逵》亦為《木梳記》中一齣。除此外，萬曆時期折子戲選本中未見《水滸記》折子戲。

此劇張文遠由丑或淨扮，閻婆惜由小旦扮，實爲貼旦之一種。再如沈璟《義俠記》，敘武松殺嫂、上梁山及招安故事，增出武松妻賈若眞。劇中潘金蓮一角，小旦應工，實即貼旦。《義俠記》中最受歡迎的折子戲不是關於武松如何英武的段落，而是以潘金蓮爲主角的《調叔》、《挑簾》（見下表），《調叔》有五種折子戲選本收入（見表十），《挑簾》有三種折子戲選本收入（見表十一）。

表十：天啟、崇禎間折子戲選本收錄《義俠記》折子戲情況

	萬壑清音	怡春景	纏頭百練二	玄雪譜	新鐫歌林拾翠
義俠記·調叔				◎	
義俠記·巧媾		◎			
義俠記·挑簾				◎	
義俠記·武松打虎	◎				

表十一：餘緒期收錄《義俠記》折子戲情況

	醉	錦	來	時	臺	嬌	歌	方	家	弋	綴	曲
義俠記·調叔	◎				○		◎	◎				
義俠記·賣餅	◎											
義俠記·巧媾							◎					
義俠記·挑簾	◎							◎				
義俠記·武松打虎							◎					
義俠記·捉姦	◎											

以全本中的配角身份而在折子戲舞臺上大放光芒，貼旦的發展在明代後期已經十分引人注目。有的著名演員即以表演貼旦腳色而著稱。比如蘇州名姬陳圓圓，「演《西廂》扮貼旦紅娘腳色，體態傾靡，說白能巧，曲盡蕭寺當年情緒。常在余（鄒樞）家演劇」〔註25〕。由於紅娘這類角色性格活潑生動，有別於溫柔賢淑而又比較沉悶的正旦，在觀眾中廣受歡迎，反覆上演，再經過歷代藝人在藝術上的不斷加工，逐漸形成了自己獨有的一整套程序，包括

〔註25〕　清·鄒樞《十美詞紀》，清·蟲天子編，董乃斌等點校《中國香豔叢書》，北京：北京出版社，2005年，頁24。

服裝、身段、念白等，行當特色非常鮮明。到乾隆二十八年（1763）錢德蒼編《綴白裘》，甚至已有大量折子戲以貼旦應工原本中旦腳扮演的主角。如《玉簪記・秋江送別》，明代一般是以旦扮陳妙常，但在《綴白裘》選《秋江送別》裏，陳妙常以貼旦扮；《繡襦記・墜鞭》一齣有旦腳兩人，一為主人公李亞仙，一為配角銀箏，明代一般以旦扮李亞仙，以貼扮女配角銀箏，但在《綴白裘》選錄《墜鞭》中，李亞仙由貼旦扮，銀箏由旦扮。貼和旦之間最初的主次關係此時已經完全顛覆了。也就是說，這時的貼旦的概念已經不能用「於正色之外又加某色以充之」來理解了，貼旦不再是配角的代名詞，貼旦也可扮演主角，旦也可扮演配角。《占花魁・勸妝》中的花魁娘子、《長生殿・絮閣》中的楊貴妃，都是當然的主角，最初也都是以旦應工，但在《綴白裘》裏，她們都是由貼旦扮演。貼旦在劇中扮什麼角色，已經不是由角色在劇中的地位決定，而多取決於腳色的性格、氣質方面的特徵了。可以說，至少在《綴白裘》刊刻的清乾隆時期，貼旦已向今之花旦轉化了。

花旦，元代即有此說，最早見於夏庭芝《青樓集》：「凡妓以墨點破其面者為花旦」〔註26〕。朱有燉《太和正音譜・雜劇十二科》在「第十一科」「煙花粉黛」下注云：「即『花旦』雜劇」。眾所周知，「煙花女子」就是指妓女，由此兩點可見，其時「花旦」是指扮演妓女的腳色，是用以標明戲曲中人物身份的，其與現代戲曲主要以性格、氣質界定的「花旦」意義不同。現代意義上的「花旦」的形成正是始於貼旦中紅娘這類性格極其鮮明的角色在折子戲中的出色表現，始於此類貼旦腳色地位的提升和藝術的進步。借由折子戲的發展，此類貼旦擺脫了配角的附屬地位，改變了配角的模糊形象。以紅娘、閻婆惜、潘金蓮等為主角的折子戲自此盛演不衰，發展成為京劇及其它一些劇種中花旦的主要劇目。之所以棄貼旦之名而叫花旦，或與花旦在元雜劇中扮演的妓女多具有的潑辣能幹的氣質有關，這一氣質賦予「花旦」這個腳色名稱不同於正旦的另一種韻味，遂以之稱呼性格非常鮮明的非溫柔賢淑型女性角色。至今，京劇《紅娘》、《花田錯》等花旦戲仍極受歡迎。可以說，是折子戲的產生、發展在明代後期促進了貼旦的進化，催生了花旦行當的初步形成。自此之後，花旦這一行當就以它獨具的魅力興盛發展。現在，花旦是戲曲旦腳中非常重要的一支，是與青衣比肩的重要旦行。京劇四大名

〔註26〕孫崇濤《青樓集箋注》，（元）夏庭芝著，北京：中國戲劇出版社，1990年，頁224。

且之一的荀慧生就以擅演花旦成名。究其源頭，花旦的前身其實是明傳奇中的配角貼旦，只是現代戲曲中花旦的地位已遠非其前身——貼旦能夠望其項背的了。

其次再來說說淨腳。作爲戲曲四大行當「生、旦、淨、丑」之一的淨，其淵源歷來說法不一。徐渭《南詞敘錄》曰：「淨，此字不可解。或曰：『其面不淨，故反言之。』予意：即古『參軍』二字，合而訛之耳。優中最尊。其手皮帽，有兩手形，因明皇奉黃旛綽首而起。」王國維《古劇腳色考》承此觀點並進一步解釋說：「余疑『淨』即『參軍』之促音，『參』與『淨』爲雙聲，『軍』與『淨』似疊韻，『參軍』之爲『淨』，猶『勃提』之爲『披邾』，『婁』之爲『鄒』也。」此說現今頗受質疑。今人劉曉明即認爲，宋元雜劇之「淨」，與古代參軍戲中之參軍並無關聯，「副淨」之「副」在宋代爲「傳」之別體，塗抹之意，元代省去「副」字，遂單稱「淨」，其實「早期的所謂『正淨』、『淨』與『副淨』是相同的。」〔註27〕無論如何，時至明代，淨已經是戲曲中不可或缺的腳色了。

在明代傳奇中，淨的腳色內涵是非常豐富的，當然也可以說是龐雜而不夠確定的。淨腳可以扮演粗豪狂放之人，比如《三國志》中的張飛，從這一點來看和現代戲曲的淨腳職責接近；也可扮演滑稽搞笑之人，比如《浣紗記》中的吳王宮女千嬌，從這一點來看又和現在的丑腳接近；可演男性角色，也可演女性角色，如上文所說的宮女，這和現在淨腳只演男性角色大不相同。總的說來，淨腳在明代傳奇中扮演的多是調劑場上氣氛，打破因生旦故事過於嚴肅或悲切而造成的沉悶局面的角色。當然，在明代戲曲發展的過程中，淨腳的內涵和地位也在不斷發生著變化，尤其是折子戲的出現，加速了淨腳與其它腳色尤其是丑腳在職責、內涵上的分化，淨腳逐漸形成以粗獷豪放爲底色的行當特徵，在臉譜、唱腔、做功等方面特色鮮明。

全本的演出中，淨腳在劇中主要起到調節氣氛的作用，多爲配角。嘉靖年間，折子戲初起，沿襲全本以生旦爲主角的習慣，沒有給配角更多的關注。但隨著折子戲的發展，淨腳得到琢磨、打造的機會，開始綻放其特有的光彩。以《西廂記・惠明下書》爲例。《惠明下書》是現在的叫法，明代時又叫《惠明》、《惠明帶書》或《惠明傳信》。此齣在王實甫《西廂記》中爲第二本楔子，

〔註27〕 劉曉明《雜劇角色何以先有副淨後有淨說——兼論副淨的源起》，《藝術百家》2005 年第 5 期，頁 24。

本無齣目〔註28〕，《六十種曲》本《北西廂》中爲第五齣《白馬解圍》，《六十種曲》本《南西廂》相同情節爲第十三齣《許婚借援》。嘉靖時期的折子戲選本《風月錦囊》選錄十二齣《西廂記》〔註29〕，以《西廂記》連楔子算上總共不過二十五齣的篇幅，選錄比例已經很大，但卻未選《惠明下書》，可見這時《惠明下書》尚未進入《西廂記》常演的折子戲行列。萬曆時期的各折子戲選本中亦不見《惠明下書》，最早選錄《惠明下書》的是天啓年間的《萬壑清音》。《萬壑清音》卷三選錄《西廂記》兩齣：《惠明帶書》、《草橋驚夢》。其後，餘緒期的《來鳳館合選古今傳奇》和《方來館合選古今傳奇》均選錄《惠明下書》〔註30〕。

在全本中，這齣戲是情節的關節點，用李漁的話說，「一部《西廂》，只爲張君瑞一人，而張君瑞一人，又只爲『白馬解圍』一事，其餘枝節皆從此一事而生」，「是『白馬解圍』四字，即作《西廂記》之主腦也。」〔註31〕全本戲此齣強調的是張君瑞於危難之際，寫信向白馬將軍求援，終於解除圍困，因此標目爲「白馬解圍」，意在突出張生借白馬將軍之力英雄救美，爲許婚、賴婚等情節張本。而到了折子戲裏，不管齣目怎麼改，始終不離「惠明」二字，可見對於折子戲來說，重點不在張君瑞，而在惠明身上，「淨」扮的惠明才是這齣戲的主角。惠明演唱的〔正宮端正好〕「不念法華經」一套酣暢淋漓，豪放明快，成爲淨腳的經典唱段。不過，折子戲選本中的《惠明》均出於《北西廂》，與《南西廂》無涉。《南西廂·許婚借援》以丑腳扮惠明，把惠明一套豪氣干雲的〔正宮端正好〕拆解開來，譜以南曲，以張生懷疑的問話連接，惠明的豪言壯語立時給人吹噓之感，既失去了淨腳的豪邁之氣，又缺少丑腳的滑稽幽默，實爲李漁所評之「點金成鐵」之筆。或正因此，《南西廂》此齣被折子戲舞臺拋棄。

從明代後期開始，《北西廂·惠明下書》一齣成爲淨腳的看家戲，在舞臺上上演不衰。比如本書第二章第四節曾提到，吳三桂微服出行，在一商人家串演《惠明寄柬》，震驚四座。這正是明末清初時事。乾隆時小說《紅樓夢》

〔註28〕 據王實甫《西廂記》，張燕瑾校注，人民文學出版社，1998年，頁75～80。

〔註29〕 此爲《北西廂》，包括一齣開場。詳見《風月錦囊》選《新刊摘彙奇妙戲式全家錦囊北西廂》。

〔註30〕 《來鳳館合選古今傳奇》此齣標題爲《北西廂·惠明》，《方來館合選古今傳奇》此齣標題爲《北西廂·惠明傳信》。

〔註31〕 清·李漁《閒情偶寄》，上海：上海古籍出版社，2000年，頁24。

第五十四回中，賈府正月十五家宴，賈母命家班演戲，先叫芳官唱一齣《尋夢》，又吩咐：「叫葵官唱一齣《惠明下書》，也不用抹臉。只用這兩齣叫他們聽個疏異罷了。若省一點力，我可不依。」〔註32〕「不抹臉」自然是清唱，那也就意味著，平時演出是要「抹臉」的，這是淨腳的特徵，而葵官，我們知道，正是賈府家班裏的「大花面」（淨腳的俗稱）〔註33〕。時至今日，《惠明下書》已成爲淨腳的重頭戲，爲著名的淨腳「三和尚」之一〔註34〕。追溯其源，自然在王實甫《西廂記》，然折子戲的摘取、提煉、加工，實在功不可沒。折子戲使淨腳從全本中的配角成爲本齣的主角，最大程度地發揮本行當的特點，並在反覆演出中強化這些特點，《惠明下書》就是淨腳發展的一個很好的例證。

　　淨腳地位的上昇，還可從各時期選取《三國志》題材的折子戲的情況來考察。各本選取的《三國志》題材折子戲出處多有不同，有《三國志》、《三國記》、《草廬記》、《桃園記》、《興劉記》、《結義記》、《古城記》等多種名稱，今《草廬記》、《古城記》存，餘者皆佚。雖無以知其全貌，然對比後可知，折子戲選本中所標《三國志》題材折子戲的出處多不準確，如《徽池雅調》選錄之《草廬記‧怒奔范陽》實同《樂府萬象新》選錄之《三國記‧張飛私奔范陽》及《大明天下春》所選錄之《三國志‧翼德逃歸》；《大明天下春》選錄之《三國志‧武侯平蠻》實同《大明春》選錄之《興劉記‧武侯征蠻》；《樂府紅珊》選錄之《桃園記‧赴河梁會》實同《玉谷新簧》選錄之《三國記‧雲長河梁救駕》。祁彪佳《曲品》云：「《三國傳》中曲，首《桃園》，《古城》次之，《草廬》又次之，雖出自俗吻，猶能窺音律一二。」〔註35〕則其時確有《桃園》、《古城》、《草廬》三劇，而其它諸本《三國》傳奇，或確有而

〔註32〕 清‧曹雪芹、高鶚著《紅樓夢》第五十四回：「史太君破陳腐舊套王熙鳳效戲彩斑衣」，中國藝術研究院紅樓夢研究所校注，北京：人民文學出版社，1996年，頁742。

〔註33〕 《紅樓夢》第五十八回：「賈母便留下文官自使，將正旦芳官指於寶玉，將小旦蕊官送了寶釵，將小生藕官指與了黛玉，將大花面葵官送了湘雲，……」（清‧曹雪芹、高鶚著《紅樓夢》，中國藝術研究院紅樓夢研究所校注，北京：人民文學出版社，1996年，頁798）。

〔註34〕 淨腳「三和尚」指淨腳所扮的僧人：《祝髮記‧渡江》中的達摩、《西廂記‧下書》中的惠明、《昊天塔‧五臺》中的楊五郎。

〔註35〕 明‧祁彪佳《曲品》，《續修四庫全書》（1758），上海：上海古籍出版社，據明抄本影印，2002年，頁253。

失傳，或根本就是杜撰之名。《三國》折子戲出處的混亂就在於諸傳奇均取材
於《三國志》故事，或由此而生發，大多數人知「三國」二字足矣，無意詳
細分辨究竟出於哪個劇本。所以，折子戲選本中標注的出處幾乎都不可靠。
既如此，本書索性摒棄選本中的劇名，將《三國》題材折子戲的出處一律概
之以《三國志》。現將各時期被兩種以上折子戲選本選錄的《三國志》折子戲
列表如下：

表十二：萬曆時期《三國志》折子戲

	天	象	樹	菁	滿	枝	八	大	珊	谷	摘	賽	堯	徽	徵
三國志・赴碧蓮會	◎								◎						
三國志・魯肅求謀	◎							◎	◎						
三國志・武侯平蠻	◎							◎							
三國志・翼德逃歸	◎	◎	○												◎
三國志・雲長訓子	◎	◎	○					◎	◎						
三國志・張飛祭馬						○								◎	
三國志・河梁救駕									◎	◎					

表十三：天啟、崇禎年間《三國志》折子戲

	萬壑清音	怡春景	纏頭百練二	玄雪譜	新鐫歌林拾翠
三國志・單刀會	◎			◎	○

表十四：餘緒期《三國志》折子戲

	醉	錦	來	時	臺	嬌	歌	方	家	弋	綴	曲
三國志・華容釋曹				◎						◎		
三國志・怒奔范陽				◎	◎						◎	
三國志・獨行千里				◎			◎	◎		◎		

　　從上表可見，萬曆時期舞臺上最活躍的《三國志》折子戲既有淨腳戲《翼
德逃歸》、《河梁救駕》，也有生腳戲《魯肅求謀》、《武侯平蠻》，而萬曆之後，
淨腳戲在觀眾喜愛的《三國志》折子戲中獨佔鰲頭，《單刀會》、《華容釋曹》、

《怒奔范陽》（即《翼德逃歸》）、《獨行千里》無一不是淨腳戲〔註 36〕，生腳戲地位明顯下降。在全本戲中，淨腳多半只是個配角，但在折子戲中，淨腳獲得了當然的主角地位，且由於其獨特的粗豪爽朗、熱鬧生動而獲得觀眾的喜愛，從而得到長足的發展，成為戲曲四大行當之一。

　　除扮演豪放派人物之外，淨腳還長期擔負著調節氣氛，插科打諢的任務，但這種情況在明代也有了變化。比如《水滸記》中的張文遠，是折子戲《借茶》、《野合》、《捉張》中的男主角。在全本《水滸記》（《六十種曲》本）中，張文遠一角是以淨腳扮演的，但在折子戲演出中，藝人們並沒有完全遵守全本作者的安排，張文遠有以淨扮的〔註 37〕，也有以丑扮的，如《醉怡情》選錄的《水滸記・漁色》、《水滸記・野合》，《時調青昆》選錄的《水滸記・活捉三郎》均以丑扮張文遠。這其實就是淨腳與丑腳的分化。淨腳的任務內涵中滑稽幽默，活躍氣氛的部分漸漸移交給了丑腳，淨腳主要扮演性情暴烈剛毅或大奸大惡之人，發展到現在遂有了「七紅」、「八黑」、「三和尚」之說〔註 38〕。淨腳的內涵縮小了，但特色卻更加鮮明了。從張文遠的腳色變化中我們可以看出，明代後期腳色行當的劃分標準確實在向性格、氣質方面轉移。按照性格氣質來說，張文遠並不適合以淨扮，丑腳才能更好地表現他的卑鄙猥瑣。後來，張文遠這個角色以丑應工成了慣例，《梨園外史》云：「同光年間，北京崑丑楊明玉人稱楊三，演《活捉》的張文遠最為出色。」〔註 39〕「入了民國以後，漢班裏丑腳大和尚，旦腳牡丹花，這一齣《活捉》演的極好。」〔註 40〕現在活躍在舞臺上的《水滸記・活捉》一齣仍是以丑扮。大概很少有人想到，最初張文遠是以淨腳來扮的，只是隨著腳色行當

〔註 36〕《怒奔范陽》也有用丑腳扮張飛的，如《樂府歌舞臺》，但大部分都是以淨腳應工。

〔註 37〕如《玄雪譜》中《茶挑》（即《借茶》）、《野合》、《捉張》以淨腳扮張文遠等。

〔註 38〕據《崑曲集淨》，淨腳「七紅」指趙匡胤、關羽、屠岸賈（《八義記》）、回回（《慈悲願》）、崑崙奴（《雙紅記》）、弼靈公（《一種情》）、火德星君（《九蓮燈》）；「八黑」指項羽、張飛、李逵、尉遲恭、周倉、鍾馗、包公、鐵勒奴（《宵光劍》）；「三和尚」見 16 頁注釋 4。這裡屬大奸大惡之人並不多，但據張岱《陶庵夢憶》卷六「彭天錫串戲」：「彭天錫串戲妙天下……天錫多扮丑淨，千古之奸雄佞倖，經天錫之心肝而愈狠，借天錫之面目而愈刁，出天錫之口角而愈險。」可見「奸雄佞倖」也是淨腳所扮角色中很重要的一部分。

〔註 39〕潘鏡芙、陳墨香著《梨園外史》，北京：寶文堂書店，1989 年，頁 470。

〔註 40〕潘鏡芙、陳墨香著《梨園外史》，北京：寶文堂書店，1989 年，頁 471。

的發展成熟，張文遠才歸入丑腳中。

周貽白說：「明傳奇的角色，實爲今日崑曲到皮黃承上啓下的一個關鍵，其支分、配置，已隱然操握著中國戲劇的樞紐。」〔註41〕確切地說，是明代折子戲推動著中國古典戲曲向現代戲曲腳色分支、配置的轉化。折子戲的發展促進了各種腳色的細分，讓每種腳色都有作爲主角盡情發揮的機會，從而形成了各自行當的鮮明特色，今天戲曲中生、旦、淨、丑四大行當並立，各有其不可取代的地位，此一格局實由此而來。

第二節　明代折子戲與戲曲聲腔的變遷

折子戲是戲曲的演出形態，戲曲聲腔的變化、發展，往往最先體現在折子戲的變化發展上。通常，變革首先在某些折子戲演出中發生，失敗自然不論，如果大受歡迎，取得成功，則推而廣之，形成一種潮流。因此，本節試從折子戲的某些發展變化出發，對明代戲曲聲腔的部分特點作一考察。

第一，「滾調」的產生和發展與明代折子戲密不可分。本書在第二章第二節已對滾調的產生時間、涵義等問題進行了初步探討。滾調，「簡稱『滾』。是明代弋陽諸腔音樂上的重大發展，它突破了曲牌聯套的固有格式，從中插進一段或多段接近口語的詞句，用滾唱的方法，使它與曲牌曲詞連成一體。滾唱的詞句是以齊整對稱的上下句爲基本結構，其中以七字句居多，亦有五字句或四字句，運用起來極爲自由。……」〔註42〕至今還沒有發現一種標明「滾調」的明代戲曲全本劇本。這說明滾調這種形式主要是在演出過程中產生的。好在有不少明標「滾調」的折子戲選本在，使我們得以大致瞭解滾調的一般形態。

現存文中標明有滾調的折子戲選本有：

《樂府萬象新》（全稱《梨園會選古今傳奇滾調新詞樂府萬象新》）

《樂府玉樹英》（全稱《新鍥精選古今樂府滾調新詞玉樹英》）

《詞林一枝》（全稱《新刻京板青陽時調詞林一枝》）

〔註41〕　周貽白《中國戲劇史長編》，上海：上海世紀出版集團、上海書店出版社，頁370。

〔註42〕　《中國曲學大辭典》，齊森華、陳多、葉長海主編，杭州：浙江教育出版社，頁679。

《八能奏錦》（全稱《鼎雕昆池新調樂府八能奏錦》）

《玉谷新簧》（全稱《鼎刻時新滾調歌令玉谷新簧》，又稱《鼎鐫精選增
　　補滾調時新歌令玉谷調簧》）

《摘錦奇音》（全稱《新刊徽板合像滾調樂府官腔摘錦奇音》）

《大明春》（全稱《鼎鍥徽池雅調南北官腔樂府點板曲響大明春》，又
　　稱《新鍥徽池雅調官腔海鹽青陽點板萬曲明春》）

　　這些選本正文中都有加圈的「滾」字或「滾白」兩字，有的在書的標題
中明確點出「滾調」二字（見上文）。

　　關於滾調的發生和應用，傅芸子《白川集》有《釋滾調》一文，論述備
細。《白川集》首刊於 1943 年，為作者東渡日本考察日藏中國古代典籍、文
物之所得。其《釋滾調》一文開滾調研究之先河，且考據確鑿、周詳，至今
少有超越者，為治戲曲聲腔者必讀之力作。本書不擬重複論述傅先生已有之
定論，謹對其作些簡單介紹，並補其未及言明之處。

　　據傅芸子《釋滾調》，弋陽腔原有「滾唱」，「此種滾唱，後亦獨立，別成
滾調，萬曆中葉，風行一世」〔註43〕，考察諸折子戲選本，以萬曆三十八年
（1610）刊刻的《玉谷新簧》和萬曆三十九年（1611）刊刻的《摘錦奇音》所
收滾調最為豐富、完備，此判斷當無誤，但是，他認為滾調之產生「當在萬
曆三十八年左右」〔註44〕似有不安。現在新發現的萬曆前期的折子戲選本
《大明天下春》已收錄有滾調〔註45〕，刊行於萬曆二十七年的《樂府玉樹
英》，標題即提醒讀者，這是一本「滾調新詞」（《新鍥精選古今樂府滾調新詞
玉樹英》），書中亦以加圈「滾」字標明滾調的位置，那麼至少在萬曆二十七
年滾調就已經盛行了。前文曾經說過，萬曆時期的折子戲選本《詞林一枝》、
《八能奏錦》因有「萬曆元年」刊刻的字樣，長期被作為滾調在萬曆前即已
產生的明證，其時傅先生手頭亦有《詞林一枝》一書，但他翻檢之後認為
「此書刊年雖早，恐不足見滾調出現之早」〔註46〕，倒是非常審慎的態度。
因為我們現在知道，經郭英德、王麗娟考證，這兩書誕生於萬曆三十五年左

〔註43〕傅芸子《正倉院白川集》，瀋陽：遼寧教育出版社，2000 年，頁 168。
〔註44〕傅芸子《正倉院白川集》，瀋陽：遼寧教育出版社，2000 年，頁 173。
〔註45〕《大明天下春》卷四上欄收錄《紅葉記・四喜四愛》，其中「紅紅白白滿擔
　　　　挑……」一段就是滾調，《摘錦奇音》卷三下欄亦收錄此折，「紅紅白白滿擔
　　　　挑……」一段前明確標示「滾」。
〔註46〕傅芸子《正倉院白川集》，瀋陽：遼寧教育出版社，2000 年，頁 173。

右〔註 47〕，自不能作爲滾調萬曆之前即已產生的證據。滾調的產生應當是在萬曆早期，但是其時並不見得非常流行，因爲在《大明天下春》裏雖已經有事實上的滾調，但並沒有出現加圈注的「滾」字，標題也沒有特意強調「滾調」。特意強調「滾調」二字，且文中多注「滾」字的折子戲選本都在《大明天下春》之後，且集中於萬曆二、三十年，可見，滾調的產生在萬曆早期，興盛大約在萬曆二十年之後，選刻《摘錦奇音》、《玉谷新簧》的萬曆三十八、三十九年當是滾調成爲「天下時尙」，非常成熟的時期。傅先生未曾見到《大明天下春》和《樂府玉樹英》，判斷有誤亦不足爲怪。

傅芸子《釋滾調》還述及滾調對俗曲、京腔、皮黃的影響，亦頗有心得。此點近年亦不斷有人進行研究〔註 48〕，筆者在音律方面水平有限，對此難予置喙，唯滾調與俗曲的影響關係，筆者認爲，二者的關係並不僅僅是「當時之俗曲，亦受其波動，成爲滾調化」〔註 49〕，實際上，滾調受俗曲的影響也不可低估。滾調中很多語句就直接來自俗曲。中國民間的俗曲比如民謠、民諺都是慣於採用齊言體的，其通俗上口的特點和滾調也是一致的，比如《玉谷新簧》卷二選錄《三元記・秦氏斷機教子》〔紅芍藥〕「……（滾）爲人須要惜光陰，一寸光陰一寸金……」，這就是典型的俗語入滾調，這才最能體現滾調化雅爲俗，口語化、通俗化的努力方向。

自加滾的折子戲選本與世人重見，滾調在戲曲發展中的作用漸漸爲人所知。下面，筆者僅就折子戲選本中的滾調作兩點說明：

其一、在折子戲選本中，有些地方未標明「滾」字，但實際也是加滾的。比如《時調青崑》有《琵琶記・長亭分別》一齣，與《摘錦奇音》中《琵琶記・五娘長亭送別》內容非常接近，其中有一段「弓動不留弦上箭，絲牢難繫順風舟，你那裡去則去終須去，我這裡留難留怎生留」，在《時調青崑》中並未標注是否滾調，但在《摘錦奇音》中，則明標一「滾」字。再如《歌林拾翠》中收錄有《三元記・雪梅觀畫》，《玉谷新簧》亦收同出，試摘選部分加以比較：

〔註47〕 郭英德、王麗娟《〈詞林一枝〉、〈八能奏錦〉編纂年代考》，《文藝研究》2006 年第 8 期，頁 61。

〔註48〕 如李連生《板腔體的形成與戲曲聲腔演化的特徵》（《學術研究》2007 年第 10 期）、趙興勤《滾調、板腔體與戲曲的自我救贖》（《東南大學學報》2007 年第 1 期）等。

〔註49〕 傅芸子《正倉院白川集》，瀋陽：遼寧教育出版社，2000 年，頁 181。

《歌林拾翠》——

〔古輪臺〕：……**枉彈出高山流水少知音**。秋景看完，且看冬景如何。梅爲兄來竹爲友，松號大夫名不朽，雖然松竹耐歲寒，梅花獨佔春魁首。〔前腔〕**長青是松竹梅花歲寒三友一色春**……〔註50〕

《玉谷新簧》——

〔古輪臺〕：……**縱談盡高山流水少知音**。且看冬景如何。〔前腔〕**長青松竹梅花歲寒三友一色稱**。古詩有云：（滾）梅爲兄來竹爲友，松號大夫名不朽，雖然松竹耐歲寒，梅花獨佔春魁首。……〔註51〕

這兩段文字稍有差異，順序也有些不同，但是大致內容是一樣的。上文中黑體字是曲詞，在原文中亦是黑體，且字形最大，小字部分在原文中以雙行小字刻，一般是賓白。滾調有時也採取此種寫刻形式，只是在滾調前加注一「滾」字。這裡比較特殊的是《歌林拾翠》中標注下劃線的部分「梅爲兄來竹爲友……」，在原文中這部分字體大小介於曲詞和賓白之間，單行寫刻，和曲詞、賓白區別明顯，而我們從上文的對比中不難看到，《歌林拾翠》這段寫刻形式特殊的文字正是《玉谷新簧》中標明的「滾調」：「（滾）梅爲兄來竹爲友……」。這種情況在《堯天樂》等其它選本中也有。

這說明，在滾調盛行的時期，如何區別「新增滾調」和原文，除了直接加注「滾」字，還有一個不成文的規矩，那就是單行寫刻，字體大小介於曲詞和賓白之間。這樣，我們就有了一個比較簡便的判別滾調的方式，看其寫刻形式即可。這種寫刻形式，在滾調折子戲中廣泛運用。當然，滾調並非都是此種形式，《玉谷新簧》等就是直接加「滾」字，滾調寫刻形式同賓白一樣，但是凡有此種中等字體、單行寫刻形式的一般都是滾調。這樣，我們不但能夠判斷出《摘錦奇音》、《玉谷新簧》等滾調折子戲選本中未直接標注「滾」字的滾調部分，還能根據這種特殊的寫刻方式判斷對滾調隻字不提的折子戲選本中的滾調。由此，有滾調的折子戲選本又多了以下幾種：

《堯天樂》（全稱《新鍥天下時尙南北新調堯天樂》）

《徽池雅調》（全稱《新鍥天下時尙南北徽池雅調》）

《時調青昆》（全稱《新選南北樂府時調青昆》，又名《共聽賞》）

《歌林拾翠》（全稱《新鐫樂府清音歌林拾翠》）

〔註50〕 明・奎壁齋刊刻《歌林拾翠》二集。
〔註51〕 明・景居士選，劉次泉刊刻《玉谷新簧》，卷二下欄。

值得思考的是，這幾種折子戲選本或爲萬曆後期（《徽池雅調》），或根本不屬萬曆時期（《時調青昆》、《歌林拾翠》）〔註 52〕。似乎是，滾調在萬曆中期喧囂一時之後就偃旗息鼓了，不但此後不見發展，連演出中使用的滾調也不再像萬曆中期那樣自我標榜。莫非眞是像王驥德所言戲曲聲腔「每三十年一變」〔註 53〕，時尚風向轉變了，人們對滾調失去了興趣？再或者是，喧囂之後，滾調成爲青陽腔演出的常態，不再以「新增」面目示人，因而從此低調出場？這個問題尚有待探究。

其二、從折子戲選本看，「滾調」內容並不穩定，帶有很大的靈活性。

不同選本中的滾調在文字上多有差異。即使是刊刻時間僅相差一年的《玉谷新簧》（萬曆三十八年）和《摘錦奇音》（萬曆三十九年），同一齣折子戲所用的滾調在內容上也有較大差異。比如《金印記·周氏拜月》一齣：

《摘錦奇音》——

〔前腔〕（即〔二犯朝天子〕）：……待將此情訴與天知道，（又）又恐怕和天瘦，辜負奴家好良宵。（又）深院笙歌刮地，高樓鼓樂喧天，家家飲酒玩月，以夜繼日，奴家獨守空房，悽楚何堪，正是：歡娛嫌夜短，寂寞恨更長。怎挨得天將曉。當不過夜兒長，更兒永，翻過來，覆過去，睡不著。好難熬。〔註 54〕

《玉谷新簧》——

〔二犯朝天子〕：……待將此情說與天知道，（重）又恐怕和天瘦，辜負奴好良宵。（滾）今夜中秋月瑩光，家家歌舞醉壺觴，幾處歡娛嫌夜短，偏奴寂寞恨更長，你看那月兒明，風兒清，教奴家坐不安，行不寧。怎捱得天將曉。（滾）夫，枉教奴當不過夜長更漏永，腸欲斷，淚難收，睡不著。好難熬。〔註 55〕

從上文的對比中可見，兩書所收曲文僅個別字有差異，但是所收滾調就完全

〔註 52〕傅芸子認爲《詞林一枝》、《時調青昆》「俱刊於萬曆初年」，（《正倉院白川集·釋滾調》，第 170 頁），筆者以爲此說證據不足，《詞林一枝》已知非萬曆初年產物，《時調青昆》亦仍歸入餘緒期。

〔註 53〕明·王驥德《曲律》卷二《論板眼》，《續修四庫全書》（1758），上海：上海古籍出版社，據明抄本影印，2002 年，頁 453。

〔註 54〕明·龔正我選，張三懷刊刻《摘錦奇音》，卷六下欄《金印記·周氏對月思夫》。

〔註 55〕明·景居士選，劉次泉刊刻《玉谷新簧》，卷一下欄《金印記·周氏對月憶夫》。

不同了。《摘錦奇音》中只有一處「滾」:「當不過夜兒長,更兒永,翻過來,覆過去,睡不著。」,以上文所說的特殊字體寫刻。《玉谷新簧》中有兩處:「(滾)今夜中秋月瑩光,家家歌舞醉壺觴,幾處歡娛嫌夜短,偏奴寂寞恨更長,你看那月兒明,風兒清,教奴家坐不安,行不寧」、「(滾)夫,枉教奴當不過夜長更漏永,腸欲斷,淚難收,睡不著。」都有明確的「滾」字標誌。

可以看出,「當不過夜兒長,更兒永,翻過來,覆過去,睡不著。」和「(滾)夫,枉教奴當不過夜長更漏永,腸欲斷,淚難收,睡不著。」這兩段「滾」不但位置相同,都在「怎捱得天將曉」一句唱詞後面,而且意思其實也一樣,只是表達完全不同。《玉谷新簧》中「今夜中秋月瑩光,家家歌舞醉壺觴,幾處歡娛嫌夜短,偏奴寂寞恨更長,你看那月兒明風兒清,教奴家坐不安,行不寧」這段滾調和《摘錦奇音》中的賓白「深院笙歌刮地,高樓鼓樂喧天,家家飲酒玩月,以夜繼日,奴家獨守空房,悽楚何堪,正是:歡娛嫌夜短,寂寞恨更長。」在內容上也是有聯繫的。相同的內容,在不同的折子戲選本中常用不同的滾調來表達。這說明,滾調作為一種演出中誕生的表達方式,並不曾固定化,是屬於可演可不演,可這樣演,亦可那樣演的內容,即使在滾調最興盛的時期也是如此。這更充分地說明了它的靈活多變。

當然,演出效果比較好的滾調被保留下來,並在演出中廣泛應用。但是這些滾詞不一定以「滾」的方式出現,有時它們出現在賓白或唱詞中。比如,《摘錦奇音》有《幽閨記·曠野奇逢》(即《拜月亭》)一齣,蔣世隆曠野邂逅王瑞蘭,見其相貌美麗,不覺動心:

> (生)〔古輪臺〕……曠野裏獨自一個佳人……生得有千嬌百
> 媚。不知他曾有丈夫沒有。小娘子,你可曾嫁人否?(旦搖頭介)(生)(滾)
> 要知窈窕佳人意,盡在搖頭不語中。喜得他無夫無婿,眼見得落便
> 宜。」

《摘錦奇音》中的滾調「要知窈窕佳人意,盡在搖頭不語中」也出現在別的折子戲選本中,比如《大明天下春》、《樂府菁華》、《詞林一枝》、《滿天春》、《大明春》《堯天樂》、《樂府紅珊》等。這其中明確為滾調的有《大明春》、《詞林一枝》、《堯天樂》;為唱詞的有《大明天下春》、《樂府菁華》;為賓白的有《滿天春》、《樂府紅珊》。我們可以來看看全本《幽閨記》(《六十種曲》本)

中原文：

　　　　（生）〔古輪臺〕……曠野間，曠野間，見獨自一個佳人，生得
　　千嬌百媚，況又無夫無婿，眼見得落便宜。

原文並沒交待蔣世隆是如何得知王瑞蘭「無夫無婿」的，這是情節上的一個明顯的漏洞，所以幾乎所有的折子戲選本都加入了詢問有無夫婿的情節以彌補原文的不足，但對「要知窈窕佳人意，盡在搖頭不語中」的處理各本卻不同。因為滾調亦分滾唱、滾白，而《大明天下春》、《樂府菁華》等選本對滾調又沒有特殊標記，所以化入唱詞和賓白的這句話應該也是以「滾」的方式表演的。這樣，收錄有滾調的折子戲選本就又多幾種：《大明天下春》、《樂府菁華》、《滿天春》、《樂府紅珊》。整個算下來，實際收錄有滾調的折子戲選本達到了十多種。當然，《大明天下春》、《樂府菁華》等選本中的滾調和《摘錦奇音》和《玉谷新簧》比起來要遜色得多，無論是規模還是內容。

　　滾調「既起到把深奧曲詞加以通俗化、淺顯化，使之易懂易曉的作用，又能在劇情關鍵處反覆渲染、一再烘托，最易於調動觀眾大喜大悲的情感。」〔註56〕關於此點論者頗多，無庸贅言。滾調還是從曲牌體向板腔體轉化的一個重要的過渡因素。它突破了曲牌的原有體制，使得表達更加自由。但是也有人反對滾調，明代王驥德就認為：「今至弋陽、太平之滾唱，而謂之『流水板』，此又拍板之一大厄也。」〔註57〕從曲牌音樂的規範來說自然是有理的，但是戲曲作為面向大眾的表演藝術，求新求變是其特性，只要觀眾認可，這種形式就有存在的合理性。

　　第二，從明代折子戲選本可以看出其時各種聲腔競爭共存，互有消長的情況。

　　首先我們要探討的問題是南北曲之爭。《潘之恒曲話》有云：「武宗、世宗末年，猶尚北調，雜劇、院本，教坊司所長。而今稍工南音，音亦靡靡然」〔註58〕本來，喜好南曲還是北曲，是一個蘿蔔白菜各有所愛的問題，但是社會風尚總有它的方向，總的說來，是經歷了一個向北到尚南的過程。

〔註56〕 廖奔、劉彥君《中國戲曲發展簡史》，太原：山西教育出版社，2006 年，頁146。
〔註57〕 明·王驥德《曲律》卷二《論板眼》，《續修四庫全書》（1758），上海古籍出版社據明抄本影印，2002 年，頁454。
〔註58〕 汪效倚輯注《潘之恒曲話》，北京：中國戲劇出版社，1988 年，頁51。

據顧起元《客座贅語》：

> 　　南都萬曆以前，公卿與縉紳及富家，凡有宴會小集，多用散樂。
> 或三四人或多人，唱大套北曲……若大席，則用教坊打院本，乃北
> 曲四大套者……後乃變而盡用南唱，歌者祇用一小拍板，或以扇子
> 代之。間有用鼓板者。今則吳人益以洞簫及月琴，聲調屢變，益爲
> 淒惋，聽者殆欲墮淚矣。大會則用南戲，其始止二腔，一爲弋陽，
> 一爲海鹽。弋陽則錯用鄉語，四方士客喜聞之；海鹽多官話，兩京
> 人用之。後則又有四平，乃稍變弋陽而令人可通者。今又有崑山，
> 較海鹽又爲清柔而婉折，一字之長，延至數息。士大夫稟心房之精，
> 靡然從好，見海鹽等腔，已白日欲睡，至院本北曲，不啻吹篪擊缶，
> 甚且厭而唾之矣。」〔註 59〕

由此可見，萬曆之前北曲占絕對的統治地位，萬曆時，南曲漸漸取代北曲的
位置。這基本上是學界的共識，並沒有大的爭議。但是北曲到底衰落到什
麼地步呢？作爲梨園演出本的折子戲選本提供了比較確鑿可靠的信息。現在
發現的萬曆時期的十五種折子戲選本中，有標榜自己是「青陽時調」、「徽池
雅調」的，有標明自己「昆池」兼俱的，還有表白自己是「海鹽」、「青陽」
俱收的，青陽腔（即池州腔）、海鹽腔、徽州腔、崑腔都是南曲，沒有一種
選本提及北曲。這說明人們對戲曲的喜好在徽池雅調，在青陽腔、海鹽腔、
崑腔，總之，其時南曲是人們關注的焦點，焦點就是賣點，這一點商家比誰
都清楚。

　　儘管南曲的領地逐漸擴展到北方地區，北方人聽唱南曲一時蔚然成風，
但是北曲自有它深厚的民間基礎，在南曲盛行的同時，北曲依然不絕如縷，
並且在民間小曲的基礎上發展成爲可與南曲相提並論的絃索腔。這個變化應
當是在萬曆後期發生的，因爲至天啓、崇禎年間舞臺上又有了不少北曲折子
戲。最典型的例證莫過於《萬壑清音》的刊行。《萬壑清音》全稱《新鐫出像
點板北調萬壑清音》，是西爽堂於天啓四年刊刻的。編者稱：「是集專選詩家
北調，搜奇索隱，靡有遺珠」〔註 60〕，又有凡例云：「或曰：子之集乃盡善矣，
然則南曲獨無所取乎？余曰：否。有《南音練響》嗣刻行世。」〔註 61〕選編

〔註 59〕　明・顧起元《客座贅語》卷九《戲劇》，北京：中華書局，1987 年，頁 303。
〔註 60〕　明・止雲居士《萬壑清音》題詞，國家圖書館藏明刻本。
〔註 61〕　明・止雲居士《萬壑清音》凡例，國家圖書館藏明刻本。

者選編北曲的意圖非常明確。茲集中收錄有崑腔戲曲的開山之作《浣紗記》中的兩齣《伍員訪友》、《伍員自刎》，可見《浣紗記》並非南曲專利，北曲亦能「改調歌之」。

由於許多戲曲劇本都是可以改調歌之的，所以單憑劇目很難判斷其聲腔。不過，筆者在崇禎年間刊刻的《怡春景》（《纏頭百練》）序言中發現這樣一段話：「我見其點之，又圖之，又合之。合有六：南與北合，今與昔合，麗情與弋調合。」〔註62〕這說明《怡春景》中既有南曲又有北曲，既有崑腔又有弋陽腔，其第四卷「絃索元音御集」中收錄的《紅拂記》、《歌風記》、《焚香記》、《紅梨記》、《寶劍記》、《青樓記》、《千金記》、《連環記》等等，在專收北調的《萬壑清音》中都能找到，看來「絃索」就是當時的北曲，而上述劇目就是當時北曲中的流行劇目。作為《怡春景》續集的《纏頭百練二集》引言中說：「清溪道人素為著作手，更邃於學。先我有心，嘗簡拔名曲為《纏頭百練》，已自紙貴。今復精遴為選之二。個中網舊曲以立式，懷歌詞以盡才，旁及絃索以存古，間採弋陽以志變。」說明它繼承了《怡春景》的選刻原則，亦選取了北曲——「旁及絃索以存古」。所以說，元雜劇失傳之後，北曲又在萬曆後以絃索腔的形式崛起，因此，萬曆後的折子戲選本多有並收南、北曲以示其網羅豐富的。有學者提出，「北方絃索腔種興起後，很快又與南戲變體發生交流，產生大大小小、許許多多的南北聲腔變種。從此，中國戲曲聲腔南北劃界的局面不復存在了。」〔註63〕這應該是入清以後的事了，此不贅述。

其次，從折子戲選本也可大致理出南戲聲腔流行的基本線索。徐渭《南詞敘錄》（1559年）中說：「今唱家稱『弋陽腔』，則出於江西，兩京、湖南、閩、廣用之；稱『餘姚腔』者，出於會稽，常、潤、池、太、揚、徐用之；稱『海鹽腔』者，嘉、湖、溫、臺用之。惟『崑山腔』止行於吳中，流麗悠遠，出乎三腔之上，聽之最足蕩人……」〔註64〕，可見到1559年（嘉靖三十八年），弋陽腔、海鹽腔、餘姚腔、崑腔均已出現，但其時崑腔還只流行在「吳中」。此時弋陽腔影響應當說是比較大的，其用於「兩京、湖南、閩、廣」，

〔註62〕 明‧沖和居士《怡春錦》序，國家圖書館藏明刻本。

〔註63〕 廖奔、劉彥君《中國戲曲發展簡史》，太原：山西教育出版社，2006年，頁159。

〔註64〕 徐渭《南詞敘錄》，《叢書集成三編》（32藝術類），臺北：新文豐出版公司影印，1997年，頁208。

傳播範圍相當廣泛。海鹽腔勢力也不小，何良俊引嘉靖時人楊慎語云：「近日多尚海鹽南曲，士大夫稟心房之精，從婉變之習者，風靡如一，甚至北土亦移而耽之」〔註65〕，可證明嘉靖時期崑腔的影響遠不如海鹽腔。但是徐渭對崑腔「流麗悠遠，出乎三腔之上，聽之最足蕩人……」〔註66〕的評價已經預示了其後來者居上的趨勢。

折子戲選本的情況也證實，萬曆之前，崑腔並非廣爲流行之聲腔。《風月錦囊》所收折子戲中隨處可見的「合」、「合唱」說明其所選並非崑腔，極有可能是弋陽腔，因爲合唱、幫腔正是弋陽腔的特色。而萬曆時期舞臺上最流行的聲腔是徽州腔、青陽腔（即池州腔）。因湯顯祖有「至嘉靖而弋陽之調絕，變爲樂平，爲徽青陽」〔註67〕之說，學界多認爲，弋陽腔在嘉靖之後就消失了，青陽腔是弋陽腔的變體。不過也有人對此表示懷疑，日本學者青木正兒就認爲所謂「弋陽之調絕」或許「僅止於宜黃一地，弋陽地方其腔依然存在」〔註68〕，今人蘇子裕更進一步認爲：「誠如湯翁所言，在宜黃，明嘉靖以來，弋陽腔已被弋陽腔演變而成的樂平腔、徽州腔、青陽腔取而代之。但弋陽腔在全國並未絕響，明嘉靖以來，全國各地陸續產生的各種高腔莫不與弋陽腔有直接或間接的淵源關係。弋陽腔在江西雖然時盛時衰，但綿延不絕。贛劇所繼承的饒河高腔，乃是明代江西弋陽腔的遺存。」〔註69〕周貽白則認爲青陽腔或有其它源頭：「常潤池太揚徐一帶，舊爲『餘姚腔』的領地，則徽之『青陽』及『池調』，追溯源流，或即出自『餘姚』亦未可知。」〔註70〕

考察明代折子戲選本，萬曆時期的確有選本在標題上即標明「青陽」字樣——《詞林一枝》（全稱《新刻京板青陽時調詞林一枝》）、《大明春》（全稱《鼎鍥徽池雅調南北官腔樂府點板曲響大明春》，又稱《新鍥徽池雅調官腔海

〔註65〕明·何良俊《四友齋叢說》卷三十七，北京：中華書局，1959年，頁337。

〔註66〕明·徐渭《南詞敘錄》，《叢書集成三編》（32藝術類），臺北：新文豐出版公司影印，1997年，頁208。

〔註67〕明·湯顯祖《宜黃縣戲神清源師廟記》，《玉茗堂全集》「文集」卷七，《續修四庫全書》（1362），上海：上海古籍出版社，2002年，頁457。

〔註68〕日·青木正兒著，王古魯譯著《中國近世戲曲史》，北京：作家出版社，1958年，頁172。

〔註69〕蘇子裕《江西弋陽腔眞的「調絕」了嗎？》，2004年弋陽腔學術研討會論文，頁1。

〔註70〕周貽白《中國戲劇史長編》，上海：上海世紀出版集團、上海書店出版社，頁302。

鹽青陽點板萬曲明春》），其共同特點就是有「滾調」。《詞林一枝》的滾調自然是青陽腔的，因為從標題看，此本所選俱為「青陽時調」；《大明春》所選比較龐雜，「徽池雅調」、「海鹽」、「青陽」都有，其封面上刻「徽池滾唱新白」六字，可見「徽池雅調」也是有「滾」的。萬曆時期另一種折子戲選本《徽池雅調》（全稱《新鋟天下時尚南北徽池雅調》）亦收錄有滾調，可證實這一點。似乎有「滾調」的折子戲不出徽州腔、青陽腔。徽州腔、青陽腔確實在萬曆中極興盛，而「弋陽」之名在萬曆時期好像已經被人們遺忘了。不過在崇禎間刊刻的《怡春錦》（《纏頭百練》）中我們重又發現了弋陽腔的身影，同時，我們發現，「滾調」聲腔名單中應該加上「弋陽腔」。《怡春錦》第六卷「弋陽雅調數集」收錄有《青冢》、《琵琶》、《荊釵》等劇中十四齣折子戲，筆者將其中《琵琶記·分別》一齣與《摘錦奇音》中《五娘長亭送別》相比較，發現內容非常接近，且看下面兩段的對比：

《摘錦奇音》——

〔尾犯引〕……腸已斷，欲離未忍淚難收，無言自零。（旦）你看我丈夫行色匆匆，好似甚的而來。（滾）就似弓動不留弦上箭，絲牢難繫順風舟，你那裡去則去終須去，我這裡留則留怎生留。〔註71〕

《怡春錦》——

〔本序〕……你看他那裡腸已斷，欲離未忍淚難收，無言自零。（生）正是：弓發不留弦上箭，絲牢難繫去人舟，去則是終須去，留則是怎生留。〔註72〕

《怡春錦》中的賓白「正是：弓發不留弦上箭，絲牢難繫去人舟，去則是終須去，留則是怎生留。」和《摘錦奇音》中的滾調「（滾）就似弓動不留弦上箭，絲牢難繫順風舟，你那裡去則去終須去，我這裡留則留怎生留。」明顯是出自一個底本，而且所處位置也是一樣的。類似情況還有，此不一一列舉。傅芸子云：「徵之《怡春錦曲》、《萬錦清音》二曲選中之弋陽調，僅載普通曲文，未見滾唱特殊詞句」〔註73〕，不知傅先生是否注意到《怡春錦》中

〔註71〕 明·龔正我選，張三懷刊刻《摘錦奇音》，卷一下欄《琵琶記·五娘長亭送別》。
〔註72〕 明·沖和居士選，崢霄館陸雲龍刊刻《怡春錦》，卷六，《琵琶記·分別》。
〔註73〕 傅芸子《正倉院白川集》，瀋陽：遼寧教育出版社，2000年，頁169。

這些和滾調內容一致的「賓白」？雖然很難確定《怡春錦》中這些弋陽腔「賓白」是否確以滾調的方式表演的，但是我們在一些資料中發現，弋陽腔確是有滾調的。清康熙年間王正祥《新定十二律京腔譜・序》云：「弋陽舊時宗派淺陋限瑣，有識者已經改變久矣。即如江浙間所唱弋腔，何嘗有弋陽舊習？況盛行於京都者，更為潤色其腔，又與弋陽迥異。滾白乃京腔所必需也。蓋崑曲之悅耳也，全憑絲竹相助而成聲。京腔若非滾白，則曲情豈能發揚盡善。」〔註74〕可見明末清初時弋陽腔經過一些「潤色其腔」的變革，變革後的弋陽腔以滾白為特色，稱「京腔」。《新定十二律京腔譜》有康熙二十三年（1684）序，則弋陽腔之有滾調當在此之前，所以刊刻於崇禎年間（1628～1644）的《怡春錦》選錄的弋陽腔折子戲雖未標注「滾」字，但那段與《摘錦奇音》中滾調內容一致的「賓白」應該就是弋陽滾調。同時，也可以就此判斷弋陽腔和青陽腔確是有淵源的。因為聲腔如果差別很大，就很難加入相同的滾調內容，比如崑曲，從無滾調之說，蓋聲腔不宜，聲情不合也。

在青陽腔、徽州腔紅紅火火的時候，崑腔正在崛起中。刊刻於萬曆三十五年左右的《八能奏錦》全稱《鼎雕昆池新調樂府八能奏錦》，說明此時崑腔已經走出吳中，取得了與廣泛流行的池州腔（即青陽腔）平起平坐的地位，所謂「昆池新調」。不過，綜觀萬曆時期的折子戲選本，提到崑腔的僅此一例。雖然專為崑腔寫作的《浣紗記》在萬曆時期的《大明春》、《樂府萬象新》、《樂府紅珊》、《玉谷新簧》等選本中都選錄有一齣或多齣不等，但是它們很有可能是「改調歌之」的弋陽系統的聲腔，即使確是崑腔折子戲，我們也可看出，其地位仍遜於萬曆時期流行的徽州腔、青陽腔，其時徽州腔、青陽腔的勢頭依然強勁，故折子戲選本多標榜「滾調新詞」，前面統計過，有滾調的徽州腔、青陽腔折子戲選本有十數種之多。萬曆三十八年（1610），王驥德《曲律》中說：「舊凡唱南曲者，皆曰海鹽，今海鹽不振，而曰崑山。」〔註75〕是為崑腔在萬曆中後期興起的又一證明。

萬曆後，崑腔席捲全國，出現了專門收錄崑腔的折子戲選本，如《醉怡情》（全稱《新刻出像點板時尚崑腔雜出醉怡情》）、《新鐫歌林拾翠》（全稱《精繪出像點評新鐫彙選昆調歌林拾翠》）。萬曆後諸腔中崑腔折子戲占上風，但

〔註74〕　清・王正祥《新定十二律京腔譜》凡例，《善本戲曲叢刊》第五輯。
〔註75〕　明・王驥德《曲律》，《續修四庫全書》（1758），上海：上海古籍出版社，據明抄本影印，2002年，頁453。

是弋陽、青陽腔的折子戲也並沒有在舞臺上消失，多數折子戲選本都是兼收昆、弋或兼收青、昆兩調的，如《樂府歌舞臺》（全稱《新鐫南北時尚青昆合選樂府歌舞臺》）、《昆弋雅調》（全稱《新刻精選南北時尚昆弋雅調》）、《時調青昆》（全稱《新選南北樂府時調青昆》，又名《共聽賞》），這是從標題上就能看出昆、弋兼收的折子戲選本，還有些標題雖未明言，但是內容確實兼收昆、弋的，除了上文提到的《怡春景》外，至少還有《纏頭百練二集》〔註76〕、《方來館合選古今傳奇》〔註77〕。

所以，湯顯祖之「至嘉靖而弋陽之調絕，變爲樂平，爲徽青陽」之說，後半是對的，而前半有誤。大概從嘉靖時期起，青陽腔形成，雖出自於弋陽腔，但「唱腔趨於委婉細膩、幽雅動聽」〔註78〕，遂迅速擠佔了弋陽腔的領地，以至萬曆時弋陽腔幾乎不見蹤影，這大概就是湯顯祖說「至嘉靖而弋陽之調絕」的原因。但是弋陽腔的「熱鬧可喜」畢竟還是有市場的，尤其是在普通百姓中間，所以湯氏此語只是說出了嘉靖到萬曆一段時期的情況，而且是他的生活領域之內的情況，至於萬曆後，他已然去世〔註79〕，自不能預見到一息尚存的弋陽腔在變革後重新成爲與崑腔相抗衡的戲曲聲腔。

由於文人士大夫的喜愛，崑腔在藝術史、文學史、戲曲史上的地位是統治性的，研究也相對較多，而深受普通大眾喜愛的弋陽腔（包括青陽腔）卻長期被忽視，這實在是不應該的。近年此種情況有所改善，對弋陽腔的研究也取得一定進展，但很多問題仍然模糊。從明代折子戲選本的情況來看，昆、弋（包括青陽腔）其實一直是戲曲發展史上並行的兩條線，它們都有自己的獨特風格，也都擁有對其情有獨鍾的觀眾。崑腔的地位非常重要，但是弋陽腔的影響也不容小視。作爲舞臺演出本的明代折子戲選本已經證明，明代戲曲並不是崑腔的一統天下，不但萬曆時期崑腔折子戲不占統治地位，萬曆之

〔註76〕 《纏頭百練二集》引言：「清溪道人素爲著作手，更邃於學。先我有心，嘗簡拔名曲爲《纏頭百練》，已自紙貴。今復精遴爲選之二。個中網舊曲以立式，懷歌詞以盡才，旁及絃索以存古。間採弋陽以志變。」可見集中兼收弋陽腔折子戲。

〔註77〕 《方來館合選古今傳奇》序：「著其傳奇則有風、花、雪、月四集，盡倣古樂府之意，……古今傳奇、昆調、弋調、絃索、幽窗奏雅、名家雜詠，采其數種之情節……」可見集中亦選弋陽腔。

〔註78〕 蘇子裕《江西弋陽腔眞的「調絕」了嗎？》，2004年弋陽腔學術研討會論文，頁10。

〔註79〕 湯顯祖（1550～1616），1616年是萬曆丙辰年，也即萬曆四十四年。

後，昆、弋也往往是相提並論的，連以「崑腔」自我標榜的《醉怡情》，在卷末還收錄了一齣《僧尼會》，並標明「弋陽腔」。「昆弋雅調」都是明末清初盛行的戲曲聲腔，都對中國近現代戲曲產生過巨大影響。

第五章　明代折子戲的影響

　　明代折子戲自嘉靖年間興起以來，逐漸獨立成型，成為和全本既有區別又有聯繫的戲曲表演形式。這種表演形式不但在當時是戲曲藝術和社會文化生活中的重要組成部分，而且對近現代地方戲也是不可缺少的滋養土壤。本章即著力從明代折子戲與一折戲的關係、明代折子戲與地方戲的關係等角度探討明代折子戲的影響。

第一節　明代折子戲與一折戲

　　一折戲是在明代誕生的一種新的戲曲形式。一折戲又叫單折戲，顧名思義只有一齣，既不同於四折一楔子的雜劇，也不同於不限齣數，隨意擴張的傳奇，故事的所有人物、情節都必須在這一齣內展現完畢。一折戲興起於明中後期，這個時間恰也是折子戲興起的時間。現在所知最早的一折戲是王九思的《中山狼》和李開先的《一笑散》（有嘉靖四十年原刊本）。李開先的《一笑散》是一折戲合集，包括《打啞禪》、《園林午夢》、《攪道場》、《喬坐衙》、《昏廝謎》、《三枝花大鬧土地堂》6種院本，現僅存前二種。現在已知的明代一折戲合集還有汪道昆《大雅堂樂府》（有萬曆間刊本，有嘉靖三十九年刻本，民國間曾據嘉靖三十九年刻本影印）：《高唐夢》一折、《五湖遊》一折、《遠山戲》一折、《洛水悲》一折；程士廉《小雅四紀》：《帝妃遊春》一折、《秦蘇夏賞》一折、《韓陶月宴》一折、《戴王訪雪》一折；沈自徵《漁陽三弄》：《鞭歌妓》一折、《簪花髻》一折、《霸亭秋》一折，等等。此外，許

潮《太和記》原有二十四個一折戲，現存的大概有十幾齣〔註1〕。有人統計過，明代一折戲「約為一百種，現存五十八種」。〔註2〕

　　一折戲在形式上與單齣折子戲非常相似。首先，從體制上來看，一折戲和折子戲〔註3〕都短小精悍，往往選取一個場景來演出，以一齣為演出單位。演出時間不長，上場演員少，多為一到三人。演出地點多在廳堂。其次，一折戲和折子戲都具有濃鬱的抒情性。本書在第三章中曾經論述過，折子戲常常在相會、分別等場景中表達複雜充沛的情感，給觀眾強烈的心理衝擊，或借助歌舞等手段，使觀眾獲得感官上的享受。一折戲也有同樣的特點。在某種程度上，一折戲甚至比折子戲更加富於抒情性。如沈自徵的一折戲《霸亭秋》，劇寫書生杜默屢試不第，返鄉途中路過項王廟，向項羽神像哭訴自己科場蹭蹬的不幸遭遇：

　　　　……

　　　　（末）〔青歌兒〕大王你與我睜開那重瞳子，一句句閱著。高擡起扛鼎手，一段段評駁。大王也可甚里文高中不高。我道一篇篇部伍蕭蕭，局陣迢迢，也當得詩裏射雕，文隊嫖姚。御短處，如烏江道短兵肉薄；使長處，如睢水上席卷壅濤。纖麗如帳底虞腰，慷慨如垓下歌豪。一樁樁怎見得輸與時髦。大王有言：此天亡我，非戰之罪也。真叫做天數難逃。我與大王恨不生同其時，儻向中朝，驀地相遭，繫馬垂條，呼酒烹羔，和筑聲高，把臂論交，文不君驕，武不臣嘲，旗鼓雙高，半不相饒。奈何以大王之英雄，不得為天子。以杜默之才學，不得作狀元。（歎介）正是我未成名君未嫁，可能俱是不如人。恁不去問道臨朝，我不去玉佩紆腰。一般的鎩羽垂幪，灰滅煙消。子向這古廟荒郊，眼冷相瞧。坐對著牧豎歸樵，夜雨江

〔註1〕　學界歷來對《太和記》作者究竟為許潮還是楊慎，標題究竟為《泰和記》還是《太和記》爭論不休。沈德符《顧曲雜言》曰：「向年曾見刻本《太合記》，按二十四氣，每季填詞六折，用六古人故事，每事必具始終，每人必有本末。」呂天成《曲品》曰：「許時泉所著傳奇一本《太和》，每齣一事，似劇體，按歲月，選佳事，裁制新異，詞調充雅，可謂滿志」許潮字時泉。則此二人所述《太和記》應為一書，為許潮作。楊慎或有同類劇作《泰和記》，詳情不確。戲曲史上《泰和記》和《太和記》兩名常混用。筆者取許潮《太和記》說。

〔註2〕　徐子方《明雜劇史》，北京：中華書局，2003年，頁225。

〔註3〕　本節中「折子戲」均指單齣折子戲，以下同。

潮，魑嘯猿號，暮暮朝朝。（放聲大哭介）（泥神亦長噓流淚介）（傔驚醒亦哭嚷鬧介）（末）淚雨嚎淘，痛恨情苗，塞滿煙霄，說向誰曹。（泥神噓介）（末）則咱兩人心相曉。〔註4〕

……

此劇情節非常簡單，沒有跌宕起伏，曲曲折折，也沒有糾纏錯結的複雜的人物關係，僅只是一個落第秀才在項羽神像前的悲傷傾訴。從敘事的角度來說，它甚至算不上一個合格的故事。但是杜默在項羽神像前抒發的悲憤之情卻非常有震撼力，甚至引得項羽神像唏噓落淚。讀書以上進，從而光宗耀祖是當時的讀書人普遍的心理壓力。然而科舉是一條狹長崎嶇的道路，有幸得中者無疑是命運的寵兒，何況這中間還有諸多不平不公之事。因此，懷才不遇的悲慨和無奈是讀書人中相當普遍性的情緒，而這些苦水讀書人多半只能自己獨自吞咽，難以得到家人的體諒和理解，「朱買臣為婦所棄，蘇季子不理於妻。從來賢士，到困窮時節，往往室人交讁」〔註5〕。落第秀才杜默的苦悶只能向一個泥胎木偶傾訴。借由哭項羽，杜默的苦悶得到了宣泄，而借由《霸亭秋》，飽受科舉制度之苦的文人的苦悶得到了宣泄。正因此，《霸亭秋》在文人中得到了相當高的評價。明祁彪佳《遠山堂劇品》將之列入「妙品」：「傳奇取人笑易，取人哭難。有杜秀才之哭，而項王帳下之泣，千載再見。有沈居士之哭，即閱者亦唏噓欲絕矣。長歌可以當哭，信然。」〔註6〕

沈自徵《漁陽三弄》中的另外兩個一折戲亦與《霸亭秋》有異曲同工之處。《簪花髻》敘翰林學士楊慎因直言進諫被貶雲南充軍，楊慎苦悶醉酒，作婦人裝束，畫婦人妝容，攜妓遊春。《鞭歌妓》敘落魄書生張建封偶遇尚書裴寬，張胸懷大志，談吐不俗，受到裴的賞識，裴遂將一船金帛及幾個歌妓贈於張建封，歌妓嫌棄張建封貧寒，出言不遜，張建封於是命人鞭打歌妓，懲戒趨炎附勢嫌貧愛富之人。《漁陽三弄》中的落魄秀才、貶謫士宦其實都是作者沈自徵的化身，是作者自己落拓不羈、懷才不遇的人生境遇的寫照：「想大丈夫，擔七尺身軀，懷一腔孤憤，欲遠希千古，乃近不如今人，向秋風裡同

〔註4〕明‧沈自徵《漁陽三弄‧霸亭秋》，《盛明雜劇》，《續修四庫全書》（1764），上海：上海古籍出版社影印，2002年，頁453。

〔註5〕明‧沈自徵《漁陽三弄‧霸亭秋》，《盛明雜劇》，《續修四庫全書》（1764），上海：上海古籍出版社影印，2002年，頁453。

〔註6〕明‧祁彪佳《遠山堂劇品》，《續修四庫全書》（1758），上海：上海古籍出版社據明抄本影印，2002年，頁315。

其搖落，豈不感傷煞人也！」〔註7〕可以說，《漁陽三弄》的三個一折戲都沒什麼曲折故事，情節架構一覽無餘，不過是沈自徵緣事抒情，抒發人生境遇的悲慨之情的一個因由而已。

從借助一齣戲表現一個主題或抒發某種情感的角度來說，一折戲與折子戲確是非常相像的。比如，同是表現遊賞主題，萬曆時期的折子戲選本《樂府紅珊》中有「遊賞類」，均爲從各個戲曲中摘選出來的遊賞片段，如《浣紗記‧吳王遊姑蘇臺》、《四節記‧蘇子瞻遊赤壁》等。一折戲合集有程士廉《小雅四紀》，包括《帝妃遊春》、《秦蘇夏賞》、《韓陶月宴》、《戴王訪雪》，也都是遊賞類戲曲。無論從內容還是形式來看，《樂府紅珊》「遊賞類」和程士廉《小雅四紀》都十分相似。

雖無明確史料證實，但一折戲的產生應該是受到了折子戲的影響的。它隨著折子戲的興起而興起，在內容和形式上多有類於折子戲就是證明。因其相似的形貌特徵，有的折子戲選本把一折戲也選錄了進來。比如《大明天下春》選錄了一折戲合集《太和記》中的《復遊赤壁》，《玉谷新簧》、《樂府紅珊》則選錄了《太和記》中的《裴晉公綠野堂祝壽》〔註8〕，等等。但是，與折子戲形貌相似的一折戲並沒有隨著折子戲的興盛而走向興盛。折子戲的輝煌持續了幾百年的時間，至今還在舞臺上演出，而一折戲則少有搬演，無論從當時的記載還是現在的舞臺來看，一折戲都沒有得到過折子戲那樣廣泛的關注。這種現象作何解釋呢？

事實上，儘管一折戲與折子戲有著內容和形式上的諸多相似之處，但是它們之間的差異也是不容忽視的。

首先，折子戲的母本爲折子戲提供了一個事先創設的故事情境，而一折戲則沒有這樣的背景。折子戲母本中的故事多爲觀眾所熟知，有些已在民間流傳了很多年，比如《琵琶記》中蔡伯喈、趙五娘的故事，《金印記》中蘇秦的故事，《三國志》中劉、關、張、諸葛亮的故事，等等，諸如此類。因此，折子戲的內容和表演就有了一個堅實的依託，觀眾很容易被調動起過往的記憶，自發地補充折子戲所不曾提供的前後相關的情節，從而更容易進入折子戲的情境，理解折子戲中所要表達的情感和心理。而一折戲沒有這樣的故事

〔註7〕 明‧沈自徵《漁陽三弄‧鞭歌妓》《盛明雜劇》，《續修四庫全書》（1764），上海：上海古籍出版社影印，2002年，頁458。

〔註8〕 在《玉谷新簧》、《樂府紅珊》中它們被稱作《泰和記》，因此附錄中記錄爲《泰和記》。

背景作基礎，憑空而來，在情節內容的理解上自然不如折子戲那樣容易、順暢，理解不到位，產生共鳴的可能性便大大降低。一折戲《太和記・復遊赤壁》入選折子戲選本《大明天下春》從另一個角度說明了這一點。《太和記・復遊赤壁》敘蘇軾遊赤壁故事，蘇軾是名人，蘇軾的很多傳說都在民間流傳，為普通大眾熟知，這在一定程度上就起到了提供大背景的作用，從這個角度說，《太和記・復遊赤壁》比別的一折戲更接近折子戲，其入選折子戲選本也就更自然。

其次，折子戲與一折戲雖都有強烈的抒情性，但是所抒之情差別很大。折子戲多選自傳奇（包括南戲），作者身份混雜，有文人才子，也有優伶戲子，有名家士宦，也有許多草野之輩，其作品內容自然也是龐雜豐富的，往往網羅社會萬相，寫盡世態人情，因此，折子戲的母本多數是非常貼近現實的，其表現的生活、傳達的情感也往往貼近普通大眾，更容易為大眾接受。正如本書在第三章中所描述的那樣，表現分別、相會等日常情景的折子戲受到了普遍歡迎，諸如《拜月亭・曠野奇逢》、《紅拂記・私奔》之類表現男女情愛的折子戲更是由於符合人們對於愛情的期待和嚮往而成為舞臺經典。舞臺的選擇就是觀眾的選擇。事實證明，折子戲中表現的普通民眾的心態情感、道德倫理、生活體驗，是折子戲在舞臺上盛演不衰的重要原因。

而一折戲抒發的多是文人特有的情感。一折戲出於文人之手，亦多描寫文人生活，表現文人情趣。如上文所論沈自徵《漁陽三弄》，三個一折戲情節都非常簡單，作者沈自徵並非不會講故事，但是在一折戲裏，他無意講述一個如何精彩的故事，他的著力點在於借戲中主人公之口道出自己之胸臆：「投至得文場比較，都不用賈生文、馬卿賦，衡一味屈原騷。見如今鷃鵬掩翅，斥鷃摩霄，梟爭鸞食，鵲讓鳩巢，隋珠黯色，魚目光搖，駑駘伏軛，老驥長號，捐棄周鼎而寶康瓠。啞鄒生談天館爭頭鼓腦，瞽毛施明光宮炫服稱妖。野水渡春波拍拍，無媒徑荒草蕭蕭。題名記是一篇募修雁塔，泥金緘是一紙抄化題橋。猛聽得臚傳聲，彤墀頭齊唱白銅鞮。近新來浪桃花禹門關收納鴉青鈔。出落得一個個鮮衣怒馬，簇仗鳴鑣。」〔註9〕世道不公，以至「梟爭鸞食，鵲讓鳩巢，隋珠暗色，魚目光搖」，聯想作者沈自徵才華橫溢卻無處施展，錦繡文章卻屢遭挫折，這份苦悶也只有通過杜默之哭來宣泄了。

〔註9〕　明・沈自徵《漁陽三弄・霸亭秋》，《盛明雜劇》，《續修四庫全書》（1764），
　　　　上海古籍出版社影印，2002 年，頁 450。

在一個眞才實學不受重視，唯以科舉功名、權勢富貴論人短長的社會裏，縱有經天緯地之才也可能默默無聞，終老一生，甚至遭受小人的欺凌驅使。《鞭歌妓》中張建封對此現象有著極其深刻的體會與清醒的認識：

> （孤）（此指孤扮裴寬）先生談論慷慨，大是奇士！古人上馬擊賊，
> 下馬草檄，那六韜三略法、五言八句詩，想都是賢士所長
> 也！
> （酸）（酸扮張封建）〔攬箏琶〕提起五言詩三略法，這是無投奔禍
> 根芽。
> （孤）那子胥吹簫於市，覆楚霸吳。賢士的韜略，何如子胥？
> （酸）如今那子胥霸不得吳也！吹簫的好當樂探裡班頭。
> （孤）孫子臏腳，破魏顯齊。賢士兵法，當不下孫子？
> （酸）便有孫子，也顯不得齊也！刖足的堪做卑田院總甲。
> （孤）賢士有相如子長之才，天生其才，豈無其用也？
> （酸）有用也，有用也！見如今村社宰能量才拔，去教馬相如開
> 店，用太史公收錢，楚宋玉看瓜，曹子建澆麻，則普乾坤有
> 眼都教瞎，只落得大笑哈哈！〔註10〕

張建封深諳「六韜三略法、五言八句詩」，卻因不肯低聲下氣干謁權勢，只落得衣衫襤褸，「貧無自立」，看盡人情冷暖，飽受嘲諷白眼，「正是飽諳世事慵開眼，會盡人情只點頭。」這個社會只認權勢金錢，多有那趨炎附勢兩眼無珠之徒，「教馬相如開店，用太史公收錢，楚宋玉看瓜，曹子建澆麻」，作踐才子，侮辱斯文。縱使才高八斗，若無人賞識，也只能淪落至社會的最底層，空發感慨而已。

沈自徵的《漁陽三弄》可說是文士的憤懣不平之悲歌，而汪道昆的《大雅堂四種》則表現了文人風流自適、逍遙江湖的情趣。

汪道昆《大雅堂樂府》包括四個一折戲：《高唐夢》敘楚襄王與巫山神女夢中相會事；《五湖遊》敘大夫范蠡功成身退，攜西施歸隱事；《遠山戲》敘張敞為妻畫眉，宴樂賞春事；《洛水悲》敘甄后死後託身洛神與曹植相會事。這四個一折戲寫的輕靈飄逸，淡雅蘊藉，體現了濃鬱的文人情趣，主人公不是君王士夫就是神女仙子，背景或爲若有若無之夢境，或爲煙波飄渺之江

〔註10〕明・沈自徵《漁陽三弄・鞭歌妓》《盛明雜劇》，《續修四庫全書》（1764），上海：上海古籍出版社影印，2002 年，頁 458。

湖，《遠山戲》背景最有生活氣息，但也是春光融融和樂美滿之家宴。《高唐夢》、《洛水悲》中的夢境之虛無，相會之短暫，使這兩個戲曲籠罩著一層淡淡的哀愁；《五湖遊》的功成身退是士大夫對世事的清醒認識：「禁中曾入君王夢，江上難逃網罟災！」〔註11〕同時又不免有一份掩飾不住的自我標榜：「似這般勇退急流，眞是難得。」〔註12〕《遠山戲》的張敞畫眉之舉早已傳爲佳話，在外爲官作宦，功成名就，在內舉案齊眉，閒情逸致，當是許多文人士夫的理想生活。如此看來，《大雅堂四種》亦有哀有樂，但是「哀而不傷」，「樂而不淫」，一切都是適度的、溫和的。

潘之恒《亙史》「雜篇」卷四《曲餘》曰：「汪司馬伯玉守襄陽，製《大雅堂》四目。《畫眉》、《泛湖》以自壽，《高唐》、《洛浦》以壽襄王，而自寓於宋玉、陳思之列。」〔註13〕也就是說，《大雅堂樂府》實爲汪道昆作爲文人的自我抒發。文人的風流灑脫，文人的逍遙自在，恬淡閒散，以及在閒情逸致背後對世事的洞察和了悟，都在這些一折戲裏得到了含蓄卻充分的表達和體現。

事實上，無論是沈自徵的悲慨辛辣還是汪道昆的恬淡自適，都有鮮明的文人烙印，只不過由於境遇的不同，性情的不同，其情調不同而已。一折戲在他們手裏並不是曲折動聽的故事的載體，而是抒發胸臆的工具，是自我表達的舞臺。正如吳偉業《北詞廣正譜》云：「蓋世之不遇者，鬱積其無聊不平之慨於胸中，無所抒發，因借古人之歌呼笑罵，以陶寫我之抑鬱牢騷，而我之性情爰借古人之性情而盤旋於紙上，宛轉於當場」〔註14〕。一折戲所抒發的情感在文人中或能引發強烈的共鳴，如沈自徵《霸亭秋》所贏得的讚譽，但是這畢竟是屬於一個個別群體的特殊情感，在更廣大的觀眾群體中，它的影響是有限的。

一折戲搬上舞臺的並非沒有。潘之恒《鸞嘯小品》云：「余初遊吳，在己卯、壬午間，即與張伯起、王百穀善。其時《大雅堂》、《紅拂》、《竊符》、

〔註11〕 明·汪道昆《大雅堂樂府·五湖遊》，《盛明雜劇》，《續修四庫全書》（1764），上海：上海古籍出版社影印，2002 年，頁 378。

〔註12〕 明·汪道昆《大雅堂樂府·五湖遊》，《盛明雜劇》，《續修四庫全書》（1764），上海：上海古籍出版社影印，2002 年，頁 379。

〔註13〕 明·潘之恒著汪效倚輯注《潘之恒曲話》上編《曲餘》，北京：中國戲劇出版社，1988 年，頁 13。

〔註14〕 清·徐慶卿輯，李元玉更定《北詞廣正譜》吳偉業序，《續修四庫全書》（1748），上海：上海古籍出版社據清刻本影印，2002 年，頁 135。

《虎符》、《祝髮》四部甚傳。」〔註15〕「己卯」、「壬午」,為萬曆七年到十年
(1579～1582),從這段記載來看,其時汪道昆的《大雅堂樂府》與張鳳翼的
《紅拂記》等諸傳奇同時盛演於舞臺。上文提到的《大明天下春》中選錄的
《泰和記》也是曾經流行於戲曲舞臺的一折戲。但是,這方面的記錄很少。
偶有搬演的一折戲往往是曇花一現,就匆匆凋落了。明祁彪佳的《祁忠敏公
日記》記載自崇禎四年至順治二年的觀戲情況,內中提到的戲曲有幾十種,
沒有一種是一折戲。記錄民間戲曲舞臺流行戲齣的各類折子戲選本也很少收
錄一折戲,這都足以說明,一折戲並不曾像折子戲那樣,有廣泛而持久的影
響力。

沈德符《顧曲雜言·雜劇》曾指出:「曾見汪太函四作,為《宋玉高唐
夢》、《唐明皇七夕長生殿》、《范少伯西子五湖》、《陳思王遇洛神》,都非當
行。」〔註16〕文人作一折戲,本不為「當行」,只為「寫心」,以「當行」與
否論之,自不合格。

由此可見,一折戲和折子戲形式上甚至某些內容上的相似並不能掩飾其
實質上的巨大差異,正是這差異導致了其命運的截然不同。一折戲,作為雜
劇秉承了自元代以來的雜劇的抒情性功能,更注重個人情感的抒發和表達。
一折戲在文人中誕生並且溝通了文人群體的心理情感,但其與普通大眾之間
無疑是隔膜的。在文人的欣賞和玩味中,一折戲日漸走向案頭,成為文人用
以抒發情志的一種文體,從這個意義上說,它更應和散文、詩歌歸為一類。
徐子方認為,汪道昆《大雅堂樂府》體現了「某種劇詩風格的美學追求」,「這
些帶有淡淡哀愁和恬淡閒情的意境正是中國傳統詩文所極力追慕的,在元雜
劇中以王實甫、白樸為代表的文采派作家劇作曲詞中已有所體現,到此時期
汪道昆的筆下它們即完全轉化為視覺形象和聽覺形象了。」〔註17〕可以說,
一折戲在文學方面的貢獻和成就遠大於其作為表演藝術的一面。而折子戲,
是在長期的舞臺實踐中被普通觀眾認可的戲曲表演藝術。它貼近世俗生活,
貼近芸芸終生,或許沒那麼深刻,沒那麼雅致,但是它活潑生動、富於煙火
氣。它表達的是普通大眾的所思所想所願,滿足的是普通大眾的審美期待和

〔註15〕 明·潘之恒著汪效倚輯注《潘之恒曲話》上編《曲餘》,北京:中國戲劇出版
　　　　社,1988年,頁56。
〔註16〕 明·沈德符《顧曲雜言·雜劇》,《文津閣四庫全書·集部·詞曲類》(500),
　　　　北京:商務印書館,影印本,2005年,頁645。
〔註17〕 徐子方《明雜劇史》,北京:中華書局,2003年,頁281。

娛樂要求，因此也得到普通大眾的喜愛。李漁說：「傳奇不比文章，文章做於讀書人看，故不怪其深；戲文做於讀書人與不讀書人同看，又與不讀書之婦人小兒同看，故貴淺不貴深」〔註 18〕這段話倒是可以給一折戲和折子戲的對比做一個注腳。一折戲並非做於「讀書人與不讀書人同看」的，因此其不「當行」是在所難免的。而折子戲是在「讀書人與不讀書人同看，又與不讀書之婦人小兒同看」的過程中留下的精粹，其趣味、情緒自然是大眾的、日常的，符合大多數觀眾口味的。

　　作為文學作品，一折戲無疑有它的成功之處。入清之後，仍然有不少優秀的一折短劇出現，且多為一折戲合集，比如洪昇的《四嬋娟》、張韜的《續四聲猿》、桂馥的《後四聲猿》、石韞玉的《花間九奏》，楊潮觀的《吟風閣雜劇》等等。這些作品都繼承了明代一折戲的傳統，成為學士文人「歌哭笑罵」，抒情表意的一種形式。但是作為戲曲作品，它通常是失敗的。一折戲中極端個性化的體驗不具備舞臺演出的大眾性特徵，難以普及，因此而失去了舞臺生命力。與之相比，折子戲在文學性、思想性上或有不及，但是因其傳達的是能夠引起大多數人共鳴的情感情緒，因而在舞臺上得到更多得認同，有著強大得多的舞臺生命力。如何處理好戲曲文學性與舞臺性的關係，是一個困擾著許多劇作家的問題。一折戲與折子戲的對比應該提供了一些啟示。

第二節　明代折子戲與近現代地方戲

　　入清以後，戲曲的通俗化、民間化趨勢日益明顯。崑曲在舞臺上的統治地位不斷受到挑戰，各種聲腔在全國廣泛流播，各地的民間小戲〔註 19〕在吸收了歷史悠久的大戲〔註 20〕的養分之後，迅速發展起來，並通過清乾隆時期的「花雅之爭」贏得了更廣大的生存空間。清中後期直到民國初，各種地方小戲處於不斷的成長、完善的過程中，逐漸形成了種類繁多，各具特色的近

〔註18〕　清・李漁《閒情偶寄》，上海，上海古籍出版社，2000 年，頁 40。
〔註19〕　據王安祁中《明代折子戲變型發展的三個例子》一文：「小戲指演員少至兩三名，且以小旦、小丑、小生為主，情節極為簡單，藝術形式尚為脫離歌舞的戲劇。多以人民的日常生活為題材，滑稽詼諧與鄉土色彩為其特質。」（《明代戲曲五論》，第 50 頁）一般來說，民間小戲是近現代地方戲的基礎。
〔註20〕　據王安祁中《明代折子戲變型發展的三個例子》一文：「『大戲』是歷史悠久而有較完整舞臺藝術體系的劇種的統稱。演員足以扮飾各色人物，多以歷史故事、民間傳說為題材，情節曲折複雜。」（《明代戲曲五論》，第 49 頁）。

現代地方戲曲，這裡有必要說明的一點是，嚴格說來，崑曲起自某一地區，具有鮮明的地方特色，可說是所謂「地方戲」的先驅，但是，這種「大戲」曾經風靡全國，其全國性的影響力是近現代地方戲難以企及的，因此，本書在談到「地方戲」時僅指近現代出現的在某一地區影響較大的戲曲，比如越劇、評劇、川劇、秦腔等等。同理，產生於清代中、後期的京劇，其影響力眾所周知，已被稱為我國的「國劇」，其對崑曲等傳統大戲的大量繼承也有目共睹，因此亦被排除於本書的「地方戲」的概念。

據統計，近現代地方戲大約有三百多個。這些地方戲通常有來自於當地民間的屬於自己的劇目，但是，前代大戲豐富的內容自然也是它們擴充自己的藝術寶庫。特別是，由於規模的相似，地方戲與明代折子戲的關係非常密切。在不少地方戲的優秀劇目中，我們都能發現明代折子戲的身影。明代折子戲與近現代地方戲的關係大致有以下幾種：

首先，地方戲將明代折子戲的情節、內容變形、改造，成為自己的劇目。這樣的例子在各個地方戲劇目中幾乎都能看到，占到地方戲劇目相當的比例。比如地方戲中的著名劇目《秋江》，即是改編自明代折子戲《玉簪記‧秋江送別》。《玉簪記》是明代作家高濂的作品，敘書生潘必正與尼姑陳妙常相愛之事。潘陳情事被潘的姑母察覺，逼潘進京趕考，潘必正不及辭別，陳妙常雇舟追趕，與之泣別。《玉簪記‧秋江送別》就是講述這段情節。這段折子戲在明代已頗受歡迎，萬曆間即有九種折子戲選本選錄了這一折。不過，地方戲大多只截取了《玉簪記‧秋江送別》一折中很短的一段作為改編的基礎：

> ……（小淨上）聽得誰人叫。梢水就來到。到那裡去的。〔旦〕我要買你一隻小船。趕著前面會試的相公。寄封家書到臨安去。船錢重謝。〔小淨〕風大去不得。〔旦〕不要推辭。趁早開船趕上。寧可多送你些船錢。〔小淨〕這等下船下船。〔吳歌〕風打船頭雨欲來。滿天雪浪那行教我把船開。白雲陣陣催黃葉。惟有江上芙蓉獨自開。……〔註21〕

這段只是個過場戲，由小淨扮演的艄公和陳妙常的幾句對話表現陳妙常的焦急心情，後面潘陳二人難分難捨的情境才是重頭戲。而在地方戲裏，潘必正的戲份被刪除了，成為一個背景，陳妙常和艄公的戲則被擴充了。以川劇《秋

〔註21〕 《六十種曲》本《玉簪記》第二十三齣《追別》。

江》為例，艄公和陳妙常的對話頗為有趣：

 ……

  陳：有勞了！（上船）公公，快快開船！

  艄：哦……我曉得。（想了一想，向陳妙常）姑姑，你口渴嗎？瓦罐
   裏有水。（欲走）

  陳：開船呵！公公你到那裡去哦？

  艄：我回去吃飯。

  陳：有好遠哦？

  艄：沒得好遠，打雷都聽得到，只有四十里路。

  陳：哎呀！要不得。

  艄：我餓起肚皮推你呀？

  陳：你吃好多嘛？

  艄：我一頓要吃五兩四錢三。

  陳：你怎麼吃這麼多？

  艄：不要把你嚇倒了！我一頓要吃五兩燒酒，四錢清油煎三個錢的
   豆腐。

  陳：哎呀！（很著急地）算我的，算我的。

  艄：哦，你好大方啊！算你的，我還是不吃。我都吃過飯的了，我
   看你這樣著急，我逗你的。

 ……〔註22〕

兩人的對話一方面延續了原作對陳妙常焦急心理的表現，另一方面則加入了許多地方性因素。比如「沒得」、「要不得」都是典型的四川話；原本中顯得唯利是圖的艄公在川劇中變成了一個詼諧逗趣的老漢，頗有川人的幽默樂觀。舞臺上以虛擬化的行船身段表現風高浪急中陳妙常和艄公在小船上顛簸起伏的情景。由於四川境內多江河湍流，《秋江送別》所描述的江邊的場景為四川地區所常見，川劇的行船身段從現實環境中提煉出來，細膩逼真，優美自然，很有地方特色。越劇、豫劇、錫劇、湘劇等多種地方戲都有這個劇目，但川劇《秋江》的改編最為成功，現在已經成為川劇的保留劇目。這是明代折子戲與地方特色完美結合的一個範例。

〔註22〕川劇《秋江》，周企何、陳書舫、馬善慶等整理，北京：中國戲劇出版社，
   1959 年，頁 7。

　　不過，我們注意到，川劇《秋江》雖源出明代折子戲《玉簪記・秋江送別》，但其實只是取其大意，對白、曲詞已經完全不同了。也有的地方戲在改編時還部分地保留著原劇的某些曲詞，比如川劇《拷紅》中紅娘的唱段：「他兩個明月才上柳梢頭，卻早人約黃昏後，從此後他們不識憂不識愁，一雙心意兩相投。夫人你得罷休來便罷休，期間何必苦追求！」〔註23〕明顯來自《西廂記・堂前巧辯》〔註24〕一折中〔聖藥王〕、〔小桃紅〕兩支曲子：「〔聖藥王〕他每不識憂不識愁，一雙心意兩相投。夫人得好休，便好休，這其間何必苦追求？常言道：女大不中留。……〔小桃紅〕當日個月明才上柳梢頭，卻早人約黃昏後。……」。〔註25〕

　　這種保留在地方戲中並不多。由於音樂體制的不同，再加上地方化之後藝人結合本地特色進行的改動，明代折子戲進入地方戲之後，原有對白、曲詞基本上都改變了，甚至情節也常常被改動。但是如果沒有明代折子戲提供的豐富的戲曲材料，地方戲就會缺少很多精彩的篇章。

　　一般來說，明代折子戲經過地方戲改造之後，人物形象更加真實、鮮明，富有生活氣息；情節更加完整，獨立。這種改造有時是在曲詞或賓白中加入對前後相關情節的介紹，有時則是乾脆把原來的折子戲擴充成一個全本戲。但這種地方戲全本與原劇全本差異巨大，其區別不僅在於曲詞、賓白的不同，也不僅在於曲牌體和板腔體的不同，而且在於改造後的地方戲全本依然有民間小戲的特點：人物少，個性鮮明，戲劇矛盾集中而突出，篇幅短，簡潔明快。另外，它們大多還保留著來自折子戲的標題，提醒著人們它們的出身和來歷。比如評劇、漢劇、揚劇、楚劇、秦腔等地方戲都有的劇目《安安送米》，出自明代折子戲《躍鯉記・安安送米》。這是一齣在家庭倫理方面頗具教育意義，有濃鬱的生活氣息的折子戲，在明代就受到廣泛喜愛，非常流行。進入地方戲後，《安安送米》也不可避免地被改造，不少劇種都擴充了這個折子戲，把龐氏如何被趕出家門，安安如何送米以及一家人如何重聚的過程都展現在舞臺上，其中的情節過程各劇種有所不同，但是劇目始終沒有改變，都叫《安安送米》。隨著時代的變遷，地方戲的改造工作仍在進行。比如近年來湖北武漢蔡甸楚劇團創作的《安安送米》在傳統劇目的基礎上又進行了改編。安安

〔註23〕　《傳統川劇折子戲選》（第一輯），成都：四川人民出版社，1979 年，頁 104。
〔註24〕　明代折子戲選本中此齣多題名《堂前巧辯》，也名《拷紅》、《拷婢》。
〔註25〕　明・黃文華選《詞林一枝》卷三下欄《西廂記・俏紅娘堂前巧辯》。

母親被趕出家門的原因得到重新設計，摒棄了「小人挑撥」的傳統情節模式，改為因兒子兒媳恩愛，婆婆受冷落，所以將媳婦視為眼中釘，趁兒子外出經商，將兒媳逐出家門。這個改動更符合現代社會中家庭倫理關係的現狀，反映了人們的現實思考。當然，安安送米這一中心情節始終沒變。這說明，明代折子戲《安安送米》中所宣揚的孝道和母子之間的親情，幾百年來一直為中國民間所推崇，這是這齣戲的核心。地方戲對明代折子戲的繼承和改造正是在這個基礎上進行的。

此外比較著名的來自明代折子戲的地方戲還有《醉皂》、《踏傘》、《金盆撈月》、《百花贈劍》等等〔註26〕。有必要說明的是，這些折子戲都經過大量的改造，在獨立性、完整性、通俗性方面往往已超出原作許多。

其次，有的明代摺子戲本身就是地方小戲，由於種種原因進入大戲，後來又脫離大戲，重新獨立。這種現象最典型的例子是「目連戲」中插入的小戲，比如《尼姑下山》、《和尚下山》。「目連戲」是根據佛教故事改編的戲劇，敘目連母不信佛道，死後在地獄受苦，目連僧歷盡艱險下地獄救母的故事。此戲在唐五代即有變文流傳，「北宋時有演出七天七夜的《目連救母》雜劇，金元兩代亦有相關題材的院本、雜劇演出。明清則為目連戲曲、曲藝發展鼎盛時期，其中影響較大的有鄭之珍的《目連救母勸善記》戲文及張照的宮廷大戲《勸善金科》。」（《中國曲學大辭典》）目連戲一般結合宗教儀式和民間伎藝演出，內容非常豐富。《尼姑下山》、《和尚下山》就是插入目連戲的小戲。

以《尼姑下山》為例。《尼姑下山》又名《思凡》、《下山》，敘一小尼姑耐不得空門寂寞，暗自思量，終於決心逃下山來，還俗嫁人。因鄭之珍《目連救母勸善記》影響很大，許多人就認為《下山》源出《勸善記》（也稱《目連記》）〔註27〕，但實際上，《下山》產生於民間，且早於鄭之珍《勸善記》。理由有三：

第一，刊刻於嘉靖三十二年的《風月錦囊》收有《尼姑下山》散曲。這證明，早在鄭之珍《勸善記》〔註28〕之前就已經有了《尼姑下山》的段子。

〔註26〕《醉皂》源自《紅梨記·詠梨》，《踏傘》源自《幽閨記·曠野奇逢》（即《拜月亭》），《金盆撈月》源自《紅葉記·四喜四愛》，《百花贈劍》源自《百花記·百花贈劍》。

〔註27〕明·鄭之珍《勸善記》上卷第十四出為《尼姑下山》。

〔註28〕據《目連救母勸善戲文》「鄭之珍序」，《勸善記》刊刻於萬曆十年。詳見朱萬

　　第二，《風月錦囊》的《尼姑下山》與《勸善記・尼姑下山》內容相近，但是兩者文字差異很明顯。比如兩文中小尼姑出家的原因都是自小體弱多病，爹媽無奈將其捨入佛門，都描繪了佛門裏的清苦生活，表達了爲幾個英俊少年心動不已，一心還俗的強烈願望。但是《風月錦囊》收《尼姑下山》具有強烈的民間性，語言通俗潑辣，大膽直白，而鄭之珍《勸善記・尼姑下山》則較爲典雅含蓄，有明顯的文人加工的痕迹。且看下面兩段：

《風月錦囊》選《尼姑下山》：

　　〔山坡羊〕小尼姑年方十八，正青春被剃了我頭髮。每日間見幾個子弟們來來往，在佛面燒香遞火。他把眼兒睄我，我把眼兒睄他。不由人滿身上酥麻。幾時和他共枕同衾也，哎，悄悄說幾句知情話。我就死在黃泉也，哎，罵名兒且自由他、由他。我把念佛心懸梁上掛，由他，哎，火燒眉毛，且救眼下。……〔註29〕

《勸善記・尼姑下山》：

　　……

　　〔得勝令〕念經時則須是數珠兒在手內搓，那曾知淚珠兒在胸前墮。爲只爲每日裏有幾個俊俏兒郎來戲耍。駕言是拜參菩薩來清醮。他那裡禁不住把眼兒睃，俺這裡丟不下把心兒掛。

　　〔水仙子〕我本不是路柳與牆花，奈遇著賣風流業主冤家。憑著他眼去眉來，引動我心猿意馬。倒不如丟了庵門撇了菩薩，學仙姬成雙成對在碧桃前，學神女爲雲爲雨在陽臺下，學雲英攜了瓊漿玉杵往那藍橋。……〔註30〕

同是表現小尼姑被俊俏少年引動芳心，思凡心切，《風月錦囊》本《尼姑下山》率眞大膽，酣暢淋漓，充溢著火辣辣的熱情，而《勸善記・尼姑下山》不但盡量避免太過直露的表達，而且還連續使用幾個典故來表現小尼姑對世俗生活的嚮往，這種內斂含蓄、引經據典都是典型的文人傳奇的特徵。無疑，《尼姑下山》本出自民間，在鄭之珍手裏被修改成了更符合文人審美傾向的折子戲。

　　　　曙校點，俞爲民審訂《新編目連救母勸善戲文》，合肥：黃山書社，2005年。

〔註29〕 孫崇濤、黃仕忠箋校《風月錦囊》，北京：中華書局，2000年，頁53。

〔註30〕 明・鄭之珍撰，朱萬曙校點，俞爲民審訂《新編目連救母勸善戲文》，合肥：黃山書社，2005年，頁77。

　　鄭之珍的《目連救母勸善記》影響很大，刊刻於萬曆二十八年的《樂府菁華》選錄《尼姑下山》即是出自《目連救母勸善記》，除個別字句外，內容完全一致。但是《尼姑下山》一齣其後離鄭之珍本逾行逾遠，明代《滿天春》、《玉谷新簧》、《詞林一枝》等好幾個折子戲選本中的《尼姑下山》和《勸善記·尼姑下山》差異就很大，它們更多地承繼了《風月錦囊》所選《尼姑下山》的濃厚的鄉野氣息和潑辣大膽的風格，同時，更富於想像力和動作性，更適於舞臺表演。比如不見於《風月錦囊》的這一段：「每日間見佛面前俊俏羅漢有幾個，有一個開口笑呵呵，有心來戲我，有一個手托香腮瞧著我，有一個抱膝抒懷想著我，有一個牽手來戲我，長眉大仙愁著我，愁我老來沒結果，降龍惱著我，伏虎的恨著我，惟有布大羅漢笑呵呵，他笑我時光錯，光陰過……」〔註31〕將小尼姑的情感饑渴和寂寞生活用通俗鮮活的語言極其生動地表現了出來，這是典型的民間風格。清代《綴白裘》中所選《思凡》（即《尼姑下山》）也秉承這一路線。

　　第三，《尼姑下山》與目連救母的故事其實並無直接聯繫。《尼姑下山》是獨立性很強的小戲，進入目連故事主要是宣揚因果報應，帶有強烈的宗教宣傳色彩。在《目連救母勸善記》下卷《八殿尋母》一齣中，私逃下山的尼姑受到了來世變母豬的懲罰。但是拋開這個結局，下山的故事依然很完整。也就是說，沒有目連故事，沒有因果報應，《尼姑下山》也是完全可以獨立成篇的。

　　《風月錦囊》中的《尼姑下山》篇首有一曲〔引〕「昔日賀善生，一頭挑母一頭經。經向前頭背了母，母向前頭背了經。善生只得橫挑走，山中樹木兩旁分……」因「目連戲」中亦有「目連挑經」的段落，所以，這很容易被看作《下山》和「目連戲」之間的聯繫。但是，「賀善生」並不是目連。兩者名稱的差異是顯而易見的。那麼，賀善生是誰呢？關漢卿雜劇《狀元堂陳母教子》中有一段非常相似的話：「我昔日曾聞荷擔僧，一頭擔母一頭經，經向前來背卻母，母向前來背卻經，不免把擔橫擔定；感得園林兩處分，……〔註32〕」「賀善生」與「荷擔僧」讀音相近，極有可能是一人，音轉訛誤。不管是「賀善生」還是「荷擔僧」，至少，在鄭之珍《目連救母勸善記》之前，

〔註31〕明·李碧峰、陳我含校梓《滿天春》卷下《尼姑下山》。
〔註32〕元·關漢卿《狀元堂陳母教子》第四折，《彙校評注關漢卿集》，中華書局，2006年，頁1383。

「一頭挑母一頭經」的並不是目連。但是我們注意到，《勸善記》行世之後，這段話中的「賀善生」（或「荷擔僧」）就都成了「目連僧」〔註33〕。雖然《勸善記·尼姑下山》一齣並沒有這一段話，但是《勸善記》中卷卻有《挑經挑母》一齣，或是由此，《尼姑下山》開頭那段話中的「賀善生」（或「荷擔僧」）變成了「目連僧」。這也可見《勸善記》對《尼姑下山》這個折子戲的影響。

《尼姑下山》有時單獨出演，是旦腳的重頭戲，有「男怕夜奔，女怕思凡」之說。有時《尼姑下山》與《和尚下山》同時出演，被稱為《雙下山》。《和尚下山》在《風月錦囊》中題名《新增僧家記》，與《勸善記·和尚下山》內容相近而曲牌、曲詞均不同。《勸善記·和尚下山》增加了和尚、尼姑相遇的情節，因其故事性、舞臺表現力都更強，其後的折子戲選本中選錄的《和尚下山》都出自《勸善記》。不過《風月錦囊·新增僧家記》也並非與尼姑無關，其中有一句「早尋月老為媒證、為媒證，娶那尼姑鸞鳳交」〔註34〕隱約可見和尚的故事中尼姑的身影，只是不知確乎僅此一句，還是有更多細節被《風月錦囊》選編者刪去。也可能，《勸善記·和尚下山》中僧尼相遇的情節就是從此句衍化生發出來的，尚待考證。

《雙下山》是很多地方戲的保留劇目之一，川劇、漢劇、粵劇、越劇、湘劇、黃梅戲等都有《雙下山》。在地方戲裏，原本無名無姓的和尚、尼姑都有了名字，小和尚叫本無，小尼姑叫色空。這就從明代折子戲《下山》那種心理獨白式的表演向獨立的故事表演邁進了一步。黃梅戲《雙下山》還設計增加了小和尚和小尼姑在化齋過程中相識並暗生情愫的情節，使二人思凡以至逃下山來的心理和行為有了更加充分的鋪墊。明代折子戲中的精彩部分則被保留下來。比如小尼姑在佛殿上將眾羅漢作為情人的傾訴，以及最後二人定情，小和尚背小尼姑過河的情節在許多地方戲中都有存留。總的來看，「思凡」故事在地方戲的改編中情節的曲折性增加了，情節結構更加完整。而其當初進入《勸善記》時的因果報應的內容則完全不見了。

此外，如評劇中的《老黃請醫》，原是民間小戲《請醫》，以報藥名和庸醫誤診來博人發笑，曾進入《幽閨記》（即《拜月亭》）第二十五齣「抱恙離

〔註33〕刊刻於明萬曆二十一年至萬曆二十四年之間的《群英類選》「諸腔」類《小尼姑》、刊刻於明萬曆三十八年的《玉谷新簧》中《思婚記·尼姑下山》、清代乾隆間《綴白裘》六集卷二《孽海記·思凡》均有此段，都作「目連僧」。
〔註34〕孫崇濤、黃仕忠箋校《風月錦囊》，北京：中華書局，2000年，頁57。

鸞」中，起插科打諢的作用。到後來，此段漸漸從《幽閨記》中獨立出來，刪去生旦戲份，成爲地方戲中的獨立小戲。〔註35〕

　　總之，明代折子戲極大地滋養了地方戲各劇種。明代折子戲日益顯露的脫離全本的獨立性使得對其加工改造成爲一個完全獨立的地方小戲非常方便，而明代折子戲在大浪淘沙般的舞臺實踐中積累的人氣和藝術成果又使得地方戲對其改造時起點很高。這對地方戲在清末民初的崛起、繁榮無疑起到了積極的促進作用。

　　折子戲產生於明代，它不僅對戲曲藝術的發展產生了極大影響，而且在明代的社會文化生活中也扮演了重要的角色。明代社會文化生活的諸多方面都能看到折子戲的影子。折子戲是明人用於交友、應酬、自娛自樂的重要手段。折子戲簡短而富於藝術性，主題集中，抒情性強，非常適合應不同需要在送別、相逢、喜慶、敬神等不同場合下演出以助興。萬曆時期的折子戲選本《樂府紅珊》就索性以「慶壽類」、「分別類」、「捷報類」、「遊賞類」等來編排各折子戲，彷彿一本戲曲類書。可以說，時人生活的各階段，婚喪嫁娶，離合悲歡，都有相應的折子戲作爲表情達意的手段，這已經成爲明代社會文化生活不可或缺的一個組成部分。關於此點，本書第二章已有論述，此不贅言。

　　這裡還有必要提及的是，折子戲的全本背景使得折子戲常常具有某種寓言性質，某一齣折子戲所代表的意義可能遠大於這齣戲本身，有意在戲外的功能。明末小說《檮杌閒評》（又名《明珠緣》）第四十三齣寫到，有個武進士顧同寅，路過魏忠賢生祠時被迫下馬，心中不快，於是借酒點了一齣《彤弓記・李巡打扇》，「班頭上來回道：『這齣做不得，不是耍的。』顧同寅道：『既做不得，你就不該開在單子上。』班頭道：『惟恐有礙不便。』顧同寅大怒道：『胡說。』便要打班頭。其時在席眾同年也都有酒了，不但不勸阻他，反幫著他喝令戲子做。戲子沒奈何，只得做了。」不想此事被人告發，顧同寅遂獲「訕謗朝廷大臣，妖言惑眾」之罪名，擬定立斬。「也不送法司，竟矯旨拿去斬首。」〔註36〕《彤弓記》又作《調弓記》，作者佚名，全本失傳，僅《詞林一枝》、《八能奏錦》各收「李巡打扇」一齣，它本均無。此劇演宦官

〔註35〕詳見王安祁《明代戲曲五論・明代折子戲變型發展的三個例子》，臺北：臺灣大安出版社，1990 年，頁 73～76。

〔註36〕明・無名氏撰《檮杌閒評》，金心點校，北京：中華書局，2005 年，頁 378～379。

劉瑾思謀篡位，其僕李巡察覺其狼子野心，十分痛恨，一日侍奉劉瑾爲其打扇，借機用扇痛擊劉瑾，並機智地以見蛇盤踞劉瑾項上，以扇擊蛇爲由解除了劉瑾的疑心。時當宦官魏忠賢當道，顧同寅令戲子演此齣實際就是暗諷魏忠賢有謀權篡位之野心，間接地表達了對干政太監魏忠賢弄權謀位的不滿和憤恨。《李巡打扇》的言外之意時人都是很清楚的，所以班頭極力推辭，可惜顧同寅並不聽從，結果惹惱了魏黨，爲一齣戲而送了命。《檮杌閒評》雖是小說，但其描寫的情況當來自明代的社會生活，可見，折子戲的寓言性在明代已經十分顯著了。

這是比較嚴重的情況。日常生活中親朋好友相聚看戲不會有這樣的顧慮。但是若考慮不周，點戲不當，也會得罪人。據焦循《劇說》卷六記載：「相傳：有秦姓者選《琵琶記》數齣，座有蔡姓者意不懌；秦急選《風僧》一出演之，蔡意始平。」〔註37〕《琵琶記》敘蔡伯喈事，無論出於何種原因，蔡的行爲在倫理道德上頗有瑕疵，因此「蔡姓者意不懌」。點戲的「秦姓者」本無意爲之，不想被人誤解，於是「急選」諷刺批判秦檜的折子戲《風僧》以平衡「蔡姓者」心理，此招果然奏效。這個故事非常中國化。不滿、歉意、釋然……微妙的心理變化全在一齣戲的點與不點之間，是中國式的人情世故。焦循爲清人，很難確定此故事發生在何時，不過，可以肯定，自從折子戲爲人們所熟知和喜愛，點戲就成了一門學問。折子戲雖然篇幅不長，但其背後的寓意往往意味深長。直到現在，折子戲還在影響人們的生活。

〔註37〕 清·焦循《劇說》卷六，《叢書集成三編》（32 藝術類），臺北：新文豐出版公司影印，1997 年，頁 719。

結　語

　　折子戲是中國戲曲特有的現象，中國古典戲曲在很大程度上是以折子戲的形式傳承下來的。作爲折子戲的發端、發展階段，明代折子戲在戲曲史上有著特殊的位置。

　　首先，明代折子戲是折子戲從稚嫩簡陋到成熟豐富的發展階段。從嘉靖三十二年的《風月錦囊》可見折子戲幼年時期的簡單、粗糙，萬曆以後（包括萬曆時期），折子戲進入迅速成長期。大量新舊折子戲湧上舞臺，在舞臺實踐中開始經典化、獨立化歷程。明中後期至清初出現的諸多折子戲選本見證了這個風起雲湧的歷程。一大批深受觀眾喜愛的折子戲在這個過程中脫穎而出。在歷代戲曲藝人和戲曲愛好者的共同努力下，折子戲表演成爲戲曲觀眾的視聽盛宴，其歷經打磨、積累而成的藝術成就是中國戲曲極爲寶貴的財富，爲戲曲的進一步繁榮奠定了基礎。

　　其次，明代折子戲的發展促進了戲曲在腳色、聲腔等各方面的發展流變。由於折子戲的出現，戲曲由以「生」、「旦」爲中心的全本戲時代進入各種腳色全面發展、各領風騷的階段。以「貼旦」、「小旦」爲中心的明代折子戲的興盛在現代花旦腳色的形成過程中是至關重要的一環。以「淨」爲主角的明代折子戲的走紅則加速了淨腳和其它腳色尤其是丑腳的分化，逐漸形成粗豪狂放的基本特色。明代折子戲在各行當平衡發展、強化各自特色方面著實功不可沒。戲曲表演藝術的許多突破都首先發生在折子戲中，這是由折子戲的舞臺性決定的。折子戲更關注場上，關注表演，關注演出的效果。

　　再次，明代折子戲滋養了中國近現代以來百花齊放、精彩紛呈的地方戲各劇種。許多明代折子戲成爲各地方戲劇目的源頭。地方戲剛剛興起時大多

基礎薄弱，演員少、場地小、聲腔簡單，這時，吸收、改造前代折子戲無疑是一個事半功倍的做法，這其中就有不少明代折子戲經過改造後成為許多地方戲的經典劇目。可以設想，如果沒有明代折子戲，今天的戲曲舞臺將失去許多精彩內容。

總之，明代折子戲引領中國戲曲走向表演藝術的新時代，它對中國戲曲的影響是全面而深遠的。對明代折子戲的研究，使我們對戲曲的本質、特性，戲曲的發展、演化等課題有重新的思考和認識。

附錄一：明代折子戲選本敘錄

　　儘管年代久遠，資料保存殊爲不易，但經過幾代學人近一個世紀的文獻搜集、整理，目前明代折子戲研究在資料方面已有了一定的積累。現已知明代折子戲選本約三十四種，其中萬曆前的折子戲選本目前只發現《風月錦囊》一種，可以判斷爲萬曆年間的有十六種，天啓、崇禎年間的五種，清初餘緒期十二種。具體情況如下：

（一）《風月錦囊》

　　根據卷末牌記，爲詹氏進賢堂嘉靖癸丑年（1553）重刊本。現存中國最早的折子戲選本。國內失傳已久，世上唯一的原件現藏於西班牙聖‧勞倫佐皇家圖書館。明代幾種書目文獻中都曾著錄《風月錦囊》，如楊士奇（1365～1444）等撰的《文淵閣書目》，葉盛（1420～1472）的《籙竹堂書目》等。但正如孫崇濤所言，中國古來同名書籍甚多，很難判斷此《風月錦囊》是否即彼《風月錦囊》。從《風月錦囊》書中的「重刊」二字可知，在詹氏進賢堂刊印《風月錦囊》之前確已有名爲《風月錦囊》的書籍，當爲西班牙藏《風月錦囊》的前身。全書分三部分：《新刊耀目冠場擢奇風月錦囊正雜》主要收錄散曲、劇曲；《全家錦囊》、《全家錦囊續編》主要收錄折子戲，也有少量散曲、劇曲。版式爲兩欄，《新刊耀目冠場擢奇風月錦囊正雜》上欄多爲散曲，下欄爲散曲、劇曲；《全家錦囊》上欄爲插圖，下欄爲折子戲；《全家錦囊續編》上欄多爲散曲、劇曲，下欄爲折子戲。其它詳情可參見孫崇濤《風月錦囊考釋》。有《善本戲曲叢刊》影印本和孫崇濤、黃仕忠《風月錦囊箋校》。

（二）《大明天下春》

全稱《精刻彙編新聲雅雜樂府大明天下春》。國內失傳已久。俄國漢學家李福清 1898 年在奧地利維也納國家圖書館發現並使之重現於國人視野。版式為三欄，上下欄收折子戲，中欄收散曲、兒歌、歇後語等。插圖位於上欄文字中。殘存四至八卷。無目錄無刊刻時間。根據李平的分析，《大明天下春》刊刻於萬曆初年，（詳見《流落歐洲的三種晚明戲劇散出選集的發現》，《海外孤本晚明戲劇選集三種》序）。1993 年 6 月上海古籍出版社將《大明天下春》與《樂府玉樹英》、《樂府萬象新》合為《海外孤本晚明戲劇選集三種》影印出版。

（三）《樂府萬象新》

全稱《梨園會選古今傳奇滾調新詞樂府萬象新》。國內失傳已久，孤本現藏於丹麥哥本哈根皇家圖書館。二十世紀八十年代被俄國漢學家李福清發現並介紹到中國國內。影印本收入《海外孤本晚明戲劇選集三種》。有目錄。正文版式為三欄，上下欄收折子戲，中欄收散曲、俗語、燈謎等。插圖位於上欄或下欄文字中間。卷首目錄、卷尾均有部分殘損，無刊刻時間。根據標題中「滾調新詞」的明確提法和選本中選錄的折子戲推測，它應該是萬曆年間的折子戲選集。「滾調」興起於嘉靖末至萬曆初，在萬曆中後期達到鼎盛，萬曆年間的折子戲選本多以「滾調新詞」之類名目招徠顧客。同時，《樂府萬象新》與《樂府玉樹英》選錄折子戲相同者達五十六齣，與《樂府菁華》（萬曆二十八年）所選相同者有三十五齣，分別占到《樂府玉樹英》（一百零七齣）與《樂府菁華》（七十二齣）的一半篇幅，而與萬曆三十年以後選編、刊刻的選本差距則較大，與《詞林一枝》只有八齣相同，與《摘錦奇音》只有十一出相同。這些選本多以滾調自居，所以基本可以排除聲腔不同造成的內容差異。另外，《樂府萬象新》與《樂府玉樹英》至少有三幅插圖在構圖上基本相同（兩書均有殘缺，無法全面對比），只有一些細節的差別，繪圖風格也很接近，而且這些插圖都是插在兩書上欄或下欄的文字中間。這樣看來，《樂府萬象新》應該是早於《詞林一枝》、《摘錦奇音》，晚於萬曆初年的《大明天下春》，與《樂府玉樹英》、《樂府菁華》差不多同時代的萬曆二十年至三十年的選本。

（四）《樂府玉樹英》

全稱《新鍥精選古今樂府滾調新詞玉樹英》。國內失傳已久，孤本現藏於

丹麥哥本哈根皇家圖書館。二十世紀八十年代被俄國漢學家李福清發現並介紹到中國國內。影印本收入《海外孤本晚明戲劇選集三種》。有目錄。目錄前有「古臨玄明壯夫」所撰寫之序文《樂府玉樹引》。序文末有「皇明萬曆己亥歲季秋穀旦上浣之吉書於青雲館」，卷一首頁下欄刻載「汝川黃文華」，可知其由黃文華選刻於明萬曆二十七年。正文版式為三欄，上下欄收折子戲，中欄收散曲、酒令、燈謎等。殘存卷一。收有全本失傳之折子戲《忠諫記‧文拯除奸》、《焚舟記‧孟明習武》等。

（五）《樂府菁華》

全稱《新鍥梨園摘錦樂府菁華》。國內失傳，孤本現藏英國牛津。有《善本戲曲叢刊》影印本。有目錄。兩欄版式，上窄下寬，上下欄都選錄折子戲。一卷卷首有大幅插圖，左右兩側題圖為「才子志衝天勒馬長安期掛綠」、「佳人愁滿地牽衣南浦怯啼紅」，橫批「長亭分別」，與《樂府玉樹英》卷首插圖、題圖都極為相似。正文中插圖在上欄或下欄文字中間。卷尾牌記刻「萬曆庚子歲仲秋月三槐堂王會雲繡梓」，可知是萬曆二十八年選刻。

（六）《滿天春》

全稱《新刻增補戲隊錦曲大全滿天春》。國內失傳已久，孤本現藏英國劍橋大學圖書館。荷蘭漢學家龍彼得發現並介紹進中國。臺灣和大陸都曾影印收入《明刊閩南戲曲絃管選本三種》。《滿天春》是迄今發現的唯一一個明代出版的方言折子戲選本，除《尼姑下山》、《和尚弄尼姑》兩出外，其餘十六出完全用閩南方言輯錄，展現了極為強烈的地方色彩。《滿天春》雖未標明具體刊刻時間，但書後有牌記曰：「歲甲辰瀚海書林李碧峰陳我含梓」。「甲辰」雖非確指，但龍彼得發現，李碧峰曾經刊刻《翰林院校閱訓釋南北正音附相法官制算法》，此書扉頁有「瀚海李碧峰刊行」字樣，牌記則曰：「萬曆乙未歲李碧峰刊行」，「萬曆乙未歲」指 1595 年；另外，陳我含曾於 1607 年刊刻福建左布政使司范淶的《范爺發刊士民便用家禮簡儀》，可見，李陳兩人應是 1600 年前後活躍於閩南地區的書商，則《滿天春》牌記中的「甲辰」只能指 1604 年的萬曆甲辰年。

（七）《詞林一枝》

全稱《新刻京板青陽時調詞林一枝》。國內失傳，孤本現藏日本內閣文庫。封面刻「海內時尚滾調」，「刻辭林第一枝」。有目錄。版式三欄。上下欄收折

子戲，中欄散曲、劇曲等。插圖單獨占一面。字迹較爲清晰整齊。卷尾有牌記：「萬曆新歲孟冬月葉志元繡梓」。學界長期認定此「萬曆新歲」爲萬曆元年，但據郭英德、王麗娟《〈詞林一枝〉、〈八能奏錦〉編纂年代考》（《文藝研究》2006 年第 8 期）考證，《詞林一枝》產生於萬曆三十四或三十五年，此說可信，否則《詞林一枝》所選劇齣的產生年代、插圖刻工的生活年代均與選刻時間矛盾。收入《善本戲曲叢刊》。

（八）《八能奏錦》

全稱《鼎雕昆池新調樂府八能奏錦》。國內失傳，孤本現藏日本內閣文庫。有目錄。正文分卷甚可疑，分上、中、下、一、二、三共六卷，疑爲兩書拼湊在一起。殘存上、二、三共三卷。版式三欄，上下兩欄收折子戲，中欄收散曲等。卷尾有牌記：「皇明萬曆新歲愛日堂才蔡正河梓行」。和《詞林一枝》一樣，學界曾長期認爲《八能奏錦》選刻於萬曆元年，但據郭英德、王麗娟《〈詞林一枝〉、〈八能奏錦〉編纂年代考》考證，《八能奏錦》產生於萬曆三十五或三十六年。《詞林一枝》正文首頁下欄刻載「古臨玄明黃文華、瀛賓郗繡甫選輯」，《八能奏錦》正文首頁刻載「汝川黃文華精選」，此黃文華就是《樂府玉樹英》的選編者「古臨玄明壯夫」、「汝川黃文華」。《詞林一枝》、《八能奏錦》和《樂府玉樹英》的選編者爲同一人。收入《善本戲曲叢刊》。

（九）《大明春》

全稱《鼎鍥徽池雅調南北官腔樂府點板曲響大明春》，又稱《新鍥徽池雅調官腔海鹽青陽點板萬曲明春》。國內失傳，孤本藏於日本尊經閣文庫。有目錄。無刊刻時間。《大明春》標題雖無「滾調」字樣，但其內封下半刻「新調萬曲長春」，下半中間小字刻「徽池滾調新白」，顯然，此選本也是滾調興盛時的產物。從內封面圖文設計看，上圖下文，是萬曆時期出版物常用的方式，《詞林一枝》、《八能奏錦》、《玉谷新簧》都採用這種方式。此外，《大明春》書內版刻形式與《詞林一枝》、《八能奏錦》等完全一致，正文分三欄，上下兩欄是折子戲，中間一欄爲散曲、江湖方語等內容。再從插圖來看，《大明春》插圖採用單面版式，與《樂府玉樹英》等萬曆二十至三十年間選本多采用的上下欄文字中插圖不同，而與《詞林一枝》（萬曆三十四或三十五年）等相同，所以，《大明春》的刊刻年代或接近《詞林一枝》，在萬曆三十五年左右。收

入《善本戲曲叢刊》。

（十）《樂府紅珊》

全稱《新刊分類出像陶眞選粹樂府紅珊》。國內失傳，孤本藏於大英圖書館，爲嘉慶庚申積秀堂覆刻本。卷首有「校正樂府紅珊序」，序文末尾題「萬曆壬寅孟夏月吉旦秦淮墨客撰」。據此，《樂府紅珊》有萬曆三十八年刻本，但已失傳。序文後有《樂府紅珊凡例二十條》，實即魏良輔曲律。有目錄，按照「慶壽類」、「誕育類」等不同內容分成十六類。雙面插圖。不分欄。有《善本戲曲叢刊》影印本。

（十一）《玉谷新簧》

全稱《鼎刻時新滾調歌令玉谷新簧》，又稱《鼎鐫精選增補滾調時新歌令玉谷調簧》。國內失傳。孤本藏日本內閣文庫。有目錄。卷尾牌記曰：「萬曆庚戌年孟秋月刊行」，可知是明萬曆三十八年選刻。三欄版式。上下兩欄收折子戲，中欄收散曲、劇曲、燈謎等。插圖與《樂府玉樹英》、《樂府菁華》類似，主要插在上欄或下欄文字中間，卷首通常有大幅插圖，其中一幅橫批爲「長亭分別」，側聯「才子志衝天勒馬長安期掛綠」、「佳人愁滿地牽衣南浦怯啼紅」，與《樂府菁華》中卷首大幅插圖非常相似，題圖文字一致；另有一幅橫批「月下聽琴」，側批「瑤琴臨皓月撫出相思兩字」、「寶鼎焚沈煙祝諧伉儷百年」，與《樂府玉樹英》二卷卷首插圖極似，題圖文字一致。有《善本戲曲叢刊》影印本。

（十二）《摘錦奇音》

全稱《新刊徽板合像滾調樂府官腔摘錦奇音》。國內失傳。孤本藏日本內閣文庫。有目錄。卷尾牌記：「辛亥孟春書林張三懷梓」。兩欄版式，上窄下寬。上欄收散曲、酒令、燈謎等，下欄收折子戲。上欄所收散曲多有同《詞林一枝》和《八能奏錦》者。單面大幅插圖。有《善本戲曲叢刊》影印本。

（十三）《賽徵歌集》

巾箱本，不分欄。所謂巾箱本，就是指開本極小，可以裝在古人裝頭巾的箱子裏的書籍。卷首有《賽徵歌集序》，序文後有目錄。正文全部收錄折子戲，均爲萬曆年間流行之折子戲。每一折前均有單面大幅插圖一幅。印製較精美。有《善本戲曲叢刊》影印本。

（十四）《徽歌集》

少見著錄。《中國古代戲曲辭典》曰：「《徽歌集》，戲曲選集。明無名氏編。原有明刊本，今已殘缺，《西締藏書》中僅存第一卷一冊。……」現此殘本藏中國國家圖書館，一卷十八齣折子戲，不分欄，每齣配大幅插圖一幅。因無目錄，所以總篇幅不詳，唯書頁邊縫刻有「玩虎軒」字樣，可知其選刻者。汪光華玩虎軒是萬曆間有名的書坊，現存玩虎軒汪光華所刻書籍還有萬曆二十五年的高明《琵琶記》，刻印精美，是中國版畫史上的名作。以此，《徽歌集》應是萬曆間刊本。《徽歌集》殘卷中收錄的十八齣折子戲確是萬曆年間非常流行的戲齣，如《荊釵記・拷問梅香》、《幽閨記・曠野奇逢》等。

（十五）《堯天樂》

全稱《新鋟天下時尚南北新調堯天樂》。典型的萬曆時通俗書籍的版式，正文分三欄，上下欄收折子戲，中欄收酒令、時尚笑談，有目錄。與《徽池雅調》版式、字體相同。單面插圖。有明刻本、《善本戲曲叢刊》影印本及二十世紀三十年代上海書店石印本《秋夜月》。

（十六）《徽池雅調》

全稱《新鋟天下時尚南北徽池雅調》。與《堯天樂》版式、字體完全一樣。上海《秋夜月》本實爲《堯天樂》、《徽池雅調》合訂本。看二者均有獨立的卷次（《徽池雅調》分一卷、二卷，《堯天樂》分上卷、下卷），可以肯定，這兩個本子雖然都由熊稔寰主持選刻，但應該是先後出版，各自獨立的，它們在內容上完全不同，力避重複，顯然有意做成系列選本的形式。《徽池雅調》下卷插圖中，有一幅左上角題詩曰：「卻憐西川三十（？）裏，千岩萬壑白如雪」，詩句後題名曰：吳殿邦。吳殿邦是明代著名的書畫藝術家，據康熙時金一鳳《海陽縣志》「人物列傳・補遺」上說：「吳殿邦，字爾達，號海日，海陽人，博學能文，工詩賦、善書法，才名藉甚。年三十中萬曆壬子解元、癸丑進士，……」萬曆壬子即萬曆四十年（1612），「年三十」或確指三十歲，或概指三十左右，無論如何，吳殿邦當生於萬曆十年左右，其出名的時間至少應該在萬曆三十年左右，他的畫和詩收入坊刻戲曲選本，還要有一個過程，進入《徽池雅調》應該是萬曆三十年之後的事。所以《堯天樂》和《徽池雅調》的選刻當在萬曆中後期，而且極有可能在吳殿邦「一舉成名天下聞」的萬曆四十年之後。

（十七）《冰壺玉屑》

上海圖書館藏明代殘本。《中國古籍善本書目》著錄：「《冰壺玉屑》，不分卷，明刻本（殘葉），三節板，上欄十行十字，中欄十二行四字，下欄十行十五字，白口，版心鐫破窯、玉簪等劇名」，據其上、中、下三欄版式初步判斷其爲萬曆年間刻本，其版心鐫刻破窯、玉簪等劇名，又說明這是個折子戲選本。據《中國文學通典戲劇通典》：「（《冰壺玉屑》）全書今僅存 19 頁，爲卷二和卷三的殘頁」。除此之外，因原書至今未得寓目，不敢妄下斷語。

（十八）《萬壑清音》

全稱《新鐫出像點板北調萬壑清音》。不分欄。有目錄。卷首有止雲居士《萬壑清音題詞》、十二樓居主人《萬壑清音序》、聽瀨道人《萬壑清音敘》。另有《北調萬壑清音凡例》十條，《萬壑清音題詞》落款爲「甲子夏日止雲居士題於西湖之聽松軒中」，此「甲子」當指何年？《萬壑清音》凡例第一條曰：「曲盛於元，而北曲尤元人之長技，今則元人所作多不選，大都取我國朝名家最善者輯而刻之，使後世亦知國朝文人之盛，不徒僅以制義已也。」國朝顯指明代，根據選集中所選戲曲的生成年代，不可能是嘉靖四十三年（嘉靖甲子年），則本書的「甲子」應是明代天啓四年。現存世的《萬壑清音》有抄本、刻本兩種。抄本現藏日本京都大學人文科學研究所，《善本戲曲叢刊》據此抄本影印。中國國家圖書館藏有《萬壑清音》明刻本。抄本有十頁空白處，《善本戲曲叢刊》編者認爲，空白頁前後內容連貫，此空白屬於「古人編排之失」（《萬壑清音》影印說明）。把抄本與中國國家圖書館藏《萬壑清音》刻本對照後，筆者發現，此空白並非「古人編排之失」，乃是爲書內插圖預留的空白。抄本的空白頁，在刻本的對應處即是插圖，共十幅，非常精美，是明代後期著名的徽派刻工黃氏家族黃光宇所刻。可見，抄本是原始底本，是付刻之前的手稿。這也解釋了抄本《萬壑清音》全稱既云「《新鐫出像點板北調萬壑清音》」，何以書中卻沒有「出像」（插圖）的疑問。中國國家圖書館藏《萬壑清音》曾爲清末藏書家徐乃昌收藏，凡例標題下有「積學齋徐乃昌藏書」印。《萬壑清音》只收錄北音，據編選者在凡例裏說，之後會有續集刊出，專收南音，名爲《南音練響》，此本歷有著錄（吳敢《論中國古代戲曲散出》），可惜不傳。

（十九）《怡春景》

全稱《新鐫出像點板怡春錦曲》，又名《纏頭百練》。齣目均爲兩字。有

空觀子《纏頭百練序》。有目錄，分「幽期寫照禮集」、「南音獨步樂集」、「名流清劇射集」、「絃索元音御集」、「新詞清賞書集」、「弋陽雅調數集」六卷。整版不分欄。有單面大幅插圖。字體整齊美觀，爲印刷體。曲詞單排大字，賓白單排小字。《怡春景》即《纏頭百練》一集，《怡春景》之名據鄭振鐸所見爲別人挖改的名字，唯書前序言與正文第一頁仍標注「纏頭百練」。《怡春景》並未標明選刻時間，但編選者沖和居士在《纏頭百練》一集之後又編選了《纏頭百練》二集，二集插圖題有刻工「洪國良」的名字。洪國良是崇禎間有名的刻工，曾刻崇禎間刊本《金瓶梅》、《吳騷合編》及崇禎五年（1632）刊本《龍陽逸史》插圖。《纏頭百練》二集引文落款爲「庚午中秋日瓠落生題於崢霄館中」，則二集選刻時間是崇禎庚午年，即崇禎三年（1630）。二集「序」云：「清溪道人素爲著作手，更邃於學。先我有心，嘗簡拔名曲爲《纏頭百練》，已自紙貴。今復精遴爲選之二。個中網舊曲以立式，懷歌詞以盡才，旁及絃索以存古。間採弋陽以志變。刪棘口之音，爲協耳之調。」由此可見，《纏頭百練》二集爲一集之續，則一集刊刻時間當與二集相去不遠，應爲崇禎初期。

另據二集「序」，《纏頭百練》一集、二集選編者都是「清溪道人」，也就是「沖和居士」，此人「嘗簡拔名曲爲《纏頭百練》」，「復精遴爲選之二」。鄭振鐸亦持此觀點。明代小說《禪眞逸史》及《禪眞後史》俱爲「清溪道人編次」，《後史》並署「沖和居士評校」，這是「清溪道人」和「沖和居士」之間確有關係的另一例證。且《禪眞後史》有翠娛閣主人序，而翠娛閣主人就是《纏頭百練》的刊刻者崢霄館陸雲龍。陸雲龍編《型世言》多處有「翠娛閣主人」題詞或序言，其後有「雲龍」或「陸雲龍印」字樣的印章，可爲旁證。如此看來，《禪眞逸史》及《後史》選者、評者其實俱爲一人，即「清溪道人」。他和崢霄館陸雲龍往來密切，多次合作出版通俗讀物。據《中國古代小說百科全書》「《禪眞逸史》」詞條，「清溪道人」名方汝浩，洛陽人，生平不詳。有《善本戲曲叢刊》影印本。

（二十）《纏頭百練二集》

全稱《新鐫出像點板纏頭百練二集》。中國國家圖書館藏明刻本。版式全同《怡春景》。唯六卷名稱不同：「相思譜禮卷」、「漢官儀樂卷」、「元狐腋射卷」、「鐵綽板御卷」、「玉樹音書卷」、「嗊囉曲數卷」。有序文《百練二集引》。序文落款「庚午中秋日瓠落生題於崢霄館中」。此「崢霄館」一般認爲是明末

陸雲龍的刻書坊。陸雲龍乃杭州書坊主，其崢霄館在天啓、崇禎年間刊書眾多，今存者達二十餘種，其中通俗小說四種：《禪眞逸史》、《崢霄館評定出像通俗演義魏忠賢小說斥奸書》（崇禎元年，北京圖書館藏）、《新鐫出像通俗演義遼海丹忠錄》（崇禎壬申，日本內閣文庫藏）、《崢霄館評定通俗演義型世言》（崇禎五年）。其弟陸人龍是小說家，曾與馮夢龍，凌濛初的白話短篇小說集並稱「三言二拍一型」的《崢霄館評定通俗演義型世言》就是他編撰的（北師大版《中國古代文學史》第七編第八章第四節）。由此可見，《纏頭百練》的刊刻者應該就是陸雲龍。陸氏兄弟在小說方面的成就已廣爲人知，其在戲曲方面有無涉獵，則少有資料，如此看來，崢霄館不但刻印小說，也刻印戲曲方面的書籍，只是比重較小。崢霄館曾在其刻印的《皇明十六家小品》一書中徵稿，其中就包括戲曲：「刊《行笈別集》，徵名公新劇，騷人時曲」。《怡春景》（《纏頭百練》一集）序文末尾曰：「空觀子聊以癡言贈。空觀漫草」，筆者頗疑此「空觀子」即「空觀主人」凌濛初。陸氏兄弟爲浙江吳興人，凌濛初爲浙江錢塘人，同爲通俗文藝愛好者、選刊者，其有交往是不奇怪的。

（二十一）《玄雪譜》

全稱《新鐫繡像評點玄雪譜》。國內失傳，孤本藏日本內閣文庫。有目錄。齣目皆爲兩字。有大量評點，且形式多樣，眉批、尾批都有。編者有明確的編選原則和評價，不僅以點評的方式，更以圈或點標於齣目之上的形式來區分「情勝於詞」、「詞勝於情」、「情詞雙美」不同的折子戲。卷首有「聲隱道人」《玄雪譜序》、「笑癡子」題詞及《玄雪譜凡例》八條。插圖爲月光形，有「徽洲黃子立刊」、「黃子立刻」兩處標識。插圖頁還有「仇英」、「沈碩」、「文彭」、「高陽」、「李流芳」、「周東村」等人的名字，都是明代有名的畫家。《玄雪譜序》表明「聲隱道人」就是編者「鋤蘭忍人」，但具體姓名不可考。「笑癡子」亦無可考，但明崇禎時期的小說《新繡全像通俗演義隋煬帝豔史》有「笑癡子」序，或爲同一人。插圖畫家沈碩是天啓、崇禎時人，工山水、人物。刻工黃子立是崇禎時有名的徽派刻家。各方面特點都表明，《玄雪譜》應當是一個崇禎時的選本。有《善本戲曲叢刊》影印本。

（二十二）《新鐫歌林拾翠》

全稱《精繪出像點評新鐫彙選昆調歌林拾翠》，少有著錄。《新鐫歌林拾

翠》多與《新鐫樂府清音歌林拾翠》相混淆。古代戲曲論著或書目中常會提到《歌林拾翠》一書，一般都是指《新鐫樂府清音歌林拾翠》。二者的比較詳見附錄二：「兩種歌林拾翠，兩種萬錦清音」。上海辭書出版社《明清傳奇鑒賞辭典》附錄「明清傳奇書目」中有簡單說明曰：「題粲花主人輯。西湖漫史點評。六卷。明崇禎刻本。中國國家圖書館、浙江圖書館藏」。北京圖書館古籍善本書目著錄《新鐫歌林拾翠》：「題粲花主人輯。西湖漫史點評。明崇禎刻本，四冊，九行二十三字，白口四周單邊。」《新鐫歌林拾翠》編於崇禎十五年（1642）。詳見附錄：《幾種明代折子戲選本刊刻時間考》。卷首有「友鳥主人何約」撰序。此序國家圖書館藏本殘缺，浙江圖書館藏本完整。序文後有《新鐫歌林拾翠凡例》七條。有精美插圖。有目錄。齣目為兩字。整版不分欄。

（二十三）《樂府歌舞臺》

全名《新鐫南北時尚青昆合選樂府歌舞臺》。國內早已失傳，其殘本為英國牛津大學龍彼得教授收藏。本是風花雪月四卷，現殘存風卷正文及部分目錄。有《善本戲曲叢刊》影印本。殘本未題作者及刊刻時間，只在正文首頁第一齣「鶯鶯聽琴」標目下題「書林鄭元美梓」。鄭元美是明末清初書坊奎壁齋坊主，還主持刊刻過折子戲選本《歌林拾翠》。《歌林拾翠》刊刻於清順治十六年（詳見附錄三《歌林拾翠刊刻時間考》），《樂府歌舞臺》雖無刊刻時間記載，但既為鄭元美刊刻，當與《歌林拾翠》刊刻時間相去不遠，亦為清初刊物。其版式與《歌林拾翠》相差無幾，都是整版不分欄，每出之間不留空白，版框為左右雙邊，九行，有界欄，唯一不同是《樂府歌舞臺》行二十一字，《歌林拾翠》行十七字。

（二十四）《時調青昆》

全稱《新選南北樂府時調青昆》，又名《共聽賞》。目錄為上下兩欄，上文下圖，圖為月光形。正文為上、中、下三欄，上下兩欄收折子戲，中欄收散曲、俗語等。粗看頗像明萬曆時的折子戲選本。《善本戲曲叢刊提要》、鄧少基主編《中國古代戲曲文學辭典》（人民文學出版社，2004 年 6 月）、朱崇志《中國古代戲曲選本研究》、齊森華《中國曲學大辭典》（浙江教育出版社，1997 年 12 月）都認為是明代刻本。洪惟助主編《崑曲辭典》中《時調青昆》詞條則認為：「據今所見本中『兩京十三省土產歌』載『崇禎皇帝登龍位，一

且江山屬清朝』，知書當刻於清初。」《時調青崑》中欄「兩京十三省土產歌」末尾幾乎歷數了明代所有皇帝在位的年數，最後一句是：「崇禎皇帝登龍位，一旦江山屬清朝」，很明顯，是清代人對明代的回顧。但此本又不會太晚，因為書裏處處有明人的影子。比如「兩京十三省」就是明代對行政區劃的說法，中欄另一首民謠「南北兩京天下十三省文武官員衙門歌」裏說：「今朝單表大明君，洪武爺爺開基業……」，這樣明顯的對大明朝的親近，對明代子民身份的自我認同，在文字獄日益嚴酷的康乾時代恐不會出現。對前代的回顧應該是清初民謠中的重要內容，所以《時調青崑》的產生應該是清初順治時期。字體、印刷頗粗糙。有《善本戲曲叢刊》影印本。

（二十五）《醉怡情》

全稱《新刻出像點板時尚崑腔雜出醉怡情》。卷首有《醉怡情雜劇敘》，有目錄，齣目為兩字。整版不分欄。《醉怡情》刊刻時間說法不一。《善本戲曲叢刊》出版說明從任二北說，認為是明人選輯，清初古吳致和堂刊刻；朱崇志《中國古代戲曲選本敘錄》認為有明崇禎刻本、清乾隆間古吳致和堂重刻本，不知所據。查《中國古籍善本書目導引》，現存古籍中無崇禎刻本《醉怡情》。其序文有云：「三代以上無論彼成，周歌樂章，漢歌樂府，六代古樂府，唐絕句，宋詩餘，元填詞，而聲音之變於是乎極。」對各代詩樂作了評價，唯不提明清，從語氣來看應為明人。古吳致和堂是清初比較活躍的書坊。因此，筆者亦從任二北說，定《醉怡情》為明人選輯，清人刊刻。有《善本戲曲叢刊》影印本。

（二十六）《歌林拾翠》

全稱《新鐫樂府清音歌林拾翠》。與粲花主人編《新鐫歌林拾翠》完全不同。《歌林拾翠》分一、二兩集，目前一般認為是明人所編，清人刊刻。卷首題「寶聖樓梓」，目錄後牌記則多為「歲在己亥吉月書林奎璧齋梓」。《善本戲曲叢刊提要》認為，《歌林拾翠》是「清奎璧齋、寶聖樓、鄭元美等書林覆刻本」。此說不確。從各方面迹象來看，這的確是個覆刻本。但並非奎璧齋、寶聖樓合作覆刻。經筆者考證，鄭元美是明末清初書坊奎璧齋坊主，其刊刻活動時間集中於明萬曆後至清康熙前。據此，《歌林拾翠》應是奎璧齋於清順治十六年（1659）梓，後寶聖樓覆刻。詳見附錄：《幾種明代折子戲選本刊刻時間考》。整版不分欄，有總目錄，齣目均為兩字。以劇目為序，每劇所選

折子戲單獨編排目錄，列於劇首，目錄後多有牌記。有《善本戲曲叢刊》影印本。

（二十七）《萬錦清音》

題爲《萬錦清音》的折子戲選集有兩種。爲區別這兩種同名不同內容的《萬錦清音》，本書把藝術研究院藏《方來館合選古今傳奇萬錦清音》簡稱爲《方來館合選古今傳奇》，北京圖書館藏《萬錦清音》依舊以《萬錦清音》爲名。兩書的異同聯繫詳見附錄「兩種萬錦清音，兩種歌林拾翠」。國家圖書館藏《萬錦清音》，刻本，殘損嚴重，無刊刻日期，據國家圖書館目錄記載，「四卷，明末刻本」。分風、花、雪、月四卷。月集開頭有「方來館主人點校」題識。《方來館合選古今傳奇》選刻於順治十八年，國家圖書館藏《萬錦清音》有「方來館主人點校」標識，可知也是方來館主人所選，其與《方來館合選古今傳奇》選刻時間當相去不遠，應該也在清初。《萬錦清音》殘損無目錄，版式爲上下兩欄，下欄收折子戲，上欄收散曲、笑話等。

（二十八）《萬錦嬌麗》

殘本，僅存「風集」一卷，原書當有風、花、雪、月四卷。「風集」卷首殘損，有玉茗堂主人題詞殘頁一面及「風集」目錄。正文分上下兩欄，下欄爲「聽秋軒精選萬錦嬌麗」，題「玉茗堂主人點輯」，收《椿庭逼試》（《琵琶記》）、《季子逼釵》（《金印記》）等十三齣折子戲（目錄缺《母子相逢》、《十朋祭江》兩齣）。下欄爲「精選勸世傳奇」，不知爲何，「精選勸世傳奇目錄」刻的是唐伯虎、陳大聲等人的散曲曲目，而正文中上欄則選錄了三段小說：「秋水亭李生夢女，題四女俱有過失」、「正淫風借淫說戒，懲色事就色比論」、「司馬玄感義氣贈功名，呂翰林報恩私竊柯斧」。上欄正文首頁題「白雲道人編次，煙水散人重校」。《中國曲學大辭典》認爲《萬錦嬌麗》是明末刻本，《善本戲曲叢刊》提要則對此存疑。筆者以爲，此本並非明刻本，而是清代刊成。此本下欄選錄均爲明末舞臺流行折子戲，但上欄三段小說暴露了其刊刻於清代的事實。詳見附錄：《幾種明代折子戲選本刊刻時間考》。有《善本戲曲叢刊》影印本。

（二十九）《曲選》

中國國家圖書館抄本。套曲與折子戲選齣混雜。最後一齣「六國封贈」不見於目錄，且抄寫格式、字體與前文皆不同，可能是全書抄成後又附加的。

此本中多爲套曲，少數是折子戲選齣，主要是元、明傳奇《金印記》之類，沒有罕見劇目。國家圖書館記錄爲明代抄本。郭英德《稀見明代戲曲選本三種敍錄》認爲「此書收錄袁于令（1592～1672）《西樓記》傳奇散齣，該劇約作於萬曆三十八年（1610）左右，然則此書抄錄時代當在明末。此書所錄劇曲多爲二字目，亦可爲旁證」，筆者認爲這個判斷是比較合理的。但郭氏認爲「此本爲歷來治曲者所未曾著錄」，此說法失查。《明清傳奇鑒賞辭典》附錄「明清傳奇書目」即有著錄：「曲選，明佚名輯。不分卷。明抄本。國家圖書館藏。」

（三十）《萬曲合選》

又名《萬家錦》，有刻本、抄本兩種。藏於中國藝術研究院戲曲研究所圖書館。所選三十齣折子戲齣目均爲四字，都是明代戲曲舞臺上流行的劇齣。只題「南陽鄭氏奎璧齋」刊刻，無法斷定是明代奎璧齋原版，還是入清以後的奎璧齋翻刻明版，但無論屬於哪種情況，此本都應該是反映明代折子戲演出的。所以亦列入明末清初折子戲選集中。

（三十一）《方來館合選古今傳奇》

又名《方來館合選古今傳奇萬錦清音》、《最娛情》。藏於中國藝術研究院戲曲研究所圖書館，此本四卷七冊，保存完整。卷首有「方來館主人」序，序言落款：「順治辛丑蠟月方來館主人題」，即順治十八年。有目錄，目錄分上下兩欄，上欄題「名家雜詠目次」，下欄題「方來館合選古今傳奇」。正文也分兩欄，上欄爲散曲、劇曲，下欄爲折子戲，齣目四字。上欄邊縫題「萬錦清音」，可見「萬錦清音」應是上欄套曲集標題。首頁題「玉茗堂主人點輯」，顯係僞託。分風、花、雪、月四卷。

（三十二）《來鳳館合選古今傳奇》

現藏中國國家圖書館，國圖目錄說明認爲是清初刻本。《來鳳館合選古今傳奇》原有四卷，殘存一卷，幸好目錄保留，且有序一篇。目錄分兩欄，上欄爲「古今詩話」、「古今小說」等目錄，下欄爲傳奇目錄。序文落款題：「丁亥新秋節來鳳館主」，因選有崇禎時作品《燕子箋》，此「丁亥」當指順治丁亥（1647）。正文首頁上欄題「綠窗居主人篆」，下欄題「邀月主人彙輯」。此折子戲選本選有失傳已久的喬夢符《金縢記》及馮延年《南樓夢》，可惜殘損亦不傳。正文亦分兩欄，上欄收散曲並《掛枝兒》、《情史》等，不知作者是

否與馮夢龍有關。下欄收折子戲，分四卷「忠孝集」、「風懷集」、「情俠集」、「絃索詞」。

（三十三）《昆弋雅調》

全稱《新刻精選南北時尚昆弋雅調》。中國藝術研究院戲曲研究所圖書館藏。目錄兩欄，上文下圖，圖爲月光形，非常精緻。正文分上、中、下三欄，上、下兩欄爲折子戲選齣，中欄爲小曲、民謠、笑話等分風、花、雪、月四卷。中國藝術研究院書目著錄其爲清順治年間刻本。《中國曲學大辭典》認爲《昆弋雅調》「清佚名編。清初刻本。」《明清傳奇鑒賞辭典》附錄四「明清傳奇書目」記載爲：「清佚名集。四集。清初刻本。」鄭振鐸在「明末書林戲曲選本九種折子戲表」又把《昆弋雅調》列爲明末折子戲選本。據筆者考證，其應爲康熙前期選本。詳見附錄：《幾種明代折子戲選本刊刻時間考》。

（三十四）《新鐫綴白裘》

全稱《新鐫綴白裘合選》，又名《綴白裘合選》。兩欄版式。有圖。有目錄。有「華陽山人序」，據此，此書刊刻於康熙二十七年。北京大學圖書館藏四卷八冊。中國國家圖書館藏一冊殘本。北圖題注曰此書爲明人選，清人刊刻，國圖題注曰此爲明人刻，清初重修本。查書中所選折子戲，均爲明代作品，則至少此書在明代已經選編完成。故放入明代折子戲餘緒期選本。

附錄二：兩種《萬錦清音》，
兩種《歌林拾翠》

　　有的戲曲書目、辭典對兩種《萬錦清音》均無著錄，如洪惟助編《崑曲辭典》（臺灣國立傳統藝術中心出版，2002 年 5 月）、王沛綸編《戲曲辭典》（臺灣中華書局出版，1975 年 4 月）等；有的有著錄，但記載信息並不準確。例如：

　　鄧紹基主編《中國古代戲曲文學辭典》（人民文學出版社，2004 年 6 月）「《萬錦清音》」詞條曰：「戲曲選集。全名《方來館合選古今傳奇萬錦清音》。清方來館主人編，清順治十八年（1661）方來館刻。原書分爲風花雪月四集。北京圖書館藏本，係經過重新裝裱的殘卷。今存《拜月亭》、《紅梨花記》等 27 種南戲和傳奇的 36 個單齣，亦偶錄明人散曲套數。所收《指蘭盟》、《小仙緣》等，不見它書著錄。」

　　傅惜華《明代傳奇全目》（人民文學出版社，1959 年）附錄《引用書目解題》記載：「《萬錦清音》，清方來館主人編。清順治十八年方來館刻本。原本僞託爲『玉茗堂主人輯』。此編戲曲選集，書名全題爲《方來館合選古今傳奇萬錦清音》，凡四集，所選元明兩代戲曲散齣，均爲當日流行之崑弋演出劇目，亦偶錄明人散曲套數。」

　　齊森華主編《中國曲學大辭典》（浙江教育出版社，1997 年 12 月）《萬錦清音》詞條曰：「劇曲、散曲選集。全名《方來館合選古今傳奇萬錦清音》。明方來館主人輯。四卷。分上下欄，上欄收錄散曲、雜曲，下欄錄傳奇散齣。收二十五位作者的散曲四百一十篇（首），其中馬更生、嵇行若、程豈一、周君健、邵涵遠、嵇一庵、沈滄雨等人作品爲眾多明人曲選集所不見，彌足珍

貴。所收傳奇散齣，多為當時市井流行的弋昆演出劇目。有明末刻本，清順治十八年（1661）方來館刻本。」

蔣星煜、齊森華、趙山林主編《明清傳奇鑒賞辭典》（上海辭書出版社，2004年12月）附錄「明清傳奇書目」（車文明編寫）著錄：「《萬錦清音》，四卷。明末刻本。中國國家圖書館、中國藝術研究院圖書館藏」，另有著錄：「《方來館合選古今傳奇萬錦清音》，題明玉茗堂主人輯。四卷。清順治十八年方來館刻本。中國國家圖書館、上海圖書館藏殘本。」此為首度提出《萬錦清音》有兩種的辭典。

郭英德在《稀見明代戲曲選本三種敘錄》一文中對國家圖書館藏《萬錦清音》作了較詳細的介紹並提出：「據版式、內容及劇曲四字標目等特徵看，當為明末刻本。此書所錄劇目有阮大鋮《燕子箋》，此劇作於明崇禎十五年（1642）稍前，然則此書之刻當在是年或稍後。據傅惜華《明代傳奇全目》附錄《引用書目解題》記載，此書另有清順治十八年（1661）方來館刻本，當即此本之翻刻本。傅氏云：原本偽託為『玉茗堂主人輯』（第542～543頁）。此本惜未獲見，不知是否全本？」〔註1〕

以上說法皆有謬誤，只是程度不同。那麼《萬錦清音》的實際情況到底怎樣呢？

據筆者考查，《萬錦清音》其一為國家圖書館藏，殘損嚴重，存四冊，分別為風、花、雪、月四卷殘卷，每卷都單獨排頁碼，頁數在八十至九十頁左右，風、花、雪三卷每卷前半缺失四十多頁，月卷後半破損，缺失五十頁以後內容。無明確刊刻日期，國家圖書館記錄為明末刻本；《萬錦清音》其二為中國藝術研究院戲曲研究所藏，全稱《方來館合選古今傳奇萬錦清音》，簡稱《萬錦清音》或《方來館合選古今傳奇》。此本保存完整，亦分風、花、雪、月四卷，七冊。開頭序言落款：「順治辛丑蠟月方來館主人題」，即順治十八年。為區別這兩種《萬錦清音》，本書把藝術研究院藏《方來館合選古今傳奇萬錦清音》簡稱為《方來館合選古今傳奇》，國家圖書館藏《萬錦清音》依舊以《萬錦清音》為名。

那末，藝術研究院藏《方來館合選古今傳奇》是否是國家圖書館藏《萬錦清音》的翻刻本呢？如果是翻刻本，則兩種《萬錦清音》實為一種。

〔註1〕《稀見明代戲曲選本三種敘錄》，郭英德，《清華大學學報》2007年第3期，頁73。

據《中國古籍版刻辭典》（瞿冕良編，齊魯書社出版，1999 年 2 月）：「翻刻本：原刻書版循至字迹不清，或版中斷裂損壞，不能再印，又據原刻影摹，然後上版開雕，這種重刻印刷的書稱爲翻刻本，一稱覆刻本。」也就是說，翻刻本和原本雖然用的不是一個刻板，但照原版重刻，內容是一樣的。在《萬錦清音》的版本問題上，翻刻本的說法聽起來頗爲有理，因爲這兩種選集確有相似處。一，編選者相同。《萬錦清音》月卷首頁有「方來館主人點校」標識，可知是方來館主人所選。《方來館合選古今傳奇》則在序言落款中點明方來館主人的選編者身份；二，題名近似，都簡稱爲《萬錦清音》（這也是混淆的主要原因）；三，編排結構相近，都以風、花、雪、月命名各卷，都分上下兩欄。上欄邊縫都題「萬錦清音」，下欄邊縫各卷分別題「風集」、「花集」、「雪集」、「月集」。但仔細考查兩書內容，這兩個選本內容的不同之處遠遠大於相同之處。

國家圖書館藏《萬錦清音》封面、目錄皆缺失，正文分兩欄，上欄是散曲、民歌、酒令和笑話（《增刪新奇古今笑府》）。散曲有唐伯虎、陳大聲等人的作品，民歌是馮夢龍編輯的《掛枝兒》、《山歌》兩個民歌集，《增刪新奇古今笑府》則是馮夢龍的《笑府》。此書是歷史上有名的笑話集，原本一度失傳。清代遊戲主人曾據其改編《笑林廣記》，廣爲流傳。近現代以來對馮夢龍《笑府》的許多著錄、解說與《笑林廣記》混爲一談，如《中國大百科全書》就認爲《笑府》「分爲腐流、殊稟、刺俗、方術、形體、謬說、閨風、雜語八類」，其實，《笑府》分「古豔」、「腐流」、「世諱」等十三類，上文的八類是《笑林廣記》根據《笑府》的十三類打亂重排的。《萬錦清音》上欄《笑府》的重現爲研究馮夢龍《笑府》提供了一份寶貴的原始資料，惜其殘缺，只存留「古豔」、「腐流」、「世諱」、「方術」、「廣萃」、「殊稟」、「細娛」的部分內容。《萬錦清音》下欄是折子戲選集，共殘存折子戲三十七齣（含《拜月亭・幽閨拜月》殘齣），有《指蘭盟》、《小仙緣》等罕見戲曲。

中國藝術研究院戲曲研究所圖書館藏《方來館合選古今傳奇萬錦清音》保存完整，四卷七冊，首頁頁眉題：「繡像最娛情」，中間豎排大書：「萬錦清音」，左下角題「方來館藏本」。正文首頁題「玉茗堂主人點輯」，此書收有沈自晉《望湖亭》，乃明天啓七年（1627）後的作品〔註 2〕，距湯顯祖（1550～

〔註 2〕 《明清傳奇編年》，《明清傳奇鑒賞辭典》附錄，上海辭書出版社，2004 年 12 月第 1 版。

1616）去世已十一年，顯係偽託。此書亦分上下兩欄，目錄上欄有「名家雜詠目次」，收錄鄭若虛、康對山、唐伯虎、陳大聲等人的散曲，「幽怨雅奏目次」、「絃索調目次」、「幽窗雅奏」則收錄各種劇曲，如《琵琶記・愁訴》、《金釵記・庭訓》、《南西廂・驚夢》、《北西廂・聽琴》等。上欄邊縫題「萬錦清音」。下欄總標題為「方來館合選古今傳奇」，為折子戲選集，共收錄《繡房議親》（《荊釵記》）、《椒山寫本》（《鳴鳳記》）、《周娘教子》（《尋親記》）等折子戲八十五齣。

從上欄內容看，《方來館合選古今傳奇》選錄的都是用於演唱的散曲和戲曲套曲，《萬錦清音》選錄的則是散曲、民歌和笑話，以馮夢龍作品為主，差別很大。

從下欄折子戲選錄的情況來看，《萬錦清音》現存折子戲三十七齣，《方來館合選古今傳奇》總計折子戲八十五齣，二者所選相同的折子戲有十七齣，不到前者的二分之一，不到後者的四分之一。設若《方來館合選古今傳奇》果真是國圖本《萬錦清音》的翻刻本，保存完整的《方來館合選古今傳奇》應該包括《萬錦清音》殘本中的所有劇目和齣目，就算翻刻不完整，至少也該是大部分，最起碼，同一劇目下的折子戲應該是相同的。但是經過對比，《方來館合選古今傳奇》選《紅拂記》第十齣《俠女私奔》，《萬錦清音》卻選《紅拂記》第十二齣《同調相憐》。同一劇齣在兩書中的齣目也有不同。比如兩書都選取了《雙珠記》第十三齣，但《方來館合選古今傳奇》中此出名為《劍擊淫夫》，《萬錦清音》中此齣名為《劍擊狂徂》（「徂」當為「且」）。

兩書的編排雖都是以風、花、雪、月來命名各卷，但思路明顯不同，《方來館合選古今傳奇》月卷特別標明是「弋陽調」，《萬錦清音》月卷則沒有這樣的標識，亦非純粹的弋陽腔。兩書月卷所選劇齣就目前材料看也沒有一齣是相同的。其實，以「風、花、雪、月」來命名書中各卷，是明清通俗文學中常見的現象。比如折子戲選集《昆弋雅調》（江湖知音者彙選）、《樂府歌舞臺》，小說《宜春香質》（醉西湖心月主人）、《世無匹》（古吳娥川主人編次、古吳青門逸士點評）等，都是編排成四卷，分別以「風、花、雪、月」為名。《萬錦清音》和《方來館合選古今傳奇》在各卷名稱上的相同實在不足為奇，也無法作為翻刻的證據。

因此，筆者認為，《萬錦清音》和《方來館合選古今傳奇》並非同一本書的不同版本，而應該是兩本書。當然，這兩種書之間確實有些淵源，它們的

選編者都是方來館主人，選編時手頭可用的本子自然有很多是相同的，所以在內容，編排方式上有相似的地方也是很自然的。但大部分內容的差異證明它們之間不是原本和翻刻本的關係。

這樣看來，上引各辭典、書目的著錄問題確實很多。《中國古代戲曲文學辭典》、傅惜華《明代傳奇全目》附錄《引用書目解題》、《中國曲學大辭典》都是把《萬錦清音》和《方來館合選古今傳奇》作為同一本書來介紹的，兩書的相關信息混雜在一起。《明清傳奇鑒賞辭典》附錄「明清傳奇書目」明確分開了兩書，但記錄信息多有失誤，一是藏書地剛好反了，事實上，順治年間選刻的《方來館合選古今傳奇》藏於中國藝術研究院，不見於國家圖書館，明末《萬錦清音》則藏於國家圖書館，不見於中國藝術研究院。至於上海圖書館是否藏有《萬錦清音》殘本，甚或是哪個殘本，因未得親見，不敢妄言。二是保存情況記錄有誤，《方來館合選古今傳奇》並非「殘本」，這個本子保存非常完整，有殘缺的是《萬錦清音》。

兩種《萬錦清音》對明末清初折子戲研究都有重要的學術意義，本書僅對其版本情況作一簡略介紹和區分，希望能引起更多關注及更為具體深入的研究。

同名異書的還有《歌林拾翠》。古代戲曲論著或書目中常會提到《歌林拾翠》一書，一般都是指題名為《新鐫樂府清音歌林拾翠》的戲曲選本。1984年臺灣學生書局將之影印收入《善本戲曲叢刊》第二輯，成為較為常見的一種戲曲散齣選本。《歌林拾翠》分一、二兩集，卷首題「繡像歌林拾翠初集」，「寶聖樓梓」。有「新鐫樂府清音歌林拾翠一集目錄」（一集總目）及精美插圖。目錄以劇為序，每劇標題統一格式，如「新鐫樂府浣紗拾翠」、「新鐫樂府幽閨拾翠」等。每劇均有獨立目錄，且目錄後多有牌記。據牌記內容來看，刊刻者不僅有卷首的寶聖樓，還有奎壁齋（鄭元美）、大有堂。比如「歲在己亥吉月金陵奎壁齋梓」、「歲在己亥吉月金陵寶聖樓梓」、「歲在己亥吉月書林鄭元美梓」。最特別的是「金貂拾翠」後的牌記：「歲在乙丑吉月金陵寶聖樓梓」。

而《新鐫歌林拾翠》（又名《精繪出像點評新鐫彙選昆調歌林拾翠》）亦簡稱為《歌林拾翠》，其內容卻與《新鐫樂府清音歌林拾翠》完全不同，是少有研究和提及的另一種《歌林拾翠》。除上海辭書出版社的《明清傳奇鑒賞辭典》附錄「明清傳奇書目」中有簡單說明曰：「題粲花主人輯。西湖漫史點評。

六卷。明崇禎刻本。中國國家圖書館、浙江圖書館藏」外，《中國曲學大辭典》、《中國古代戲曲文學辭典》、《崑曲辭典》、《中國文學大辭典》、《中國大百科全書‧戲曲曲藝卷》均未收入。國家圖書館藏《新鐫歌林拾翠》現殘存二卷四冊，題「粲花主人輯西湖漫史點評」，以劇為單位排序，每劇選一至四齣，卷四目錄缺半頁、卷六目錄缺一頁，目錄其餘部分完整，計收戲曲五十三種一百零六齣。浙江圖書館藏《新鐫歌林拾翠》詳情參見汪超宏《明代曲作二考》（《文學遺產》2007 年第 4 期）。

附錄三：幾種折子戲選本刊刻時間考

（一）《歌林拾翠》刊刻時間考

因爲《歌林拾翠》牌記中只有干支紀年，沒有朝代記載，大多數戲曲辭典、書目對《歌林拾翠》的解說都迴避刊刻時間，而籠統以明人選編，清人刊刻概括之。如《中國崑劇大辭典》「《歌林拾翠》」條：「崑腔劇曲選集。明無名氏選編。書名全題爲《新鐫樂府清音歌林拾翠》，有《善本戲曲叢刊》影印清奎壁齋覆刻本」。《明清傳奇鑒賞辭典》附錄「明清傳奇書目」「《歌林拾翠》」條：「明佚名輯。二集。清金陵奎壁齋刻本（版片後歸寶聖樓，封面改刻爲「寶聖樓梓」）。1984 年臺灣學生書局有影印本，收入《善本戲曲叢刊》第二輯。」惟《崑曲辭典》（洪惟助主編）認爲《歌林拾翠》是「『歲在己亥（1659）年』金陵書林奎壁齋、寶聖樓、大有堂、鄭元美等合梓覆刻本」。《崑曲辭典》沒有說明判斷此「己亥」爲 1659 年的具體原因。另外，從上面的引用可知，關於刊刻者，各家說法也有分歧。有的認爲《歌林拾翠》是奎壁齋刻本，寶聖樓覆刻；有的認爲是奎壁齋覆刻，還有的認爲是奎壁齋、寶聖樓、大有堂、鄭元美等合梓覆刻。

從各方面迹象來看，可以肯定，這是個覆刻本。卷首總目劇齣標題均爲明末至清代常用的二字，正文中目錄則爲明代中後期常用的四字，這說明，總目與正文刊刻時間不一致，總目是覆刻時後加的。牌記共計十九處，有四處刻「寶聖樓梓」，一處刻「大有堂梓」，其餘均爲「奎壁齋梓」或「鄭元美梓」（鄭元美即奎壁齋坊主）。仔細觀察，奎壁齋的牌記都是兩行，每行六字，排列整齊。而「金貂拾翠」後的牌記「歲在乙丑吉月金陵寶聖樓梓」，基本格式雖不變，但「寶聖樓」和「乙丑」兩處字迹模糊，字形比牌記中其

他字大，很明顯不是同時鐫刻的。其他三處「寶聖樓」字迹也都不清晰，且字形不正，放在牌記中明顯與其他字不齊。顯然，是寶聖樓覆刻了奎壁齋的版本，並把牌記挖改成自己的名字。或許是挖改十九處太過吃力，這一工作只做了四處就結束了，而挖改時間應該就是和「寶聖樓」一起出現在牌記中的「乙丑」年。「己亥」則是奎壁齋刊刻此書的時間。只是僅有干支紀年，不好確定是明末到清代的哪個「己亥」。萬曆二十七年（1599），順治十六年（1659），康熙五十八年（1719），乾隆四十四年（1779），道光十九年（1839）……都有可能。

　　至於「大有堂」，很可能是和寶聖樓一起進行再版工作的書坊。奎壁齋是活躍於明清兩代的民間書坊，從明萬曆間到清乾嘉間兩百年左右的歷史中，鄭氏家族幾代人都在從事坊刻事業，刻印了大量書籍。但迄今為止，尚未發現奎壁齋有與他人合作出版的記錄。奎壁齋刻書牌記多署「書林鄭氏」、「金陵奎壁齋」，有明確姓名的有「鄭思鳴」、「鄭大經」、「鄭元美」。鄭思鳴、鄭大經出版刊刻的活動多集中在萬曆至天啓間，比如明萬曆四十六年金陵書林鄭大經奎壁堂刻《古今道脈》四十五卷（《中國古籍善本目錄》）、明天啓六年書林鄭大經刻套印本《詩經秘旨》八卷（《中國古籍善本目錄》），明萬曆二十二年鄭思鳴刻焦竑《養正圖解》等等。而鄭元美，由於至今沒有發現其刊刻書籍的明確朝代（僅有干支紀年），對他的版刻活動時間說法不一。《中國古籍版刻辭典》認為鄭元美就是鄭思鳴：「奎壁堂：又作奎壁齋，明萬曆間金陵人鄭思鳴、鄭大經的書坊名，在狀元坊。思鳴字符美。刻印過宋蔡沈《書經集傳》6 卷，……《新鐫樂府清音歌林拾翠》初集十六種不分卷，二種 14 種不分卷，《新鐫樂府名時曲萬家錦》2 卷」，《中華印刷通史》第七章「清代的刻書事業」則提出：「奎壁齋主人乾隆時為鄭元美，莆陽人，到光緒年間書板已多散售易主。」鄭元美的生平活動時間如果能確定，那麼《歌林拾翠》以及鄭元美刊刻其他書籍的時間就可以確定。而根據上文兩書記載，鄭元美或為萬曆時人，或為乾隆時人，令人莫衷一是。

　　根據筆者的判斷，鄭元美的刊刻活動時間既不是萬曆也不是乾隆，而是集中於明萬曆後到清康熙前。理由有四：

　　其一，《歌林拾翠》收錄有周朝俊的《紅梅記》。根據王穉登（1535～1612）《敘〈紅梅記〉》：「己酉秋，余復有西湖之遊，宿昭慶上人房」，在此，他結識周朝俊，「余次過其寓中，見几上一帙，展視之，乃生所製《紅梅記》也。

循環讀之，其詞眞，其調俊，其情宛而暢，其布格新奇，而毫不落於時套。削盡繁華，獨存本色。嘻！周郎可爲善顧曲焉……太原王穉登。」此「己酉秋」當指萬曆三十七年（1609 年）秋天，也就是說，萬曆三十七年時，王穉登第一次見到周朝俊的《紅梅記》，當時這個劇本尚不爲人所熟知，那麼《歌林拾翠》必選編於萬曆三十七年後，萬曆二十七年的「己亥」（1599 年）可排除。下個「己亥」年是清初的順治十六年（1659）。如果鄭元美就是鄭思鳴，那麼從明萬曆二十二年（1594）刻焦竑《養正圖解》到清順治十六年（1659）刻《歌林拾翠》，中間有六十五年時間，即使鄭元美長壽，從事長達六十五年的刊刻活動也是難以想像的。如果是順治之後的「己亥」，那就更不可能。所以鄭元美不是鄭思鳴，他應該是鄭思鳴之後奎壁齋的經營者。

其二，鄭元美刊刻過《廣日記故事》、《女四書集注》、《書經》等書，《廣日記故事》、《女四書集注》的箋注者是同一個人：琅琊王相晉升。《奎壁齋增訂評注廣日記故事》正文首頁標注：「琅琊王相晉升增注莆陽鄭鈴元美校梓」，由此我們知道，鄭元美名鈴，字符美，再次證實其非鄭思鳴。既是校梓王相增訂的書籍，鄭元美至少應該是王相同時代的人，而決不會在王相之前。王相，明末清初人，在蒙學方面頗有建樹，現在已知《三字經訓詁》、《增補重訂千家詩注解》等皆其編定。《三字經訓詁》刊刻於「康熙丙午年」（1666），即康熙五年。另據《女四書》之一的《王節婦女范捷錄》題注，王節婦就是王相的母親，三十守節，「苦節六十年，壽九十歲。南宗伯王光復，大中丞鄭潛庵兩先生皆旌其門」，「宗伯」是古代對於禮部尚書的別稱，「南宗伯」乃特指明朝南京禮部尚書，以區別北京的禮部尚書。王母守節多年，旌表之時尚在明朝，所以王相定是自明入清之人。由此推斷，鄭元美的刊刻活動時間應該也在明末清初，他和王相一樣經歷了明清鼎革的動亂時代。

其三，奎壁齋刻《廣日記故事》、《女四書集注》完全不避康熙、乾隆的諱。《廣日記故事》「友悌類」有則故事「射牛不問」：「隋牛弘（鶉觚人）性寬厚。弟弼，好酒，醉，射殺駕車牛。弘還，妻謂曰：『叔射殺牛』。弘無所怪，直答曰：『作脯』。坐定，妻又激之（以言語激發使怒），弘曰：『已知之矣』。顏色自若，讀書不輟（止也）。此段故事共出現四個「弘」字，沒有一個有缺筆等避諱現象，可見鄭元美刻書並不避乾隆的諱。在「神童類」中有一則故事：「九歲通玄」，講揚雄子揚童烏與其父共同探討高深莫測的《太玄經》的事迹。全文共出現了四個「玄」字，既沒有缺筆也沒有用「元」字代

替，可見鄭元美刻書也不避康熙的諱。像這樣不避諱的現象在鄭元美刻的書裏還有多處，如《女四書集注》之一《曹大家女誡》「夫婦第二」：「……信天地之弘義，人倫之大節也（參，和也。弘，大也……）」，兩個「弘」字亦不避諱……此不一一舉例。在文網密集的康熙、乾隆時代，這樣大量的觸犯皇帝名諱的現象出現在民間非常普及的《廣日記故事》、《女四書集注》中，應該是不可能的。這只能說明，鄭元美刊刻《廣日記故事》、《女四書集注》不在康熙、乾隆時代。

其四，現存奎壁齋版《書經》有京都善成堂翻版。據《中國古籍版刻辭典》，善成堂是清道光年間北京琉璃廠附近有名的書坊，這說明在清道光年間時，奎壁齋已然沒落，版片散失，其中一部分落入善成堂手中。所以，鄭元美不可能是道光時期的人。

綜上可見，《中國古籍版刻辭典》和《中華印刷通史》對鄭元美的記載均誤。鄭元美生活並從事刊刻活動的時間應該是明萬曆後到清康熙前。《歌林拾翠》的刊刻可排除明萬曆二十七年（1599），清康熙五十八年（1719），乾隆四十四年（1779），道光十九年（1839）這幾個「己亥」，而應該確定在清順治十六年（1659）。這樣看來，《崑曲辭典》對《歌林拾翠》刊刻時間的判斷是正確的。

或許正是因為鄭元美自明入清，作為明朝遺民，對「清順治」這樣的年號一時難以接受，所以在書籍牌記上索性不刻朝代，只寫干支紀年。比如他所刊刻的時調小曲集《萬花小曲》，卷末牌記也只記：「歲在丙申秋月金陵奎壁齋梓」。

（二）《萬錦嬌麗》刊刻時間考

《萬錦嬌麗》上欄三段小說中，「秋水亭李生夢女，題四女俱有過失」應出於《警世通言》，其與《警世通言》（約成於天啓四年）第十一卷《蘇知縣羅衫再合》的入話內容一致，僅個別字句有差別。「正淫風借淫說戒，懲色事就色比論」出自小說《肉蒲團》（又名《覺後禪》、《循環報》等），為《肉蒲團》第一回。「司馬玄感義氣贈功名，呂翰林報恩私竊柯斧」出自小說集《人中畫》，原名為《風流配》。據《中國古代小說百科全書》，《肉蒲團》，「清代小說，作者真實姓名不詳。清康熙時人劉廷璣認為作者是李漁：『李笠翁，漁，一代詞客也。著述甚夥，有傳奇十種，《閒情偶寄》《無聲戲》《肉蒲團》各書，造意創詞，皆極尖新。』（《在園雜誌》卷一）魯迅則說『意想頗似李漁』。」

無論作者是否確爲李漁，這是獨立創作的作品無疑，其第一回被選錄只能是在《肉蒲團》流行於世之後。

《風流配》，才子佳人小說，刊刻於康熙間的劉廷璣《在園雜誌》有云：「近日之小說，若《平山冷燕》《情夢柝》《風流配》《春柳鶯》《玉嬌梨》等類，佳人才子，慕色憐才，已出之非正，猶不至於大傷風俗。」可見，《風流配》在康熙間頗爲流行。《風流配》現存最早的版本是清順治嘯花軒刊本。《風流配》與《肉蒲團》兩書的寫作雖不能確定是在明末還是清初，但現今發現的刊本都是清代的，因此其廣泛流行應在清初。作爲坊刻選本，《萬錦嬌麗》應該是在《肉蒲團》、《風流配》出版並產生一定影響後才將其納入視野，選編入書的，因此，從上限來說，《萬錦嬌麗》的刊刻當已入清。但《萬錦嬌麗》的《風流配》不避康熙的「玄」字諱，從下限來看應是康熙前的作品，由此，《萬錦嬌麗》應該是順治或康熙前期的刻本。

此外，《萬錦嬌麗》上欄爲「白雲道人編次」，「煙水散人重校」，「煙水散人」，學界多認爲是浙江嘉興人徐震（字秋濤），明末清初小說家，編寫過《桃花影》等多部小說。「白雲道人」，眞實姓名不詳，編寫過小說《玉樓春》等。有小說《賽花鈴》，題「吳興白雲道人編次」，「南湖煙水散人較閱」，應該是白雲道人和煙水散人的另一次合作。《賽花鈴題辭》後署「時康熙壬寅歲仲秋前一日檇李煙水散人漫書於問奇堂中」。因其文亦不避「玄」字諱可知「康熙壬寅」爲康熙元年。此可爲《萬錦嬌麗》是順治或康熙前期刻本的一個旁證。

（三）《昆弋雅調》刊刻時間考

《昆弋雅調》風集下欄收有《鐵冠圖》「白氏盡節」一齣。《鐵冠圖》，《曲海總目提要》著錄此本，云「不知何人所作」，亦未注明問世時間。其內容「影掠明末崇禎事迹」，顯係清代作品。莊一拂《古典戲曲存目彙考》還指出此劇與曹寅《表忠記》相類，但不知何前何後。（民國）《東莞縣志》（卷九十九《雜錄》）有「順治初，篁村演梨園《鐵冠圖》」的記載，可見，《鐵冠圖》在順治初即已寫成並演出。曹寅《表忠記》應是後出的。因此，《昆弋雅調》必是清代選本無疑。《昆弋雅調》月集下欄收有罕見傳奇《三春夢》的四齣折子戲。《三春夢》，《中國曲學大辭典》等不見著錄。唯莊一拂《古典戲曲存目彙考》有「《三春夢》」詞條曰：「此戲未見著錄。《冰硏雜錄》：清初蒙陽高君守信州時，拯救閩寇所掠信民之婦女千餘人。時閩中好事爲傳奇名《三春夢》

者，備載其事雲。按《昆弋雅調》收有《借夢重逢》、《怒奪漳泉》、《指點迷津》、《天陛陳情》等四齣」。《三春夢》之本事在《清稗類鈔》中也有記載。《清稗類鈔・正直類》有「高某抗議出婦女」一節：「蒙陽高某守信州，在康熙癸丑、甲寅間。時吳三桂、耿精忠爲逆，信州邇閩，信之婦女多爲閩寇所掠，閩民之避亂山中者，其妻女亦多爲信營所獲。……」平閩之後，這些婦女卻被扣留在官軍中，高某找到將軍額楚，據理力爭，終使被扣婦女回家，「時閩中好事有爲傳奇名《三春夢》者，備載其事。」吳三桂、耿精忠叛亂是康熙間的一件大事，發生在 1673～1681 年。《三春夢》作於平定吳、耿之亂後（1681），《昆弋雅調》的選刻又在《三春夢》的流行、演出之後。也就是說，《昆弋雅調》的選刻不會早於康熙二十年（1681）。

《昆弋雅調》卷末有一篇文字，題「乾隆丁丑蒲月中浣七十歲憨老識」，「乾隆丁丑」即 1757 年。觀察此頁非印刷物，從語氣來看，作者並非《昆弋雅調》的選輯或刊刻者，其字體與正文中墨寫點評極似，則此「七十歲憨老」當是本書的一個讀者、收藏者。《昆弋雅調》的選刻應在此文寫作之前，即不晚於乾隆二十二年（1757）。也就是說，《昆弋雅調》的選刻時間上限在康熙二十年（1681），下限在乾隆二十二年（1757）。以康熙時期可能性更大。

此判斷的另一個證據是，《昆弋雅調》選了四齣《三春夢》，之後此劇旋即失傳，不但全本失傳，折子戲選集中亦不見蹤影。這說明，《昆弋雅調》產生於《三春夢》在舞臺走紅的時候，也就是其本事發生後不久。因爲時事性的作品有強烈的時效性，很容易在事件剛剛發生之後紅極一時，而時過境遷，藝術水準不夠高的作品又很容易銷聲匿迹，遭到舞臺的無情淘汰。比如，張岱《陶庵夢憶》中《冰山記》一則云：「魏璫敗，好事者作傳奇十數本，多失實。余爲刪改之，仍名《冰山》」。現在，這「十數本」關於魏忠賢的時事劇均已失傳。因此，《昆弋雅調》的選刻應在平定吳、耿之亂不久。《昆弋雅調》是康熙二十年至乾隆二十二年間的刻本。

《昆弋雅調》中欄有民謠「天下土產並兩京文武官員衙門」，清初折子戲選集《時調青昆》中欄亦有「兩京十三省土產歌」和「南北兩京天下十三省文武官員衙門歌」，內容非常接近。看來此類民謠曾十分流行。在版式上，《昆弋雅調》和《時調青昆》也十分相似，如三欄版式，月光型插圖等，或者兩書有什麼淵源，選刻時間可能相去不遠。因其版式、內容仍承明代餘緒，故都列入考察範圍。

（四）《新鐫歌林拾翠》刊刻時間考

國圖本《新鐫歌林拾翠》緊接友鳥主人何約序後是一篇《新鐫歌林拾翠凡例》，其落款爲：「壬午上巳西湖漫史謹識」。根據凡例最後的落款，顯然，此書選編於「壬午上巳」。那麼，「壬午」應該是哪一年呢？可能性較大的無非是萬曆壬午年（1582）、崇禎壬午年（1642）、康熙壬午年（1702）。

首先可以排除的是萬曆壬午年（1582）。因爲所收劇目很多都作於萬曆壬午年（1582）後。比如書中所選的《東郭》（卷五），作者孫鍾齡曾爲此劇作序《東郭記引》曰：「峨眉子曰：樂府之傳，其間節義廉恥，不過十之一耳……萬曆戊午重九越三日，峨眉子孫仁孺書於白雪樓」（蔡毅《中國古典戲曲序跋彙編》卷十一，齊魯書社，1989年10月版，第1334頁），這篇自序作於「萬曆戊午」（1618），在萬曆壬午（1582）三十六年之後了。

其次來看康熙壬午年（1702）。時至康熙壬午年（1702），清代的一些著名傳奇早已創作完成，如朱素臣的《十五貫》傳奇有順治七年（1650）的精抄本；李玉的《清忠譜》傳奇於康熙十八年（1679）在如皋上演……尤其是康熙二十七年（1688），洪昇將所作《舞霓裳》改爲《長生殿》，傳唱甚勝（蔣星熠、齊森華、趙山林主編《明清傳奇鑒賞辭典》（上、下冊），上海辭書出版社，2005年5月版，第1571～1580頁）。《新鐫歌林拾翠》編者既自詡「情幽韻折，雖冷必登」，「錄其最甚勝者」，那麼對這些著名傳奇怎會不聞不問？而且，凡例中兩次提到「元人」：「傳奇按律如林，徵歌盈屋，創關目以見奇，竸入元人之作，致情辭而度曲，咸登作者之壇」，「如西廂之豔秀，琵琶之率真，拜月、明珠之幽折，紅拂、玉盒之激昂，半出元人近體者，不忍棄捐，載之卷後。」而始終不提明朝，可見「西湖漫史」至少在寫下這個凡例時還是明朝的子民。因此我們可以斷定，《新鐫歌林拾翠》編於崇禎壬午年（1642），即崇禎十五年。

附錄四：明代折子戲選齣

（一）萬曆間折子戲選齣

天：《大明天下春》　　象：《樂府萬象新》　　樹：《樂府玉樹音》　　菁：《樂府菁華》
滿：《滿天春》　　　　枝：《詞林一枝》　　　八：《八能奏錦》　　　大：《大明春》
珊：《樂府紅珊》　　　谷：《玉谷新簧》　　　摘：《摘錦奇音》　　　賽：《賽徵歌集》
堯：《堯天樂》　　　　徽：《徽池雅調》　　　徵：《徵歌集》

◎表示齣目、內容俱存，○表示僅存齣目，內容佚失。

	天	象	樹	菁	滿	枝	八	大	珊	谷	摘	賽	堯	徽	徵
八義記・孤兒觀畫	◎														
白袍記・犒賞三軍											◎				
白袍記・仁貴歎功	◎														
白兔記・打獵遇母														◎	
白兔記・夫婦觀花						◎				◎					
白兔記・汲水遇子											◎			◎	
白兔記・獵回見父											◎				◎
白兔記・磨房生子		◎								◎					
白兔記・新婚遊賞															◎
白兔記・義井傳書										○					
白兔記・遊山打獵						◎									
白兔記・磨房相會														◎	
百順記・裕麟佳會									◎						

—179—

	天	象	樹	菁	滿	枝	八	大	珊	谷	摘	賽	堯	徽	徵
拜月亭·曠野奇逢	◎	◎	○	◎	◎	◎		◎	◎		◎	◎	◎		◎
拜月亭·誤接絲鞭														◎	
拜月亭·招商店成親					◎							◎			
拜月亭·虎頭遇舊															◎
拜月亭·見妹散失												○			
拜月亭·幽閨拜月												◎			◎
拜月亭·遠離兵火															◎
斑衣記·老萊子戲彩悅親									◎						
寶劍記·對景思夫									◎						
寶劍記·計賺林冲												◎			
寶劍記·看劍勵志									◎						
彩樓記·破窯分袂												◎			◎
藏珠記·妒妾爭寵					◎										
藏珠記·夫妻私會					◎	○						◎			
草廬記·踏雲空回						○									
草廬記·議請孔明						○									
茶船記·雙生訪小卿									◎						
長城記·姜女送衣					◎			◎			◎		◎		
沉香·劉錫路會神女	◎														
陳可忠剔目記·包文拯坐水牢	◎														
赤松記·子房自歎	◎														
春蕪記·花朝宴賞												◎			
春蕪記·迴廊瞥見												◎			
春蕪記·園亭邂逅												◎			
單刀記·雲長祝壽									◎						
單騎記·郭汾陽母妻思憶									◎						
調弓記·李巡打扇						◎	◎								
調弓記·劉謹思位							◎								

	天	象	樹	菁	滿	枝	八	大	珊	谷	摘	賽	堯	徽	徵
斷髮記·割耳全節						◎									
斷髮記·拒父問答		○													
斷髮記·哭付屍囊			◎	○			◎								
斷髮記·妄意想嬌											◎				
斷髮記·冒雪逃回	◎	◎	○	◎											
斷髮記·全節私逃			○												
斷髮記·淑英誓節	◎														
斷髮記·武德從軍	◎		○							◎					
墻間記·判斷是非														◎	
飯袋記·乞食見妻							○								
分釵記·武經邂逅史二蘭										◎					
分鞋記·謁韓求薦							◎								
焚舟記·百里視別母從征	◎														
焚舟記·孟明習武			◎												
風情記·閨中思怨													◎		
風情記·香閨自歎								◎							
風月記·美女思情								◎							
復仇記·定計過關								◎			◎				
復仇記·訪友策後								◎							
古城記·獨行千里													◎		
古城記·聞訃權降						◎							◎		
古城記·秉燭待旦						◎									
灌園記·齊王被難						○									
灌園記·辱罵齊王						◎									
灌園記·太史名高												◎			
灌園記·投衣禦寒													◎		
合壁記·玉堂佳會										◎					
和戎記·餞別昭君	◎														
和戎記·冷宮自歎			○	◎									◎		

	天	象	樹	菁	滿	枝	八	大	珊	谷	摘	賽	堯	徽	徵
和戎記·送別陽關			○												
和戎記·昭君出塞		◎	○			◎		◎	◎		◎			◎	
紅拂記·紅拂私奔						◎	◎	◎	◎			◎	◎		
紅拂記·姐妹傷春						◎									
紅拂記·捐家航海												◎			
紅拂記·同調相憐												◎			
紅拂記·仗策渡江												◎	◎		
紅梅記·西窗幽會														◎	
紅葉記·戒女遊春								◎							
紅葉記·韓許自歡												◎			
紅葉記·紅葉良緣	◎														
紅葉記·紅葉相憐														◎	
紅葉記·金盆捉月										○					
紅葉記·四喜四愛	◎	○	○	◎		◎	○	◎	◎	◎	◎				
紅葉記·紅葉還題								◎							
紅葉記·御溝拾葉												◎			
還帶記·劉氏憶夫得書	◎														
還帶記·裴度得中報捷		◎													
還帶記·拾帶還家	◎														
還帶記·香山還帶	◎	◎	○	◎											
還帶記·周氏訪裴娘子	◎														
還魂記·文正託夢救妻										◎					
浣紗記·扁舟晦迹												◎			
浣紗記·范蠡歸湖	◎														
浣紗記·姑蘇玩賞										○					
浣紗記·寄子鮑叔		○													
浣紗記·偶遇西施												◎			
浣紗記·吳王打圍							◎								
浣紗記·吳王遊湖		○	○			◎	○		◎	◎					

	天	象	樹	菁	滿	枝	八	大	珊	谷	摘	賽	堯	徽	徵
浣紗記・西施訴心病		◎													
浣紗記・越王別臣往吳		○						◎							
浣紗記・越王別吳歸國							○						◎		
浣紗記・再顧傾國												◎			
黃袍記・雪夜訪趙普										◎					
黃鶯記・辜生託絳傳書	◎														
黃鶯記・辜生瑜娘私會	◎														
黃鶯記・瑜娘看鶯詩	◎						○	◎							
黃鶯記・題畫鶯詩		○													
佳宴記・四翰林佳會		◎													
嬌紅記・申生赴約		◎	○	○			○								
膠漆記・雷義伴狂讓友		◎													
鮫綃記・託夢返魂	◎														
鮫綃記・宜童傳報	◎														
節孝傳・淵明棄職歸山			○												
金釵記・十朋母子相會										◎					
金釧記・鬥草遺釧												◎			
金貂記・翠屏自縊	◎														
金貂記・國公相勸										○					
金貂記・敬德辯奏	◎														
金貂記・敬德釣魚			○	○						◎					
金貂記・敬德耕田		◎								◎	◎				
金貂記・遼王訪友										○					
金貂記・南山斗草										○					
金貂記・南下牧羊							◎	◎		◎					
金貂記・牛羊社會	◎														
金貂記・桑園戲節			○	○	◎					◎			◎		
金貂記・飲社聞召				○	◎										
金貂記・與樵伴話										○					

	天	象	樹	菁	滿	枝	八	大	珊	谷	摘	賽	堯	徽	徵
金貂記·詐裝瘋魔						◎									
金環記 1·海曙旅邸母子相逢			○												
金環記 2·花潛抗漢遇害		◎													
金環記 2·孫氏採蓮哺子		◎													
金鐧記·私下三關							○				◎				
金蘭記·劉觀訓子									◎						
金臺記·樂毅分別													◎		
金臺記·樂毅賞月													◎		
金印記·逼妻賣釵						◎					◎	◎			◎
金印記·刺股求名															◎
金印記·從說魏邦												◎			◎
金印記·負劍西遊											◎				
金印記·金多位高															◎
金印記·命婢灑掃花庭							◎								
金印記·泥金報捷								◎		◎					
金印記·陽關餞別							◎								
金印記·蘇季子中途自歎						◎	◎					◎			
金印記·壽觴稱慶							◎								
金印記·爲相團圓	◎						○				◎				
金印記·衣錦還鄉									◎						
金印記·月夜尋夫												◎			
金印記·周氏拜月	◎	○	○				○	◎	◎	◎	◎		◎		◎
金印記·周氏當釵	◎	○	○	◎			○	◎				◎	◎		◎
金印記·周氏對鏡				◎			○	◎							
金印記·周氏回娘家		○													
錦帶記·池亭邂逅												◎			
錦帶記·花亭家宴												◎			
錦帶記·情遺錦帶												◎			

	天	象	樹	菁	滿	枝	八	大	珊	谷	摘	賽	堯	徽	徵
錦帶記·香閨密語												◎			
錦箋記·花徑遺箋												◎			
荊釵記·逼蓮改嫁		◎													
荊釵記·別父於歸	◎														
荊釵記·承局送書														◎	
荊釵記·姑媳思憶									◎						
荊釵記·官亭遇雪													◎		
荊釵記·荊釵成聘															◎
荊釵記·拷問梅香													◎		◎
荊釵記·母子相會	◎	○	○	◎							◎				
荊釵記·汝權賣花														◎	
荊釵記·十朋祭玉蓮	◎					◎					◎				
荊釵記·途中遇雪								○							
荊釵記·誤報訃音															◎
荊釵記·繡房中議親		◎	○										◎		
荊釵記·玉蓮投江	◎	◎	○	◎											
驚鴻記·明皇賞牡丹									◎						
救母記·花園發誓													◎		
救母記·羅卜思親描容									◎						
葵花記·日紅託夢													◎		
崑崙記·幽期赴約											◎				
鯉魚記·變化藏形											◎				
鯉魚記·訓子攻書											◎				
連環記·呂布戲貂蟬			○												
連環記·退食懷忠									◎				◎		
聯芳記·相府聯姻									◎						
煉丹記·昝喜嫖李昌奴											◎				
烈女傳·桑園戲妻		○											◎		
劉奎·翠環拆窗				◎											

	天	象	樹	菁	滿	枝	八	大	珊	谷	摘	賽	堯	徽	徵
劉奎・劉奎會雲英					◎										
劉奎・戲上戲					◎										
劉孝女金釵記・張子敬釣魚	◎														
羅帕記・逼妻離婚					◎										
羅帕記・夫妻遊戲							◎								
羅帕記・勘責姜雄							◎								
羅帕記・翁婿逃難					◎									◎	
洛陽記・端陽問母										○					
洛陽記・割耳全節		○	○												
洛陽記・過渡救眾										◎					
洛陽記・命子造橋										◎					
洛陽記・母子相逢								○							
洛陽記・取女回家			○	◎			◎			◎			◎		
洛陽記・興宗過關					◎										
洛陽記・迎親訴情		○	○	◎											
洛陽橋・母子遇渡		○													
賣水記・生祭彥貴	◎						◎	○							
米欄記・登弟報捷									◎						
米欄記・鞫問老奴							◎	◎		◎					
米欄記・文舉逢妻		○								◎					
明珠記・明珠重合												◎			
明珠記・驛館藏書												◎			
鳴鳳記・繼盛修本			◎	◎										◎	
鳴鳳記・三打應龍		◎	◎												
鳴鳳記・鄒孫表敕				◎											
鞦韆記・剔燈訓子									◎						
牡丹記・魚精戲眞		○	◎	◎				◎			◎				
木梳記・李逵論功誇嘴		○													
木梳記・智激李逵							◎								

	天	象	樹	菁	滿	枝	八	大	珊	谷	摘	賽	堯	徽	徵
木梳記·蔡扮搭嫖花院		○													
目連記·尼姑下山			○	◎	◎	◎	○			◎					
目連記·僧尼相調	◎		○	◎	◎										
牧羊記·蘇武牧羊													◎		
男后記·配合鸞鳳										◎					
男后記·私就佳期										◎					
男后記·執扇貢讒										◎					
南西廂·月下佳期														◎	
蟠桃記·八仙慶壽													◎		
皮囊記·周莊子歎骷髏	◎									◎					
琵琶記·逼子赴選												◎			
琵琶記·嘈鬧饑荒														◎	
琵琶記·長亭送別		○	◎	◎			○	◎		◎	◎				
琵琶記·辭父問答		○	◎												
琵琶記·辭親赴選										◎					
琵琶記·待漏隨朝		○	◎	◎				◎		◎	◎				
琵琶記·夫妻相會	◎		◎							◎					
琵琶記·荷亭玩賞	◎								◎			◎			
琵琶記·華堂慶壽							◎		◎	◎					
琵琶記·剪髮葬親	◎		◎	◎											
琵琶記·詰問幽情			◎			◎		◎							
琵琶記·臨妝感歎						◎	◎		◎		◎				
琵琶記·描畫真容		○	◎			◎			◎	◎				◎	
琵琶記·牛府成親									◎	◎	◎				
琵琶記·牛氏賞花												◎			
琵琶記·琵琶詞調											○				
琵琶記·掃墓遇使							◎								
琵琶記·侍奉湯藥		◎													
琵琶記·書館思親		○	◎						◎	◎	◎				

	天	象	樹	菁	滿	枝	八	大	珊	谷	摘	賽	堯	徽	徵
琵琶記·書館題詩							◎	○							
琵琶記·書館託夢			◎							◎				◎	
琵琶記·聽女迎親						◎									
琵琶記·途中自歎						○					◎		◎		
琵琶記·五娘請糧								◎							
琵琶記·五娘辭墓								◎							
琵琶記·中秋賞月			◎	◎		◎						◎	◎		
嫖院記·出遊投宿蕭莊											◎				
嫖院記·周元曹府成親											◎				
破窯記·夫妻祭竈			○	◎			◎	◎		◎	◎				
破窯記·及第接妻											◎				
破窯記·冒雪回窯			○	◎	◎										
破窯記·梅香勸小姐			○					◎			◎				
破窯記·破窯居止		◎	○	◎			◎	◎							
破窯記·遊觀破窯		○				◎									
破窯記·遊街自歎		◎												◎	
破窯記·夫妻遊寺	◎														
破窯記·宮花報捷	◎	○													
破窯記·破窯勸女	◎	○													
破窯記·破窯聞捷	◎		○	◎				◎		◎					
千金記·霸王別虞姬		◎	○												
千金記·別妻從軍									◎						
千金記·楚王夜宴	◎								◎		◎		◎		
千金記·韓信逃歸											○				
千金記·月下追信	◎	◎	○			◎			◎		◎	◎			
竊符記·究問如姬									◎						
竊符記·竊符															
青梅記·青梅煮酒		◎													
青袍記·八旬狀元														◎	

	天	象	樹	菁	滿	枝	八	大	珊	谷	摘	賽	堯	徽	徵
青袍記‧衣錦還鄉													◎		
青衫記‧郊外遊賞				◎											
青衫記‧裴興娘還青衫				◎											
勸善記‧目連描容			○												
勸善記‧勸母修善		○													
勸善記‧四眞血湖訴苦		○													
三關記‧焦光贊建祠祭主						◎									
三桂記‧焚香諧偶													◎		
三桂記‧勘問小桃						◎									
三桂記‧榮歸見子													◎		
三桂記‧小桃訴衷													◎		
三國志‧曹操灞橋餞別										◎					
三國志‧周瑜設計河梁會										◎					
三國志‧赴碧蓮會	◎									◎					
三國志‧赴單刀會										◎					
三國志‧關羽私刺顏良						○									
三國志‧魯肅求謀	◎								◎	◎					
三國志‧武侯平蠻	◎									◎					
三國志‧翼德逃歸	◎	◎	○												◎
三國志‧雲長訓子	◎	◎	○						◎	◎					
三國志‧張飛祭馬						○								◎	
三國志‧河梁救駕									◎	◎					
三元記‧愛玉成婚														◎	
三元記‧斷機訓子	◎		○						◎	◎					
三元記‧墳頭掛紙						○									
三元記‧立志守節											○				
三元記‧立志訓兒										○					
三元記‧三元捷報	◎														
三元記‧生商輅	◎														

	天	象	樹	菁	滿	枝	八	大	珊	谷	摘	賽	堯	徽	徵
三元記・湯餅佳會									◎						
三元記・雪梅伴讀		○													
三元記・雪梅弔孝						◎	○					◎			
三元記・雪梅觀畫	◎	○	○	◎						◎					
殺豹記・破窯取弟						◎									
昇平記・祝壽新詞								◎							
昇天記・目連賀正							○								
昇天記・雪擁藍關										◎	◎				
昇天記・元旦上壽							◎								
升仙記・八仙赴蟠桃盛會									◎						
升仙記・文公責姪						◎	○								
升仙記・雪擁藍關													◎		
升仙記・雲擁藍關											○			◎	
獅吼記・變羊復形							○								
獅吼記・夫妻鬧祠						◎									
獅吼記・懼內頂燈							◎								
十義記・昌國保孤	◎		○	◎											
十義記・父子重逢	◎	◎											◎		
十義記・監中生子		○													
十義記・禁中受屈			○												
十義記・母子重逢									◎						
十義記・破容守節	◎														
十義記・訴冤脫離	◎			◎											
十義記・孝悌忠信			○												
十義記・義釋李翠雲		○	○												
雙杯記・王憲嗟無麟兒							○								
雙璧記・夫婦相憐													◎		
雙璧記・榮歸見母													◎		
雙璧記・兄弟聯芳													◎		

	天	象	樹	菁	滿	枝	八	大	珊	谷	摘	賽	堯	徽	徵
雙節記·夫婦分別							○								
雙節記·可蘭描像			◎												
雙節記·淑眞裁衣			◎				◎								
雙節記·陽關話別							○								
雙烈記·元旦成婚									◎						
雙卿記·國文中試及第				◎											
雙卿記·國文修書傳情				◎											
水滸記·夫妻拆散							◎								
水滸記·義激李逵			○												
絲鞭記·宮花報捷									◎						
四德記·馮商還妾		○	○	◎					◎						
四德記·餞別娶妻							○								
四德記·三元捷報			○	◎					◎						
四德記·生子彌月									◎						
四德記·投宿還金										○			◎		
四節記·朝雲慶壽	◎														
四節記·詞贈佳人	◎													◎	
四節記·東坡祝壽									◎						
四節記·東山挾妓												◎			
四節記·杜甫遊春									◎			◎			
四節記·韓宴陶學士									◎						
四節記·坡遊赤壁			○	◎		◎	○		◎			◎			
四節記·詩伴春遊												◎			
四節記·太蔚賞雪									◎						
四節記·邀賓宴樂							○								
四節記·邀友遊湖							○								
四節記·郵亭適與	◎	○	○									◎	◎		
四美記·蔡興宗傘蓋玄天									◎						
泰和記·復遊赤壁	◎														

	天	象	樹	菁	滿	枝	八	大	珊	谷	摘	賽	堯	徽	徵
泰和記·綠野堂祝壽									◎	◎					
泰和記·中秋夜宴									◎						
曡花記·關羽顯聖					◎								◎		
曡花記·勘問曹操									◎						
桃園記·赴河梁會									◎	◎					
綈袍記·鞫拷范雎	◎														
綈袍記·須賈贈袍	◎	○	○												
題橋記·月下聽琴									◎						
同窗記·河梁分袂													◎		
同窗記·山伯訪友	◎		○		◎						◎				
同窗記·山伯分別														◎	
同窗記·山伯賽槐蔭分別														◎	
同心記·送別情人								◎							
偷香記·月下佳期		◎	○						◎						
投筆記·班慶母壽									◎						
投筆記·被誣枉禍		○													
投筆記·別母求名	◎	○	◎		◎	◎			◎				◎		
投筆記·二娘途中自歎								◎							
投筆記·奮志投筆													◎		
投筆記·父老餞別		○	◎							◎					
投筆記·寄書報母		◎													
投筆記·南樓賞月		○	◎		◎				◎	◎	◎	◎			
投筆記·南樓問卜		○	◎						◎	○		◎			
投筆記·遣媳上京													◎		
投筆記·桑林激夫									◎	◎					
投筆記·使夷辯論		◎													
投筆記·徐克振西域探超		○								◎					
投筆記·玉關勸民									◎						
投桃記·黃裳元旦家慶								○							

	天	象	樹	菁	滿	枝	八	大	珊	谷	摘	賽	堯	徽	徵
投桃記・拒父不嫁							◎								
玩賞記・庾亮登樓玩月		◎													
望雲記・仁傑思親			◎	○											
臥冰記・推車自歎														◎	
臥冰記・王祥求鯉													◎		
五關記・灞橋餞別							◎								
五桂記・竇儀素娥問答									◎						
五桂記・花神獻巧	◎	○							◎						
五桂記・加官進祿			○	◎		◎		◎	◎	○			◎		
五桂記・金精試德	◎														
五桂記・魁星映讀									◎						
五桂記・拉友遊春	◎														
五桂記・榮歸團圓			○												
五桂記・聽卜觀榜	◎		○												
五桂記・万俟傅祭衣巾									○						
五桂記・万俟搶場告考							○								
五桂記・五經訓子									◎						
五桂記・五喜臨門	◎	◎	○	◎				◎	◎						
五桂記2・馮公子思憶		○	○	◎							◎				
西天記・觀音度化羅卜		◎													
西廂記・長亭分別									◎			◎	◎		
西廂記・遞柬傳情			○	○				◎	◎	◎					
西廂記・佛殿奇逢									◎			◎			
西廂記・隔牆酬合							◎								
西廂記・泥金捷報									◎				◎		
西廂記・書齋赴約		◎	○				◎		◎						
西廂記・私睹丹青									○						
西廂記・堂前巧辯							◎						◎		
西廂記・月夜聽琴		◎	○	◎					◎						

	天	象	樹	菁	滿	枝	八	大	珊	谷	摘	賽	堯	徽	徵
西廂記·假借僧房											◎				
西廂記·跳牆失約											◎	◎			
香囊記·姑媳憶別		◎													
香囊記·古驛萍蹤												◎			◎
香囊記·瓊林赴宴								○	◎						
香囊記·舍生待友	◎	◎													
香囊記·兄弟慶壽									◎						
香囊記·兄弟敘別	◎		○	◎											
香囊記·憶子平胡	◎		○	◎					◎				◎		
香山記·觀音掃殿													◎		
香山記·南園采芹													◎		
箱環記·懷璧抗秦									◎						
箱環記·解賣箱環		◎	○	◎					◎		◎				
箱環記·廉藺爭功			○												
箱環記·捧璧歸趙		○													
行孝記·閔損御車行孝		◎													
繡襦記·勸誡元和									◎						
繡襦記·剔目流芳		○							◎			◎			
繡襦記·元和訪妓	◎	○	○	◎											
繡襦記·元和賣僕								○							
尋親記·夫妻哭別					◎							◎		◎	
尋親記·郭氏毀容	◎														
尋親記·旅邸遇父												◎			
胭脂記·觀燈赴約	◎				◎									◎	
胭脂記·郭華買胭脂	◎			◎											
胭脂記·郭華遇月英	◎														
胭脂記·梅香遞柬	◎	◎	○	◎											
陽春記·點化陽明	◎	○	○	◎									◎		
陽春記·嫠妃諫主	◎												◎		

	天	象	樹	菁	滿	枝	八	大	珊	谷	摘	賽	堯	徽	徵
楊管·粹玉奉湯藥					◎										
楊管·楊管別粹玉					◎										
咬臍記·花園遊玩	◎	○													
咬臍記·磨房重逢	◎	◎	○												
咬臍記·三娘寄書	◎		○												
咬臍記·智遠掃地	◎	◎													
易鞋記·鋤園自歎														◎	
易鞋記·績麻酌報														◎	
易鞋記·見鞋憶夫						◎									
易鞋記·明珠送別													◎		
易鞋記·朋舉登程							◎								
鸚哥記·潘葛思妻		◎	○	◎									◎		
漁樵記·都門分別		◎							◎						
玉釵記·辭歸祭墓	◎														
玉釵記·丁妻憶別									◎						
玉釵記·玉釵贈別	◎	◎	○	○											
玉盒記·章臺邂逅									◎						
玉環記·病寄春容												◎			
玉環記·夙世姻緣									◎						
玉環記·託續舊盟	◎														
玉環記·韋皐續緣	◎														
玉環記·渭河分別		◎	○	○				◎	◎	◎					
玉玦記·王商別妻									◎						
玉玦記·挾妓遊湖									◎						
玉如意記·祁羽狄遇仙女	◎														
玉香記·戒女遊春									◎						
玉魚記·郭子儀泥金捷報									◎						
玉簪記·茶敘芳心								◎							
玉簪記·詞姤私情		○									◎		◎		

	天	象	樹	菁	滿	枝	八	大	珊	谷	摘	賽	堯	徽	徵
玉簪記·姑阻佳期						◎	◎				○	◎	◎		
玉簪記·及第報捷									◎						
玉簪記·餞別潘生								○							
玉簪記·空門思母						◎		◎					◎		
玉簪記·妙常思凡								○							
玉簪記·潘陳對操		○	○	◎											
玉簪記·秋江哭別		○	○	◎					◎	◎	◎	◎	◎		
玉簪記·月夜焚香						◎							◎		
玉簪記·執詩求合			○					◎		◎	○	◎			
岳飛記·祭主行刺	◎														
岳飛記·岳夫人收屍	◎														
躍鯉記·安安負米	◎	◎	○	◎											
躍鯉記·安安思母														◎	
躍鯉記·廬林相會	◎	○	○	◎								◎			
躍鯉記·逐出龐氏								◎				◎			
運甓記·胡淑姬燒夜香												◎			
運甓記·陶侃運甓	◎														
謫仙記·李白草詞								◎							
珍珠記·拷問老奴			◎												
珍珠記·文舉逢妻			◎												
織錦記·槐蔭分別		◎	○	◎				◎					◎		
織絹記·天街重會								◎							
忠諫記·文拯除奸			○												
忠藎記·赴謫遼東	◎														
忠藎記·獲罪分離	◎														
忠藎記·解縉分別			○												
朱弁·朱弁別公主					◎										
朱文·一撚金點燈					◎										
朱文·朱文走鬼					◎										

	天	象	樹	菁	滿	枝	八	大	珊	谷	摘	賽	堯	徽	徵
妝合記·計誆太子					◎									◎	
妝合記·勘問宮人		◎	○	◎					◎	◎					
妝合記·冷宮生太子									◎						
妝合記·御園拾彈													◎		
妝合記·妝合藏太子		◎	○	◎			○	◎	◎	◎		◎		◎	
紫簫記·灞橋餞別		◎	○						◎						
紫簫記·霍府成親									◎						
？·百花品評	◎														
？·公藝百忍獻君		○													
？·孟宗哭竹得筍		○													
？·無豔冷宮自歎		○													
？·送別陽關			○												
？·尋三官娘					◎										
？·玉娘對月思夫				◎											

（二）天啟崇禎間折子戲選齣

◎表示齣目、內容俱存，○表示僅存齣目，內容佚失。

	萬壑清音	怡春景	纏頭百練二	玄雪譜	新鐫歌林拾翠
白兔記·回獵				◎	
白兔記·會妻			◎		
白兔記·掃地			◎		
百寶箱·沈箱					○
百寶箱·寄箱					○
百花舫·花遘					○
百花舫·歡疑					○
百花舫·窺宴					○
百花舫·雲濃					○
百花記·點將	◎				
拜月亭·分凰		◎			

	萬壑清音	怡春景	纏頭百練二	玄雪譜	新鐫歌林拾翠
拜月亭・野逢				◎	○
拜月亭・拜月				◎	○
拜月亭・避虜			◎		
拜月亭・道阻			◎		
拜月亭・旅合			◎		
拜月亭・走雨			◎		
寶劍記・夜奔梁山	◎	◎			
北西廂・慧明	◎				
冰山記・陰戰				◎	
彩樓記・報捷			◎		
彩樓記・別試		◎			
彩樓記・歸窯				◎	
彩樓記・錦旋			◎		
彩樓記・榮會	◎	◎			
彩樓記・賞雪			◎		
草廬記・姜維救駕	◎				
草廬記・怒奔范陽	◎				
長城記・送衣		◎			
長命縷・證縷					○
長生記・擲金卻怪	◎				
詞苑春秋・悲喜					◎
詞苑春秋・紅語					◎
詞苑春秋・晤別					◎
存孤記・私期		◎			
登科記・試節		◎			
東郭記・出哇				◎	○
東郭記・登壨				◎	
東郭記・窺姨			◎	◎	
東郭記・乞墦				◎	○

	萬壑清音	怡春景	纏頭百練二	玄雪譜	新鐫歌林拾翠
東郭記・訕夫			◎		
斷髮記・走雪		◎			
焚香記・構禍	◎		◎		
焚香記・決策禦敵	◎				
焚香記・陽告	◎	◎			
焚香記・陰告	◎				
焚香記・捉拿				◎	
風流院・魂交			◎		
風流院・閱計				◎	
鳳求凰・傳幽					○
鳳求凰・當爐					○
鳳求凰・琴挑					○
芙蓉屏・書草					○
負薪記・逼寫休書	◎				
負薪記・認妻重逢	◎				
負薪記・訴離贈婿	◎				
負薪記・漁樵閒話	◎				
負薪記・整威		◎			
歌風記・垓下困羽	◎	◎			
歌風記・韓信遇主	◎				
葛衣記・躡雪			◎		
灌園記・機露		◎			
灌園記・齊王祭賢	◎				
灌園記・私會				◎	○
灌園記・贈袍		◎		◎	
邯鄲記・度世		◎			
邯鄲記・生晤			◎		
邯鄲夢・夢寤					○
合紗記・投紗		◎			

	萬壑清音	怡春景	纏頭百練二	玄雪譜	新鐫歌林拾翠
荷花蕩・重盟					○
紅拂記・計就追獲	◎				
紅拂記・捷聞			◎		
紅拂記・私奔		◎			○
紅拂記・同調相憐			◎		
紅拂記・詢舊				◎	
紅拂記・知機				◎	
紅拂記・重符					○
紅梨花・計賺		◎		◎	
紅梨花・佳期		◎			
紅梨花・密遘			◎		
紅梨記・採花邂逅	◎				
紅梨記・密誘					○
紅梅記・湖樂			◎		
紅梅記・慧娘出現	◎				
紅梅記・拷問				◎	○
紅梅記・平章遊湖	◎				
紅梅記・強歡			◎		
紅梅記・西窗幽會				◎	○
紅情言・薦玉					○
紅情言・秋吟					○
紅情言・院遘					○
紅情言・舟匿					○
紅蕖記・奇緣			◎		
紅鞋記・踰牆		◎			
花筵賺・閨綻				◎	○
花筵賺・狂約				◎	○
花筵賺・鬧婚				◎	
花筵賺・乞花				◎	○

	萬壑清音	怡春景	纏頭百練二	玄雪譜	新鐫歌林拾翠
畫中人・呼魂					○
畫中人・再畫					○
還魂記・存眞			◎		
還魂記・冥誓			◎		
還魂記・硬拷			◎	◎	
還魂記・自敘				◎	
浣紗記・閨病				◎	○
浣紗記・後訪			◎		
浣紗記・寄子			◎		
浣紗記・前訪		◎			
浣紗記・伍員訪友	◎		◎		
浣紗記・伍員自刎	◎				
浣紗記・憶舊				◎	
焦帕記・超悟脫化	◎				
焦帕記・鬧帷				◎	
鮫綃記・訪賢		◎			
金鈿盒・詭遇					○
金鈿盒・覓媒					○
金貂記・收服高麗	◎				
金貂記・詐裝瘋魔	◎				
金鎖記・赴試			◎		
金臺記・玩月			◎		
金印記・逼釵		◎			
錦箋記・尼奸		◎			
錦箋記・爭館			◎		
錦箋記・重晤		◎			
荊釵記・祭江		◎			
荊釵記・見母				◎	
荊釵記・送親		◎			

	萬壑清音	怡春景	纏頭百練二	玄雪譜	新鐫歌林拾翠
荊釵記・議親			◎		
驚鴻記・路遘		○			
驚鴻記・亂倫			◎		
精忠記・瘋魔化奸	◎				
李丹記・梁芳證道	◎		◎		
李丹記・裴諶再度	◎				
連環記・董卓差布	◎				
連環記・潛窺				◎	
連環記・設計			◎	◎	
連環記・探敵		◎			
療妒羹・假醋					◎
療妒羹・彌慶					◎
療妒羹・題曲					◎
靈犀配・鞫問		◎	◎	◎	○
靈犀配・密訂		◎			
靈犀配・情鍾		◎		◎	○
靈犀配・僧趣			◎		
靈犀配・贈佩			◎		
龍膏記・無顏買卜	◎				
龍膏記・無顏脫難	◎				
綠華軒・砥節					◎
綠華軒・默契					◎
綠華軒・情感					◎
綠牡丹・簾試					○
綠牡丹・私評					○
絡冰絲・竹窗夜月				◎	
賣身記・送子			◎		
梅花樓・露意					○
梅花樓・慰琬					○

	萬壑清音	怡春景	纏頭百練二	玄雪譜	新鐫歌林拾翠
夢花酣・撓臥					○
夢花酣・霄遁					○
名山志・湖宴					◎
名山志・訴衷					◎
明月・互角				◎	◎
明珠記・城下覓音	◎		◎		
明珠記・煎茶		◎		◎	○
明珠記・窺窗			◎	◎	○
明珠記・明珠重合	◎				
明珠記・橋逢				◎	
明珠記・卻珠		◎			
明珠記・珠圓		◎			
鳴鳳記・繼盛典刑	◎				
鳴鳳記・議兵不和	◎				
牡丹亭・驚夢		◎		◎	◎
牡丹亭・冥判	◎				
牡丹亭・尋夢		◎		◎	◎
牡丹亭・幽歡		◎		◎	◎
南柯夢記・粲誘					◎
南柯夢記・龜獵			◎		
南柯夢記・就徵		◎			
南柯夢記・玩月		◎			
南樓夢・春郊					◎
南樓夢・訂盟					◎
南西廂・報捷		◎			
南西廂・踐約		◎			
南西廂・奇逢					○
南西廂・送別			◎	◎	
南西廂・聽琴			◎	◎	○

	萬壑清音	怡春景	纏頭百練二	玄雪譜	新鐫歌林拾翠
南西廂・遊佛殿				◎	
弄珠樓記・露盟			◎		○
弄珠樓記・盟約		◎			
弄珠樓記・受紿					○
琵琶記・旅思		◎			
琵琶記・描容				◎	○
琵琶記・掃松				◎	○
琵琶記・賞月			◎		
琵琶記・送別		◎			
琵琶記・再議婚				◎	
琵琶記・糟糠				◎	○
麒麟記・韓公報憤	◎				
千金記・吹散楚兵	◎		◎		
千金記・點將		◎			○
千金記・擊碎玉斗	◎				
千金記・激隱			◎		
千金記・十面埋伏	◎				
千金記・轅門聽點	◎				
千金記・月下追信	◎	◎			
青樓記・淑貞鼓琴	◎	◎			
青樓記・璿貞定盟	◎	◎			
青雀舫・釀酒					○
青雀舫・巧遇					○
青瑣記・贈香		◎			
青塚記・出塞		◎			
情郵記・半和				◎	◎
情郵記・補和				◎	◎
情郵記・見和				◎	
情郵記・驚遣					◎

	萬壑清音	怡春景	纏頭百練二	玄雪譜	新鐫歌林拾翠
情郵記・追車				◎	◎
三國記・單刀會	◎			◎	○
三元記・觀書			◎		
三元記・訓子			◎		
桑園記・戲妻			◎		
獅吼記・諫柳				◎	
雙紅記・青門餞別	◎				
雙紅記・田營？盜盒	◎				
雙紅記・贈雲			◎		
雙緣舫・驚噩					○
雙緣舫・投紗					○
雙緣舫・爭婚					○
雙珠記・投崖		◎			
水滸記・茶挑				◎	
水滸記・野合		◎		◎	○
水滸記・捉張				◎	○
四德記・不亂			◎		
四郡記・單刀		◎			
四聲猿・竹林風				◎	
四喜記・弄月		◎			
蘇秦・當釵			◎		
蘇秦・對月		◎			
鸚鵡記・雙飛			◎		
泰和記・席上題春	◎				
曇花璫記・勘曹				◎	
曇花記・度迷		◎			
曇花記・郊遊點化	◎		◎		
曇花記・憐才			◎		
曇花記・木侯夜尋	◎				

	萬壑清音	怡春景	纏頭百練二	玄雪譜	新鐫歌林拾翠
曇花記・菩薩降凡	◎				
曇花記・聖力降魔	◎				
曇花記・凶鬼自歎	◎				
桃花記・登樓			◎		
題塔記・蕭后起兵	◎				
題塔記・壯懷				◎	
天馬媒・鳴箏					◎
天書記・佯狂			◎		
同窗記・訪友			◎		
桐葉・詠心					◎
唾紅記・唾紅		◎			
紈扇記・入院			◎		
縮春園・貽詩					◎
縮春園・疑配					◎
縮春園・再貽詩					◎
望湖亭・不亂				◎	○
望湖亭・丑歎				◎	
望湖亭・拒色					○
望湖亭・判歸				◎	
望雲記・遇妖		◎			
西樓記・錯夢			◎	◎	○
西樓記・離魂			◎		
西樓記・泣試			◎	◎	
西樓記・誤緘		◎		◎	○
西天記・色戲			◎		
西廂記・草橋驚夢	◎				○
西廂記・傳情		◎			
西廂記・請宴			◎		
西遊記・回回迎僧	◎				

	萬壑清音	怡春景	纏頭百練二	玄雪譜	新鐫歌林拾翠
西遊記‧擒賊雪恥	◎				
西遊記‧收服行者	◎				
西遊記‧諸侯餞別	◎				
西園記‧呼魂					○
西園記‧雙遘					○
息宰河‧卜合					○
息宰河‧出守					○
霞箋記‧尚玉		◎			
相思硯‧看硯					○
想當然‧後梅遇				◎	○
想當然‧假試					○
想當然‧郊遊			◎		
想當然‧梅遇			◎	◎	
想當然‧意約				◎	
想當然‧妝語				◎	
繡襦記‧彈琴			◎		
繡襦記‧解襦				◎	
繡襦記‧剔目		◎		◎	○
尋親記‧訓子		◎			
義俠記‧調叔				◎	
義俠記‧巧媾		◎			
義俠記‧挑簾				◎	
義俠記‧武松打虎	◎				
異夢記‧夢圓		◎		◎	
櫻桃記‧逢眞幻俠	◎				
櫻桃記‧宮袍報喜	◎				
櫻桃記‧破嗔悟道	◎				
櫻桃記‧僞病			◎		
幽閨記‧拜月				◎	○

	萬壑清音	怡春景	纏頭百練二	玄雪譜	新鐫歌林拾翠
幽閨記・避虜			◎		
幽閨記・道阻			◎		
幽閨記・旅合			◎		
幽閨記・走雨			◎		
幽夢園・慚媱					◎
幽夢園・訛賺					◎
玉蟾記・阻興			◎		
玉盒記・還雲			◎		
玉盒記・義妒					○
玉盒記・義遘		◎			
玉盒記・章臺邂逅					○
玉環記・寄容			◎		
玉玦記・酖喜		◎			
玉玦記・入院		◎			
玉簪記・詞遘（姤）		◎			
玉簪記・泣別			◎		
玉簪記・阻約		◎			
鴛鴦棒・墮蓮				◎	◎
鴛鴦棒・訣別				◎	
鴛鴦棒・酸歎				◎	
鴛鴦棒・招捧				◎	◎
鴛鴦被・錯送			◎		
鴛鴦被・誤認			◎		
鴛鴦被・繡被		◎			
鴛鴦冢・斷袖					◎
鴛鴦冢・絮鞋					◎
躍鯉記・詰妻		◎			
珍珠衫・驚歡			◎	◎	
珍珠衫・哭花				◎	○

	萬壑清音	怡春景	纏頭百練二	玄雪譜	新鐫歌林拾翠
珍珠衫・歆動				◎	○
珠衲記・私訂		◎			
祝髮記・渡廬？			◎		
祝髮記・入禪		◎	◎		
祝髮記・寫休書				◎	
妝合記・拷玉	◎		◎		
紫釵記・遺釵					○

（三）餘緒期折子戲選齣

醉：醉怡情　　　　錦：萬錦清音　　　來：來鳳館合選古今傳奇　　時：時調青昆
臺：樂府歌舞臺　　嬌：萬錦嬌麗　　　歌：歌林拾翠　　　　　　　方：方來館合選古今傳奇
家：萬家錦　　　　弋：昆弋雅調　　　綴：新鐫綴白裘　　　　　　曲：曲選
◎表示齣目、內容俱存，○表示僅存齣目，內容佚失。

	醉	錦	來	時	臺	嬌	歌	方	家	弋	綴	曲
八義記・鬧朝	◎											
八義記・評話	◎											
八義記・賞燈	◎											
八義記・賒飲	◎											
白袍記・犒賞三軍							◎					
白袍記・仁貴歎功									◎	◎		
白兔記・打獵遇母					○		◎			◎		
白兔記・夫妻話別							◎					
白兔記・回獵見父					○		◎				◎	
白兔記・汲水遇子				◎	○		◎					
白兔記・接子	◎											
白兔記・磨房生子	◎											
白兔記・鬧雞	◎											
白兔記・三娘奪棍					○							
白兔記・掃地					○		◎					

	醉	錦	來	時	臺	嬌	歌	方	家	弋	綴	曲
白兔記·新婚遊賞											◎	
白兔記·義井傳書					○		◎			◎		
白兔記·遇友	◎											
白兔記·智遠沽酒							◎					
白兔記·磨房相會				◎			◎			◎		
百寶箱·沈箱			○									
百寶箱·寄箱			○									
百寶箱·奸探			○									
百寶箱·巧遇			○									
百花記·被執	◎											
百花記·傳旨拜將							◎					
百花記·到衙得職							◎					
百花記·點將	◎						◎		◎			
百花記·夫妻計議							◎					
百花記·宮主教劍							◎					
百花記·嫉賢	◎						◎					
百花記·借貸求名							◎					
百花記·賞春思篡							◎					
百花記·上京赴試							◎					
百花記·私行探訪							◎					
百花記·贈劍	◎			◎			◎			◎		
百花記·鄒生問罪							◎					
百箭記·令工託夢										◎		
拜月亭·拜月	◎	◎	○		○		◎				◎	
拜月亭·風雨間關							◎				◎	
拜月亭·虎頭遇舊							◎					
拜月亭·曠奇野逢	◎		○				◎			◎	◎	
拜月亭·旅合	◎						◎			◎		
拜月亭·洛珠雙合							◎					

	醉	錦	來	時	臺	嬌	歌	方	家	弋	綴	曲
拜月亭·天湊姻緣							◎					
拜月亭·遠離兵火							◎				◎	
拜月亭·重圓	◎											
拜月亭·姊妹論思							◎					
拜月亭·走雨			○					◎				
寶劍記·夜奔梁山			○					◎		◎		
寶劍記·智深救契										◎		
報善記·觀音送子										◎		
報冤記·程英藏孤										◎		
北唐僧·尉遲餞行		◎	○									
北唐僧·西遊			○									
北西廂·慧明			○					◎				
北西廂·月下佳期			○				◎				◎	
北西廂·齋堂鬧會			○				◎					
北西廂·乘夜逾牆			○	◎	○		◎					
北西廂·草橋驚夢							◎					
北西廂·長亭送別							◎					
北西廂·尺素緘愁							◎					
北西廂·錦字傳情							◎				◎	
北西廂·佛殿奇逢							◎				◎	
北西廂·倩紅問病							◎					
北西廂·牆角聯吟							◎					
北西廂·紅娘請宴			○				◎					
北西廂·妝臺窺簡							◎					
北西廂·堂前巧辯					○		◎			◎		
北西廂·鶯鶯聽琴				◎	◎		◎			◎	◎	
採桑記·榮歸見母								◎				
彩毫記·梅妃醉酒										◎		
彩毫記·明皇賞花										◎		

	醉	錦	來	時	臺	嬌	歌	方	家	弋	綴	曲
彩樓記·歸窯					○							
彩樓記·居窯					○							
彩樓記·劉茂逐婿				◎								
彩樓記·旅邸成親				◎								
彩樓記·榮會							◎					
彩樓記·賞雪							◎					
釵釧記·傳信	◎											
釵釧記·讀書	◎											
釵釧記·憤詆	◎											
釵釧記·入園	◎											
長生記·八仙慶壽				◎						◎		
長生記·關公斬妖				◎						◎		
赤壁記·華容釋曹				◎						◎		
出玄記·和尚調戲尼姑									◎			
春蕪記·園亭邂逅											◎	
翠屏山·除淫	◎											
翠屏山·憤訴	◎											
翠屏山·巧譖	◎											
翠屏山·覷綻	◎											
翠屏山·齋壇赴約							◎					
大刀·託夢					○							
黨人碑·拜帥	◎											
黨人碑·打碑	◎											
黨人碑·計賺	◎											
黨人碑·酒樓	◎											
斷髮記·淑英拒父問答				◎								
斷髮記·武德離婚				◎	○							
焚香記·辯非			○		◎		◎					
焚香記·夫妻盟誓							◎					

	醉	錦	來	時	臺	嬌	歌	方	家	弋	綴	曲
焚香記・官媒說親							◎					
焚香記・桂英堅志							◎					
焚香記・回生	◎	◎										
焚香記・拘禍			○				◎					
焚香記・王魁入贅							◎					
焚香記・陽告	◎	◎	○		◎		◎					
焚香記・陰告	◎		○		◎		◎	◎				
焚香記・捉拿	◎		○		◎		◎	◎				
馮商三元記・馮商談銀					◎							
馮商三元記・旅店還金					◎							
古城記・灞橋餞別							◎					
古城記・怒奔范陽				◎	◎						◎	
古城記・獨行千里				◎			◎	◎		◎		
古城記・關公卻印							◎					
古城記・計卻曹營							◎					
古城記・聚會團圓							◎					
古城記・開宴賞春							◎					
古城記・劉張重逢							◎					
古城記・怒斬蔡陽							◎					
灌園記・贈袍											◎	
灌園記・周氏說齊									◎			
邯鄲夢・打番兒	◎											
和戎記・昭君出塞										◎		
荷花蕩・蕩遊	◎											
荷花蕩・館戲	◎											
荷花蕩・諢賺	◎											
荷花蕩・醉覺	◎											
紅拂記・赴海			○				◎					
紅拂記・合鏡			○				◎					

	醉	錦	來	時	臺	嬌	歌	方	家	弋	綴	曲
紅拂記·花園拜月							◎					
紅拂記·見生心許							◎					
紅拂記·李郎神馳							◎					◎
紅拂記·賣鏡巧遇							◎					
紅拂記·覓封送別							◎					
紅拂記·私奔			○				◎	◎		◎	◎	◎
紅拂記·探報軍情							◎					
紅拂記·同調相憐		◎	○				◎				◎	◎
紅拂記·完偶			○									
紅拂記·問神良佐							◎					◎
紅拂記·仗策渡江							◎		◎	◎	◎	◎
紅拂記·望氣												
紅梨記·計賺		◎	○					◎				
紅梨記·佳期		◎	○					◎				
紅梨記·密逅			○					◎				
紅梨記·酬和					○							
紅梨記·赴試					○							
紅梨記·賣花	◎				○							
紅梨記·設計					○							
紅梨記·亭逅	◎											
紅梨記·完聚					○							
紅梨記·衙會	◎											
紅梨記·邀月	◎											
紅梨記·再訪素秋											◎	
紅梅記·曹悅調婢							◎					
紅梅記·洞房花燭										◎		
紅梅記·慧娘鬼辯				◎				◎				
紅梅記·平章遊湖			○	◎			◎					
紅梅記·西窗幽會							◎					

	醉	錦	來	時	臺	嬌	歌	方	家	弋	綴	曲
紅梅記・尋遇朝霞							◎					
紅梅記・昭容私推							◎					
紅梅記・折梅留意							◎					
紅梅記・證訟			○									
紅梅記・子春判奸							◎		◎			
紅衫俠・飛垣挾俊？		◎										
紅衫俠・閨中說劍		◎										
紅葉記・韓許自歎								◎				
紅葉記・紅葉還題											◎	
紅葉記・四喜四愛								◎				
紅葉記・御溝拾葉										◎		
蝴蝶夢・取腦還魂										◎		
花筵賺・狂約								◎				
還帶記・綠野優游											◎	
浣紗記・扁舟晦迹							◎				◎	
浣紗記・採蓮	◎						◎				◎	
浣紗記・登程											◎	
浣紗記・歌舞	◎				○		◎					
浣紗記・後訪	◎		◎		◎		◎					
浣紗記・寄子	◎		◎		○		◎	◎				
浣紗記・前訪			◎		◎		◎				◎	
浣紗記・去國		◎	◎									
浣紗記・吳王打圍			◎				◎		◎	◎		
浣紗記・西施訴心病							◎					
浣紗記・憶舊											◎	
浣紗記・再顧傾國								◎				
浣紗記・自刎			◎				◎					
黃袍記・雪夜訪趙普										◎		
迴文記・織錦迴文									◎			

	醉	錦	來	時	臺	嬌	歌	方	家	弋	綴	曲
焦帕記‧花園晚會				◎				◎		◎		
節孝記‧淖泥	◎											
節孝記‧祈夢	◎											
節孝記‧詳夢	◎											
節孝記‧遇虎	◎											
金釧記‧鬥草遺釧											◎	
金貂記‧敬德打朝					◎		◎					
金貂記‧敬德釣魚							◎					
金貂記‧敬德耕田							◎					
金貂記‧南下牧羊							◎					
金貂記‧桑園戲節							◎					
金貂記‧詐裝瘋魔							◎					
金雀記‧訪花	◎											
金雀記‧臨任	◎											
金雀記‧探春	◎											
金雀記‧完聚	◎											
金鎖記‧赴市	◎							◎				
金鎖記‧賣耗鼠藥							◎					
金鎖記‧探獄	◎							◎				
金鎖記‧誤傷	◎											
金鎖記‧冤鞫	◎							◎				
金縢記‧訪普					○							
金縢記‧論將					○						◎	
金丸記‧劉后勘寇	◎	◎						◎				
金丸記‧盤盒	◎											
金丸記‧收養	◎											
金丸記‧妝盒	◎	◎						◎			◎	
金印記‧逼釵			◎			◎	◎	◎				
金印記‧辭親求官							◎					

	醉	錦	來	時	臺	嬌	歌	方	家	弋	綴	曲
金印記·刺股			◎					◎			◎	
金印記·當釵被詰			◎			◎	◎					
金印記·負劍西遊							◎					
金印記·花亭開宴							◎					
金印記·激義			○									
金印記·踏雪空歸							◎					
金印記·唐二分別							◎					
金印記·往魏			◎							◎		
金印記·爲相團圓							◎		◎			
金印記·下弟			○				◎					
金印記·尋夫			◎									
金印記·陽關餞別				◎								
金印記·衣錦還鄉				◎								
金印記·欲占造化							◎					
金印記·周氏回娘家							◎					
金印記·周氏投水										◎		
金印記·周氏中秋拜月				◎		◎	◎		◎	◎	◎	
金印記·六國封贈												◎
荊釵記·祭江	◎			◎		◎	◎	◎	◎		◎	◎
荊釵記·見母	◎					◎	◎					
荊釵記·荊釵成聘						◎					◎	
荊釵記·拷問梅香		◎									◎	◎
荊釵記·哭鞋	◎						◎					
荊釵記·誤報訃音											◎	
荊釵記·議親		◎				◎		◎				
荊釵記·舟會	◎						◎					
精忠記·回話	◎											
精忠記·祭主	◎				◎							
精忠記·見佛	◎											

	醉	錦	來	時	臺	嬌	歌	方	家	弋	綴	曲
精忠記・臨凡					○							
精忠記・掃奸					○							
精忠記・寫本	◎											
精忠記・行刺					○							
救母記・尼姑下山				◎				◎				
救母記・益利掃地								◎				
葵花記・高堂訓子							◎					
葵花記・計害日紅							◎					
葵花記・日紅割股							◎					
葵花記・日紅託夢				◎			◎					
葵花記・日紅行路										◎	◎	
葵花記・五殿訴冤							◎					
葵花記・尋夫遇盜							◎					
葵花記・懿旨考察				◎			◎			◎		
爛柯記・崔氏逼嫁							◎					
爛柯記・買臣勸宴							◎					
爛柯山・癡夢	◎	◎					◎					
爛柯山・覆水	◎	◎					◎					
爛柯山・後休	◎											
爛柯山・巧賺	◎											
鯉魚記・鯉魚變化藏形				◎						◎		
連環記・賜環	◎		◎									
連環記・花亭賞春							◎				◎	
連環記・會合團圓							◎					
連環記・呂布戲貂蟬	◎	◎	◎				◎	◎				
連環記・慶賞元宵							◎					
連環記・設計	◎	◎	◎		◎		◎				◎	
連環記・梳妝	◎											
連環記・探敵			○				◎					

	醉	錦	來	時	臺	嬌	歌	方	家	弋	綴	曲
連環記·允安董卓							◎					
靈犀配·密訂		◎						◎				
靈犀配·僧尼暗通								◎				
綠牡丹·辨贗			○									
綠牡丹·簾試			○									
綠牡丹·群謁			○									
綠牡丹·私評			○									
綠牡丹·嚴試			○									
綠牡丹·閱賞			○									
綠袍記·鳳娘擲釵				◎						◎		
綠綺記·月下聽琴											◎	
馬陵道·擺陣	◎											
馬陵道·雪忿	◎											
馬陵道·刖足	◎											
馬陵道·詐瘋	◎											
賣水記·生祭彥貴										◎		
明珠記·婢醋			○									
明珠記·辭婚			○									
明珠記·嬌暈			○									
明珠記·窺窗			○					◎			◎	
明珠記·明珠重合											◎	
明珠記·橋逢			○									
明珠記·驛館藏書											◎	
明珠記·驛遇			○					◎				
明珠記·珠圓			○									
鳴鳳記·修本	◎	○	○		○			◎		◎		
鳴鳳記·義斥	◎											
鳴鳳記·驛遇	◎											
鳴鳳記·折奸	◎											

	醉	錦	來	時	臺	嬌	歌	方	家	弋	綴	曲
牡丹亭・韓氏自歎				◎								
牡丹亭・驚夢	◎		○					◎				
牡丹亭・冥判	◎											
牡丹亭・拾畫	◎											
牡丹亭・尋夢	◎		○					◎				
牡丹亭・幽歡			○									
目連記・花園發誓							◎					
目連記・六殿見母							◎		◎			
目連記・訴三大苦							◎					
目連記・王婆罵雞									◎			
牧羊記・大逼	◎											
牧羊記・告雁			◎					◎				
牧羊記・勸降			◎				◎					
牧羊記・蘇武牧羊	◎						◎					
牧羊記・蘇武忠貞							◎					
牧羊記・望鄉	◎		◎									
牧羊記・小逼	◎											
牧羊記・敘別			◎									
南樓夢・感哭			○									
南樓夢・魂遊			○									
南樓夢・盟？			○									
南西廂・暗許			○									
南西廂・長亭送別								◎				
南西廂・乘夜逾垣								◎				
南西廂・酬合			○								◎	
南西廂・傳情			○									
南西廂・紅娘請宴	◎							◎		◎	◎	
南西廂・拷婢	◎		○									
南西廂・臨期反約											◎	

	醉	錦	來	時	臺	嬌	歌	方	家	弋	綴	曲
南西廂·驚夢	◎											
南西廂·琴挑			○									
南西廂·遊佛殿	◎		○				◎				◎	
孽海記·僧尼會	◎											
弄珠樓記·露盟		◎					◎					
弄珠樓記·盟約							◎					
琵琶記·逼子赴選						◎	◎				◎	
琵琶記·待漏隨朝			○				◎		◎			
琵琶記·彈琴			○									
琵琶記·館逢	◎			◎	◎		◎	◎				
琵琶記·華堂慶壽							◎				◎	
琵琶記·幾諫			○									
琵琶記·剪髮	◎		○									
琵琶記·詰問幽情			○				◎			◎		
琵琶記·臨妝感歎				◎			◎			◎	◎	
琵琶記·描容				◎	○		◎					
琵琶記·掃松	◎		○			◎						
琵琶記·賞荷			○			◎	◎	◎			◎	
琵琶記·賞月				◎	○						◎	
琵琶記·侍奉湯藥							◎					
琵琶記·書館思親				◎		◎	◎					
琵琶記·送別			○	◎		◎	◎	◎			◎	
琵琶記·糟糠			○				◎					
琵琶記·築墳			○									
破窯記·夫妻祭竈				◎			◎		◎			
破窯記·破窯居止							◎					
破窯記·勸小姐回歸								◎				
破窯記·遊觀破窯							◎					
破窯記·遊街自歎				◎			◎			◎		

	醉	錦	來	時	臺	嬌	歌	方	家	弋	綴	曲
破窯記·蒙正遊木蘭寺												◎
破窯記·宮花報捷							◎					
千金記·別姬	◎											
千金記·點將	◎				○		◎	◎				
千金記·韓信逃歸							◎					
千金記·鴻門別駕							◎					
千金記·軍中夜宴							◎				◎	
千金記·榮歸餞別							◎					
千金記·十面埋伏	◎				◎		◎					
千金記·渭濱垂釣										◎		
千金記·遇賢贈劍										◎		
千金記·月下追信	◎						◎	◎			◎	
千金記·築壇拜將							◎					
竊符記·究問如姬											◎	
竊符記·祝賢公子											◎	
琴線記·兄弟聯芳				◎								
青袍記·梁灝遊街										◎		
青袍記·衣錦還鄉											◎	
青衫記·坐濕青衫											◎	
青塚記·出塞	◎	◎										
三春夢·借夢重逢										◎		
三春夢·怒奪漳泉										◎		
三春夢·天陛陳情										◎		
三春夢·指點迷津										◎		
三關記·焦光贊建祠祭主								◎	◎			
三桂記·勘問小桃					○			◎				
三國記·單刀會										◎		
三國記·雲長河梁救駕										◎		

	醉	錦	來	時	臺	嬌	歌	方	家	弋	綴	曲
三元記·秦親送殯							◎					
三元記·三元捷報			◎				◎					
三元記·商霖託夢							◎					
三元記·商霖遺囑							◎					
三元記·生商輅							◎					
三元記·相府題賞							◎					
三元記·香閨寄衫			◎							◎		
三元記·雪梅弔孝			◎									
三元記·雪梅觀畫			◎	○			◎	◎		◎		
三元記·訓子				○			◎					
殺狗記·孫榮扣窯									◎			
獅吼記·夫妻鬧祠		◎										
十錯認·觀燈改豔		◎						◎				
十錯認·觀燈轟迷								◎				
十錯認·元夜泊遊								◎				
雙珠記·汲水遭侮								◎				
雙珠記·劍擊狂狙		◎						◎				
水滸記·茶挑							◎					
水滸記·婆惜心許							◎					
水滸記·殺惜	◎		○									
水滸記·野合	◎		○				◎	◎				
水滸記·漁色	◎						◎					
水滸記·捉張	◎	◎	○	◎			◎	◎		◎		◎
四德記·不亂		◎						◎				
四德記·三元捷報											◎	
四節記·東山挾妓											◎	
四節記·賈志誠嫖院	◎											
四節記·坡遊赤壁											◎	
四節記·挾妓遊江											◎	

	醉	錦	來	時	臺	嬌	歌	方	家	弋	綴	曲
四節記・郵亭適與											◎	
四喜記・禁苑呼名											◎	
鸚鵡記・雙飛		◎										
桃花記・崔護題門							◎					
桃花記・得弟歸杭							◎					
桃花記・登樓		◎					◎	◎	◎			
桃花記・焚香憶護							◎					
桃花記・花前邂逅							◎					
桃花記・慕瓊見詩							◎					
桃花記・遊湖再晤							◎					
桃花記・逾牆夜窺				◎								
桃花記・月下訂盟							◎					
題紅記・霜紅寫怨											◎	
題紅記・溪口題春											◎	
鐵冠圖・白氏盡節										◎		
同窗記・訪友				◎				◎				
同窗記・英臺自歎				◎								
投筆記・奮志投筆											◎	
投筆記・南樓賞月											◎	
投筆記・南樓問卜											◎	
投唐記・尉遲洗馬								◎				
望湖亭・不亂			○									
望湖亭・合卺	◎											
望湖亭・激怒	◎											
望湖亭・倩代			○									
望湖亭・強諧達旦		◎						◎				
望湖亭・題詩	◎											
望湖亭・相埒			○									
望湖亭・照鏡			○					◎				

	醉	錦	來	時	臺	嬌	歌	方	家	弋	綴	曲
望湖亭·子歸	◎											
望湖亭·自嗟	◎											
望雲記·三思斬妖								◎				
望雲記·遇妖								◎				
臥冰記·王祥求鯉										◎		
五桂記·加官進祿									◎	◎		
五桂記·金精試節								◎				
五倫記·被虜											◎	
西樓記·病晤	◎		○		○			◎				
西樓記·錯夢	◎		○		◎			◎				◎
西樓記·緘疑			○									
西樓記·泣試			○									
西樓記·私契	◎											
西樓記·誤緘	◎											
霞箋記·探病					○							
霞箋記·玉郎追船				◎					◎			
香囊記·黃昏古驛											◎	
箱環記·廉藺爭功										◎		
想當然·後梅遇								◎				
想當然·郊遊								◎				
想當然·梅園再晤		◎										
小仙緣·青樓合婚		◎										
孝感記·送子					○							
繡襦記·打子	◎		○				◎	◎				
繡襦記·墮計			○								◎	
繡襦記·扶頭			○									
繡襦記·憐救			○								◎	
繡襦記·面諷			○									
繡襦記·乞遇			○					◎				

	醉	錦	來	時	臺	嬌	歌	方	家	弋	綴	曲
繡襦記・入院	◎											
繡襦記・剔目	◎		○				◎	◎			◎	
繡襦記・元和賣僕	◎		○				◎					
尋親記・茶坊博士	◎						◎					
尋親記・郭氏訴冤				◎						◎		
尋親記・旅邸遇父	◎				○	◎	◎	◎			○	
尋親記・瑞隆榮歸	◎						◎					
尋親記・釋放	◎											
尋親記・訓子						◎	◎	◎				
尋親記・周翰別妻										◎		
胭脂記・觀燈赴約								◎				
胭脂記・郭華買胭脂								◎				
燕子箋・誥圓	◎		○									
燕子箋・合宴	◎											
燕子箋・奸遁	◎											
燕子箋・箋合			○									
燕子箋・謀緝			○									
燕子箋・搶？女			○									
燕子箋・曲江拾箋		◎										
燕子箋・雙逅	◎											
燕子箋・題箋			○									
燕子箋・駝泄			○									
燕子箋・寫像			○									
一捧雪・出塞	◎											
一捧雪・代戮	◎											
一捧雪・關攢	◎											
一捧雪・僞戲	◎											
義俠記・調叔	◎				○		◎	◎				
義俠記・賣餅	◎											

	醉	錦	來	時	臺	嬌	歌	方	家	弋	綴	曲
義俠記・巧媾							◎					
義俠記・挑簾	◎							◎				
義俠記・武松打虎							◎					
義俠記・捉姦	◎											
鸚哥記・潘葛思妻					◎							
鸚鵡記・蘇英結秦				◎								
永團圓・逼離	◎											
永團圓・會釁	◎											
永團圓・空休	◎											
永團圓・堂婚	◎											
玉盒記・俠士歸姬		◎										
玉盒記・章臺邂逅											◎	
玉環記・寄容					○						◎	
玉環記・夙世姻緣											◎	
玉玦記・嫖盡賣身											◎	
玉簪記・必正投姑							◎					
玉簪記・詞遘（姤）			○				◎	◎			◎	
玉簪記・旅館相思							◎					
玉簪記・泣別							◎	◎		◎		
玉簪記・琴動知音			○		◎		◎	◎			◎	
玉簪記・談經聽月											◎	
玉簪記・談棋挑逗							◎					
玉簪記・西湖會友							◎					
玉簪記・幽歡			○									
玉簪記・於湖借宿							◎					
玉簪記・阻約				◎	○		◎			◎	◎	
躍鯉記・廬林相會				◎				◎	◎			
躍鯉記・訓子					○							
占花魁・合璧			○									

	醉	錦	來	時	臺	嬌	歌	方	家	弋	綴	曲
占花魁・狂窘	◎											
占花魁・巧遇			○									
占花魁・勸妝			○									
占花魁・脫阱			○									
占花魁・一顧	◎											
占花魁・再顧	◎											
占花魁・種緣	◎		○									
招關記・奔走樊城				◎								
織錦記・槐蔭分別				◎				◎	◎			
織錦記・槐蔭相會									◎			
指蘭盟・館娃同夢		◎										
指蘭盟・尼庵拆夢		◎										
祝髮記・點化	◎										◎	
祝髮記・渡廬								◎				
祝髮記・勉折	◎											
祝髮記・迎婚	◎											
祝髮記・祝髮	◎											
紫釵記・淚燭裁詩											◎	
紫釵記・遺釵											◎	
木梳記・李逵下山									◎			
・楊妃醉酒				◎								

主要參考文獻

1. 《明史》，中華書局點校本，1974 年。

2. 《明史紀事本末》，谷應泰，中華書局，1977 年。

3. 《國榷》，談遷，中華書局，1958 年。

4. 《南明史》，美·司徒琳，上海書店出版社，2007 年。

5. 《萬曆崑山縣志》，明·周世昌等撰修，萬曆四年重修刊本，國家圖書館善本。

6. 《崇禎松江府志》，方岳貢等撰修，書目文獻出版社日本藏中國罕見地方志叢刊本。

7. 《崇禎嘉興縣志》，湯齊修、李日華等撰修，書目文獻出版社日本藏中國罕見地方志叢刊本。

8. 《嘉靖寧州志》卷十三，《天一閣藏明代方志選刊續編》四十三，上海書店，據明刻本影印

9. 《賢博篇》，明·葉權，北京：中華書局，1987 年。

10. 《寓圃雜記》明·王錡，《明代筆記小說大觀》（一），上海：上海古籍出版社，2005 年。

11. 《垂光集》，明·周璽，《文津閣四庫全書》（147），商務印書館影印本，2005 年。

12. 《王陽明全集》，明·王陽明，上海：上海古籍出版社，1992 年。

13. 《中國大歷史》，黃仁宇，三聯書店，1997 年。

14. 《萬曆十五年》，黃仁宇，三聯書店，1997 年。

15. 《明代儒學生員與地方社會》，陳寶良，中國社會科學出版社，2005 年。

16. 《明代中後期的江南社會與社會生活》，陳江，上海社會科學出版社，2006 年。

17. 《明代後期士人心態研究》，羅宗強，南開大學出版社，2006 年。

18. 《王學與中晚明士人心態》，左東嶺，人民文學出版社，2000 年。

19. 《晚明清初思想十論》，王汎森，復旦大學出版社，2004 年。

20. 《萬曆野獲編》，明‧沈德符，《明代筆記小說大觀》（三），上海古籍出版社，2005 年。

21. 《筆夢敘》，明‧據梧子，《叢書集成續編》（214），臺北：新文平出版公司，1989 年。

22. 《北溪大全集》，南宋‧陳淳，《文津閣四庫全書》（390），商務印書館，2005 年。

23. 《王國維戲曲論文集》，王國維，北京：中國戲劇出版社，1984 年。

24. 《曲律》，明‧王驥德，陳多，葉長海注釋，湖南人民出版社，1983 年。

25. 《顧曲雜言》，明‧沈德符，《文津閣四庫全書‧集部‧詞曲類》（500），商務印書館影印本，2005 年。

26. 《嗇庵隨筆》，明‧陸文衡，清刻本。

27. 《快雪堂集》，明‧馮雪禎，《四庫全書存目叢書》（集部 165），臺灣莊嚴文化出版公司，1995 年。

28. 《祁忠敏公日記》，明‧祁彪佳，《歷代日記叢抄》（八），學苑出版社，2006 年。

29. 《爐宮遺錄》，明‧無名氏《叢書集成續編》（278），臺北：新文豐出版社，1991 年。

30. 《清稗類鈔》，清‧徐珂，北京：中華書局，1984 年。

31. 《眉廬叢話》，況周頤，沈雲龍編《近代中國史料叢刊續集》（635），臺北：文海出版社，1976 年。

32. 《歷年記》，清‧姚廷遴，《清代日記彙抄》，上海人民出版社編，上海人民出版社，1982 年。

33. 《江南聞見錄》，清‧無名氏，清光緒鉛印本。

34. 《劇說》，清‧焦循，《叢書集成三編》（32 藝術類），臺北：新文豐出版公司影印，1997 年。

35. 《梅花草堂筆談》，明‧張大復，《四庫全書存目叢書》（子部 104），齊魯書社據明刻本影印，1995 年。

36. 《連城璧》，清‧李漁，中華書局，2004 年。

37. 《新編磨塵鑒》，清‧鈕格著，《古本戲曲叢刊三集》影印本。

38. 《南詞敘錄》，明‧徐渭，《叢書集成三編》（32 藝術類），臺北：新文豐出版公司影印，1997 年。

39. 《西廂記》，王實甫著，張燕瑾校注，北京：人民文學出版社，1998 年。

40. 《十美詞紀》，清・鄒樞，清・蟲天子編，董乃斌等點校《中國香豔叢書》，北京出版社，2005 年。

41. 《曲品》，明・祁彪佳，《續修四庫全書》（1758），上海古籍出版社據明抄本影印，2002 年。

42. 《盛明雜劇》，《續修四庫全書》（1764），上海古籍出版社影印，2002 年。

43. 《北詞廣正譜》，清・徐慶卿輯，李元玉更定，《續修四庫全書》（1748），上海古籍出版社據清刻本影印，2002 年。

44. 《客座贅語》，明・顧起元，中華書局，1987 年。

45. 《雲間據目抄》，明・范濂，江蘇廣陵古籍刻印社，1984 年。

46. 《閱世編》，明・葉夢珠，上海古籍出版社，1981 年。

47. 《西湖遊覽志》，明・田汝成，上海古籍出版社，1998 年。

48. 《西湖遊覽志餘》，明・田汝成，上海古籍出版社，1998 年。

49. 《四友齋叢說》，明・何良俊，中華書局，1959 年。

50. 《五雜俎》，明・謝肇淛，上海書店出版社，2001 年。

51. 《松窗夢語》，明・張瀚，中華書局，1985 年。

52. 《少室山房筆叢》，明・胡應麟，上海書店出版社，2001 年。

53. 《陶庵夢憶　西湖夢尋》，明・張岱，上海古籍出版社，2001 年。

54. 《柳南隨筆　續筆》，明・王應奎，中華書局，1983 年。

55. 《揚州畫舫錄》，清・李斗撰，王軍評注，學苑出版社，2001 年 10 月。

56. 《新編目連救母勸善戲文》，明・鄭之珍撰，朱萬曙校點，俞為民審訂，黃山書社，2005 年。

57. 《彙校評注關漢卿集》，藍之萱校注，中華書局，2006 年。

58. 《檮杌閒評》，明・無名氏撰，金心點校，北京：中華書局，2005 年。

59. 《石點頭》，明・天然癡叟，鄭福田、王槐茂編《傳世孤本經典小說》第二十卷，北京：金城出版社，2000 年。

60. 《金瓶梅詞話》，明・蘭陵笑笑生（梅節校），陳詔、黃霖注釋，香港：夢梅館印行，1993 年。

61. 《賽花鈴》，清・白雲道人編次，孫再民主編《中國古典孤本小說寶庫》，中央民族大學出版社，2001 年。

62. 《人中畫》，清佚名，劉世德、陳慶浩、石昌渝主編《古本小說叢刊》，中華書局，1986 年。

63. 《人中畫》，清佚名，趙伯陶校點，《中國話本大系》，江蘇古籍出版社，1993 年。

64. 《元曲選》，明・臧晉叔，《續修四庫全書》（1761），上海古籍出版社，
    2002 年。

65. 《古雜劇二十卷》，明・王驥德，《續修四庫全書》（1763），上海古籍出
    版社，2002 年。

66. 《張協狀元》，齊豫生、夏於全編，《中國古典文學寶庫》第六十三輯，
    延邊人民出版社，1999 年。

67. 《孤本元明雜劇》，王季烈校訂，北京：中國戲劇出版社，1958 年。

68. 《明刊戲曲絃管選集》，泉州市地方戲曲研究社編，中國戲劇出版社，
    2003 年。

69. 《閒情偶寄》，清・李漁，上海古籍出版社，2000 年。

70. 《六十種曲》，明・毛晉，中華書局，1958 年。

71. 《綴白裘》，清・錢德蒼編，汪協如點校，中華書局，2005 年。

72. 《風月錦囊箋注》，孫崇濤、黃仕忠，中華書局，2000 年。

73. 《風月錦囊考釋》，孫崇濤，中華書局，2000 年。

74. 《盛世新聲》，明・無名氏編，文學古籍刊行社，1955 年。

75. 《雍熙樂府》，明・郭勳編，四庫全書存目叢書，齊魯書社，1997 年。

76. 《詞林摘豔》，明・張祿輯，文學古籍刊行社，1955 年。

77. 《大明天下春》，明・無名氏編，《海外孤本晚明戲劇選集三種》，俄・李
    福清，中・李平編，上海古籍出版社，1993 年。

78. 《樂府萬象新》，明・阮祥宇編，《海外孤本晚明戲劇選集三種》，俄・李
    福清，中・李平編，上海古籍出版社，1993 年。

79. 《樂府玉樹英》，明・黃文華編，《海外孤本晚明戲劇選集三種》，俄・李
    福清，中・李平編，上海古籍出版社，1993 年。

80. 《樂府菁華》，明・劉君錫編，《善本戲曲叢刊》第一輯，臺灣學生書局，
    1982 年。

81. 《玉谷新簧》，明・景居士編，《善本戲曲叢刊》第一輯，臺灣學生書局，
    1982 年。

82. 《摘錦奇音》，明・龔正我編，《善本戲曲叢刊》第一輯，臺灣學生書局，
    1982 年。

83. 《詞林一枝》，明・黃文華編，《善本戲曲叢刊》第一輯，臺灣學生書局，
    1982 年。

84. 《八能奏錦》，明・黃文華編，《善本戲曲叢刊》第一輯，臺灣學生書局，
    1982 年。

85. 《大明春》，明・程萬里編，《善本戲曲叢刊》第一輯，臺灣學生書局，
    1982 年。

86. 《徽池雅調》，明·熊稔寰編，《善本戲曲叢刊》第一輯，臺灣學生書局，1982 年。

87. 《堯天樂》，明·殷啓聖編，《善本戲曲叢刊》第一輯，臺灣學生書局，1982 年。

88. 《時調青昆》，明·江湖黃儒卿編，《善本戲曲叢刊》第一輯，臺灣學生書局，1982 年。

89. 《樂府紅珊》，明·紀振倫編，《善本戲曲叢刊》第二輯，臺灣學生書局，1982 年。

90. 《吳歈萃雅》，明·周之標編，《善本戲曲叢刊》第二輯，臺灣學生書局，1982 年。

91. 《珊珊集》，明·周之標編，《善本戲曲叢刊》第二輯，臺灣學生書局，1982 年。

92. 《月露音》，明·凌虛子編，《善本戲曲叢刊》第二輯，臺灣學生書局，1982 年。

93. 《詞林逸響》，明·許宇編，《善本戲曲叢刊》第二輯，臺灣學生書局，1982 年。

94. 《怡春景》，明·沖和居士編，《善本戲曲叢刊》第二輯，臺灣學生書局，1982 年。

95. 《萬錦嬌麗》，明·玉茗堂主人編，《善本戲曲叢刊》第二輯，臺灣學生書局，1982 年。

96. 《歌林拾翠》，明·無名氏編，《善本戲曲叢刊》第二輯，臺灣學生書局，1982 年。

97. 《風月錦囊》，明·徐文昭編，《善本戲曲叢刊》第四輯，臺灣學生書局，1986 年。

98. 《群音類選》，明·胡文煥編，《善本戲曲叢刊》第四輯，臺灣學生書局，1986 年。

99. 《樂府南音》，明·洞庭蕭士編，《善本戲曲叢刊》第四輯，臺灣學生書局，1986 年。

100. 《賽徵歌集》，明·無名氏編《善本戲曲叢刊》第四輯，臺灣學生書局，1986 年。

101. 《萬壑清音》，明·止雲居士編，《善本戲曲叢刊》第四輯，臺灣學生書局，1986 年。

102. 《玄雪譜》，明·鋤蘭忍人編，《善本戲曲叢刊》第四輯，臺灣學生書局，1986 年。

103. 《南音三籟》，明·凌濛初編，《善本戲曲叢刊》第四輯，臺灣學生書局，1986 年。

104. 《醉怡情》，明‧菰蘆釣叟編，《善本戲曲叢刊》第四輯，臺灣學生書局，1986 年。

105. 《樂府歌舞臺》，明‧無名氏編，《善本戲曲叢刊》第四輯，臺灣學生書局，1986 年。

106. 《千家合錦萬家合錦》，清‧無名氏編，《善本戲曲叢刊》第四輯，臺灣學生書局，1986 年。

107. 《綴白裘》，清‧玩花主人編選，錢德蒼續編，《善本戲曲叢刊》第五輯，臺灣學生書局，1986 年。

108. 《綴白裘合選》，清‧鬱崗樵隱編，北京大學圖書館藏清刻本。

109. 《審音鑒古錄》，清‧琴隱翁編，《善本戲曲叢刊》第五輯，臺灣學生書局，1986 年。

110. 《萬花小曲》，清‧無名氏編，《善本戲曲叢刊》第五輯，臺灣學生書局，1986 年。

111. 《絲絃小曲》，清‧無名氏編，《善本戲曲叢刊》第五輯，臺灣學生書局，1986 年。

112. 《納書盈曲譜》，清‧葉堂編，《善本戲曲叢刊》第六輯，臺灣學生書局，1986 年。

113. 《昆弋雅調》，清‧江湖知音者編，清順治刻本，中國藝術研究院善本。

114. 《方來館合選古今傳奇萬錦清音》，清‧玉茗堂主人點輯（清順治刻本），中國藝術研究院善本。

115. 《萬錦清音》，清‧方來館主人編，國家圖書館善本微縮資料。

116. 《新鐫歌林拾翠》，明‧粲花主人，國家圖書館善本微縮資料。

117. 《徵歌集》，明‧無名氏編，玩虎軒刻本，國家圖書館善本微縮資料。

118. 《樂府名詞》，明‧鮑啓心，國家圖書館善本微縮資料。

119. 《樂府爭奇》，明‧汪公亮，國家圖書館善本微縮資料。

120. 《大雅堂雜劇》，明‧汪道昆，國家圖書館善本微縮資料。

121. 《琵琶記》，元‧高明，玩虎軒刻本，國家圖書館善本微縮資料。

122. 《萬家錦》，明‧無名氏編，中國藝術研究院藏抄本。

123. 《曲選》，清‧無名氏編，中國國家圖書館藏明末清初抄本。

124. 《來鳳館合選古今傳奇》，清‧邀月主人編，中國國家圖書館藏清刻本。

125. 《纏頭百練二集》，明‧沖和居士編，中國國家圖書館藏明刻本。

126. 《明清傳奇選刊》，中華書局，1988 年。

127. 《滇劇傳統折子戲選》，雲南人民出版社，1981 年。

128. 《傳統川劇折子戲選》，四川省川劇藝術研究所，四川人民出版社，1981年。

129. 《秦腔傳統折子戲選》，陝西省藝術研究所，陝西人民出版社，1985年。

130. 《秦腔名家折子戲精選》，魯安澍、張森伶等編，陝西人民出版社，1995年。

131. 《湖南地方劇種志叢書》，湖南省戲曲研究所編，湖南文藝出版社，1992年。

132. 《山西戲曲折子戲薈萃》，郭恩德、趙華雲主編，中國戲劇出版社，1989年。

133. 《中國近世戲曲史》，日·青木正兒著，王古魯譯著，北京：作家出版社，1958年。

134. 《梨園外史》，潘鏡芙、陳墨香著，寶文堂書店，1989年。

135. 《文學進化觀於戲劇改良》，胡適，《胡適文集》，北京：北京大學出版社，1998年。

136. 《青樓集箋注》，元·夏庭芝原著，孫崇濤、徐宏圖注，中國戲劇出版社，1990年。

137. 《正倉院考古記　白川集》，傅芸子，遼寧教育出版社，2000年。

138. 《中國古代戲曲選本研究》，朱崇志，上海古籍出版社，2004年。

139. 《元明清三代禁燬小說戲曲史料》（增訂本），王利器，上海古籍出版社，1981年。

140. 《明清傳奇戲曲文體研究》，郭英德，北京：商務印書館，2004年。

141. 《明清家樂研究》，劉水雲，上海古籍出版社，2005年。

142. 《中國戲曲志·北京卷》，金和增主編，北京：ISBN中心，1999年。

143. 《明雜劇史》，徐子方，中華書局，2003年。

144. 《崑劇演出史稿》，陸萼庭，上海文藝出版社，1980年。

145. 《明代傳奇之劇場及其藝術》，王安祁，臺灣學生書局，1986年。

146. 《明代戲曲五論》，王安祈，臺灣大安出版社，1990年。

147. 《古代戲曲論壇》，吳敢、楊勝生編，澳門文星出版社，2003年。

148. 《中國古代戲曲統論》，徐振貴，山東教育出版社，2003年。

149. 《元明南戲考略》，趙景深，作家出版社，1958年。

150. 《中國戲曲叢談》，趙景深，齊魯書社，1986年。

151. 《讀曲隨筆》，趙景深，上海文藝出版社，1999年。

152. 《明代雜劇研究》，戚世雋，廣東高等教育出版社，2001年。

153. 《中國戲曲史論集》，張燕瑾，北京燕山出版社，1995年。

154. 《西廂記淺說》，張燕瑾，百花文藝出版社，1986年。

155. 《中國古代戲劇史》，唐文標，中國戲劇出版社，1985年。

156. 《古本戲曲劇目提要》，李修生主編，文化藝術出版社，1997年。

157. 《古典戲曲存目彙考》，莊一拂，上海古籍出版社，1982年。

158. 《中國善本書提要》，王重民，上海古籍出版社，1983年。

159. 《宋元明清書目題跋叢刊（六）明代卷》，中華書局，2006年。

160. 《擬明代人物志》，清·劉青芝，全國圖書館文獻微縮複製中心，2004年。

161. 《明代出版史稿》，繆詠禾，江蘇人民出版社，2000年。

162. 《西廂記的傳播研究》，趙春寧，廈門大學出版社，2005年。

163. 《元明清戲曲探索》，徐扶明，浙江古籍出版社，1986年。

164. 《琵琶記版本流變研究》，韓·金英淑，中華書局，2003年。

165. 《元雜劇史》，李修生，江蘇古籍，2002年。

166. 《戲曲小說叢考》，葉德均，中華書局，1979年。

167. 《中國古代戲曲的傳播與影響》，曹萌，中國社會科學出版社，2006年。

168. 《20世紀中國古代文學史研究（戲曲卷)》，黃霖主編，陳維昭著，東方出版社，2006年。

169. 《明清傳奇綜錄》，郭英德，河北教育出版社，1997年。

170. 《明清傳奇史》，郭英德，江蘇古籍出版社，2001年。

171. 《花雨彌天妙歌舞——徽州古戲臺》，陳琪等，遼寧人民出版社，2002年。

172. 《山西古戲臺——豪華落盡見真淳》，喬忠延，遼寧人民出版社，2004年。

173. 《天津老戲園》，周利成、周雅男編著，天津人民出版社，2005年。

174. 《吳小如戲曲隨筆集》，吳小如，天津古籍出版社，2005年。

175. 《齊如山回憶錄》，齊如山，遼寧教育出版社，2005年。

176. 《明清的戲曲》，日·田仲一成，北京廣播學院出版社，2004年。

177. 《戲曲與戲曲文學論稿》，沈堯，中國戲劇出版社，1986年。

178. 《戲曲班社研究：明清家班》，楊惠玲，廈門大學出版社，2006年。

179. 《中國戲班史》，張發穎，學苑出版社，2004年。

180. 《舊戲新談》，黃裳，北京出版社，2003年。

181. 《中國俗文學史》，鄭振鐸，商務印書館，2005年。

182. 《中國戲劇史》，余秋雨，上海教育出版社，2006年。

183. 《觀眾心理學》，余秋雨，上海教育出版社，2005 年。

184. 《宋金雜劇概論》，景李虎，廣東高等教育出版社，1996 年。

185. 《傳統文化與古典戲曲》，鄭傳寅，湖南人民出版社，2004 年。

186. 《中國崑曲》，李曉，百家出版社，2004 年。

187. 《中國戲曲發展簡史》，廖奔、李彥君，山西教育出版社，2006 年。

188. 《南戲論叢》，孫崇濤，中華書局，2001 年。

189. 《明末清初戲劇研究》，孫書磊，社會科學文獻出版社，2007 年。

190. 《清代北京戲曲演出研究》，范麗敏，人民文學出版社，2007 年。

191. 《禮樂與明前中期演劇》，李舜華，上海古籍出版社，2006 年。

192. 《中國小說戲曲理論的近代轉型》，程華平，華東師範大學出版社，2001 年。

193. 《詞曲史》，王易，江蘇教育出版社，2005 年。

194. 《中國戲劇學史稿》，葉長海，中國戲劇出版社，2005 年。

195. 《中國戲劇史長編》，周貽白，上海世紀出版集團，2007 年。

196. 《中國戲曲發展簡史》，廖奔、劉彥君，山西教育出版社，2006 年。

197. 《宋明理學與戲曲》，季國平，中國戲劇出版社，2003 年。

198. 《中國戲曲跨文化研究》，新西蘭‧孫玫，中華書局，2006 年。

199. 《莆仙戲劇文化生態研究》，葉明生，廈門大學出版社，2007 年。

200. 《崑曲與文人文化》，劉禎、謝雍君，春風文藝出版社，2005 年。

201. 《崑曲與明清社會》，周育德，春風文藝出版社，2005 年。

202. 《崑曲與明清樂伎》，王寧、任孝溫，春風文藝出版社，2005 年。

203. 《笛聲何處——關於崑曲》，余秋雨，古吳軒出版社，2004 年。

204. 《戲曲與娛樂》，陳建森，上海人民出版社，2003 年。

205. 《江西戲曲文化史》，龔國光，江西人民出版社，2003 年。

206. 《潘之恒曲話》，明‧潘之恒，汪效倚輯注，中國戲劇出版社，1985 年。

207. 《宋元南戲考論續編》，俞爲民，中華書局，2004 年。

208. 《戲曲本質論》，呂效平，南京大學出版社，2003 年。

209. 《戲曲藝術論》，路應昆，北京廣播學院出版社，2002 年。

210. 《明清曲家考》，汪超宏，中國社會科學出版社，2006 年。

211. 《中國古代文人集團與文學風貌》，郭英德，北京師範大學出版社，1998 年。

212. 《中國戲曲觀眾學》，劉景亮、譚靜波，中國戲劇出版社，2004 年。

213. 《追憶——中國古典文學中的往事再現》，美・宇文所安，三聯書店，2004 年。

214. 《中國古代戲曲與古代文學研究論集》，黃天驥主編，中華書局，2001 年。

215. 《中國心理偏失：圓滿崇拜》，程麻，社會科學文獻出版社，1999 年。

216. 《歌盡桃花扇底風——戲曲藝術的現代解讀》，陳愛國，黑龍江人民出版社，2002 年。

217. 《樂——中國古典戲劇的民族性根源》，錢久元，合肥工業大學出版社，2006 年。

218. 《唐代教坊與演劇》，張影，齊魯書社，2007 年。

219. 《曲律學》，王力，中國人民大學出版社，2004 年。

220. 《元明小說戲曲關係研究》，涂秀紅，上海三聯書店，2004 年。

221. 《民俗視野中的清代揚州俗文學》，柯玲，上海社會科學院出版社，2006 年。

222. 《黃天驥自選集》，黃天驥，廣東高等教育出版社，2003 年。

223. 《鄉村戲劇》，美・明恩溥（Arthur H Smith）著《中國鄉村生活》，陳午晴、唐軍澤譯，中華書局，2006 年。

論 文

1. 王亦涵《崑劇折子戲演出本創作方式研究——以〈綴百裘〉爲例》，碩士論文，2005 年。

2. 宋容仁《〈綴百裘〉花部地方戲研究》，東北師範大學博士論文，1999 年。

3. 任廣世《基於演出視角的明清戲劇文本形態研究》，中山大學博士論文，2005 年。

4. 吳敢《說戲曲散出選本》，《藝術百家》，2005 年第 5 期。

5. 齊森華《試論明清折子戲的成因及其功過》，《上海大學學報》，2006 年第 3 期。

6. 趙山林《折子戲與表演藝術》，《古代戲曲論壇》，澳門文星出版社，2003 年。

7. 寒聲、栗守田、原雙喜、常之坦《〈迎神賽社禮節傳簿四十曲宮調〉初探》，《中華戲曲》，1987 年 4 月第 3 期。

8. 胡蓮玉《陸雲龍生平考述》，《明清小說研究》，2001 年第 3 期。

9. 朱穎輝《折子戲溯源》，《戲曲藝術》，1984 年第 12 期。

10. 王力平《折子戲的產生及其流弊》，《文論報》，1988 年第 2 期。

11. 廖奔《折子戲的出現》,《藝術百家》,2000 年第 2 期。

12. 戴申《折子戲的形成始末》,《戲曲藝術》,2001 年第 2、3 期。

13. 李延賀《家樂與折子戲》,《古代戲曲論壇》,澳門文星出版社,2003 年 1 月。

14. 蘇育生《折子戲的來源及特點》,《當代戲劇》,2004 年第 4 期。

15. 韓國·吳慶禧《元雜劇元刊本到明刊本賓白之演變》,《藝術百家》,2001 年第 2 期。

16. 郭英德、王麗娟《〈詞林一枝〉、〈八能奏錦〉編纂年代考》,《文藝研究》,2006 年第 8 期。

17. 吳新雷《明代崑曲折子戲選集〈樂府紅珊〉發微》,《2005 年 4 月臺灣中央大學主辦的崑曲國際學術研討會》學術論文

18. 孫星群《四百年前福建南音刊本的發掘——讀〈滿天春〉〈鈺妍麗錦〉〈百花賽錦〉》,《音樂研究》,2004 年第 2 期。

19. 郭英德《稀見明代戲曲選本三種敘錄》,《清華大學學報》(哲學社會科學版),2007 年第 3 期。

20. 黃天驥《論丑與副淨——兼談南戲形態發展的一條軌迹》,《文學遺產》,2005 年第 6 期。

21. 劉曉明《旦腳起源於聲妓說》,《藝術百家》,2006 年第 2 期。

22. 劉曉明《雜劇角色何以先有副淨後有淨說——兼論副淨的源起》,《藝術百家》,2005 年第 5 期。

23. 趙興勤《滾調、板腔體與戲曲的自我救贖》,《東南大學學報》,2007 年第 1 期。

24. 蘇子裕《江西弋陽腔真的「調絕」了嗎?》,2004 年弋陽腔學術研討會論文。